Ook dat nog

Van Anya Niewierra zijn verschenen:

Vrij uitzicht
Het bloemenmeisje
De Camino
Witte ballonnen (kort verhaal)

Anya Niewierra & Merel Godelieve

Ook dat nog

UITGEVERIJ LUITINGH-SIJTHOFF

Omslagontwerp bij Barbara
Opmaak binnenwerk Zetspiegel, Best

ISBN 978 90 245 9962 2
ISBN 978 90 245 8228 0 (e-book)
ISBN 978 90 245 9430 6 (luisterboek)
NUR

www.boekenwereld.com
www.lsamsterdam.nl

Uitgeverij Luitingh-Sijthoff vindt het belangrijk om op milieuvriendelijke en verantwoorde wijze met natuurlijke bronnen om te gaan. Bij de productie van dit boek is daarom gebruikgemaakt van papier waarvan het zeker is dat de productie niet tot bosvernietiging heeft geleid.

Voor alle moeders en dochters

En voor Dario en Frans

'De vrouw zal niet vrij worden en is dat ook niet waard, als zij niet zichzelf bevrijdt, niet toont, de zelfbewuste te zijn, de fiere, die zelfstandig haar ketenen wil afwerpen.'

Wilhelmina Drucker (1847 – 1925)
Nederlandse politica, een van de eerste Nederlandse feministen, schrijfster en vredesactiviste

DEEL I

LENTE

Maandag 2 maart 2020 tot en met maandag 6 april 2020

Roos:

'Dit is dus de woningnood anno nu:
een moeder die eindelijk gewend is aan haar lege nest,
moet dealen met een terugkerend jong
dat meteen weer alle ruimte pakt.'

Maddy:

'Mijn dieptepunten zijn als vaginale schimmelinfecties:
ze blijven maar komen.'

Oma Loes:

'Je bent pas oud als spijt je dromen gaat vervangen.'

Roos

Maandag 2 maart 2020

Ook dat nog! Na alle gedoe op het werk stond Madelief vanavond voor de deur. Het is uit met Ronald.

Ik keek naar een documentaire over olierampen toen ze aanbelde. De camera zoefde langs prachtige kusten en naderde een tanker die olie lekte. Een donkere vlek vormde zich in het eindeloze blauw. Toen Madelief even later haar koffer openritste, verdween het witte strand onder een zwarte smurrie.

De ene ramp volgt altijd op de andere, dacht ik, terwijl ik mijn kleine appartement rondkeek. De spullen van mijn dochter waren overal.

Ze plofte op mijn kingsize bed en testte het matras. Ik kocht die tweepersoons-Auping op advies van mam. Ik moest na de scheiding positief denken en al voorsorteren op een nieuwe man. 'Lekker groot voor een stoeipartij,' zei ze met een knipoog naar de verkoper toen we in de winkel stonden. Zo gênant. Ik heb in mijn drie jaar als single nog geen kerel ontmoet met wie ik wil stoeien. Madelief is straks de eerste die naast me slaapt.

Op kantoor volgt ook de ene ramp op de andere. Dennis is ziek. Hij heeft een stevige griep. Waarschijnlijk opgelopen met carnaval. Was vorig jaar ook al zo.

'Is helaas de prijs voor vijf dagen feesten in mijn Limburgse vaderland,' appte hij toen ik hem beterschap wenste. Hij voegde nog enkele smileys toe.

Ja hoor. Echt grappig: je collega opzadelen met je afterparty.

Wordt dus overwerken. Misschien kan Madelief voor me koken? ☺

Lichtpuntje: vanochtend zag ik de eerste bloeiende bosanemonen. De lente komt!

Roos

Dinsdag 3 maart 2020

Ik heb amper geslapen, want Madelief woelt en trapt. Het was alsof ik op een kolkende rivier dreef en af en toe een rots raakte. Ze geloofde me niet toen ik het vertelde.

Ze huilt veel en mijn troostende woorden helpen niet. Afgewezen mensen erkennen geen feiten. Dat weet ik uit eigen ervaring. Ze bekijken de wereld door een waas van woede en pijn. Maar over een jaar is ze die gelkuif vast dankbaar voor het dumpen. Die vent was niks.
Ze moet hier gewoon doorheen. Ze moet doorleven en doorwerken. En daarover hadden we al onze eerste ruzie, want madame heeft zich ziek gemeld. Echt waar! Ze is niet gaan werken! Vanwege liefdesverdriet! Zo slap! Dat heeft ze dus van Peter, dat snelle opgeven.

Trouwens, ik begrijp nu ook waarom Peter me inruilde voor die langpotige Friezin. De waarheid drong zich aan me op toen Madelief me vertelde waarom Ronald de relatie had beëindigd: Madelief zou hem niet meer 'inspireren'. Madelief was 'gewoon' geworden.
Dat komt natuurlijk door de sociale media. Ze glippen je huis binnen en plaatsen een filter van schoonheid voor je ogen en tonen de mens met wie je samenleeft als een doffe verschijning.

Met mij gebeurde hetzelfde, drie jaar geleden. Ook ik 'inspireerde' niet meer. De Friezin inspireerde wel. Zij is in alles beter dan Peter. Zeker qua werk. Hij is een gewone registeraccountant en zij is een gepromovéérde registeraccountant. Dan ben je wat. Dan ben je inspirerend. Daar kan een simpele jurist zoals ik niet tegenop.

O, ja! Madelief vertelde me doodleuk dat mijn appartement haar tweede keus was. Een uur eerder had Peter haar afgewezen. Ze kwam niet gelegen. Hoezo niet gelegen? Madelief is zijn dochter! Bovendien heeft hij in de tuin een apart gastenverblijf. In dat huisje kun je maanden wonen zonder ook maar één iemand uit de villa tegen te komen. Dat weet ik uit eigen ervaring.

Conclusie: de Friezin zei nee, en Peter bracht de boodschap.

Raar eigenlijk hoe die scheiding voor Peter en mij heeft uitgepakt. Ik werd zelfstandiger en hij werd afhankelijker.

Ik heb Madelief trouwens geadviseerd om ook een dagboek bij te houden, want dat helpt bij het ordenen van je gedachten. En je kunt je ellende van je af schrijven zonder dat je er anderen mee opzadelt.

Maddy

Woensdag 4 maart 2020

Mam stelde voor dat ik een dagboek ga bijhouden. Haar adviezen gaan vaak het ene oor in en het andere uit, maar ik moet toegeven dat jij (zal ik jou een naam geven?) een goed idee bent. Dus, welkom!

Ik zal maar meteen met de deur in huis vallen: het gaat legendarisch klote.

Ronald heeft het na drie jaar uitgemaakt. Zomaar. Uit het niets. De gore lafbek stuurde me tijdens het werk een appje dat we moesten praten. Niemand zegt 'we moeten praten' als-ie op het weer doelt. Of puppy's. Het NL-alert ging af in mijn onderbuik en ik vroeg waar hij het over had. En toen kwam het. Ik zal de laatste zinnen overschrijven, want die sloegen echt alles:

Dus wat ik probeer te zeggen, Popje, is dat ik de inspiratie in onze relatie mis en denk dat wij beter elk onze eigen weg kunnen gaan. Het is beter zo. Ik wens je alle goeds.

Ik herhaal: Het is beter zo. Ik wens je alle goeds...

Are you fucking kidding me?

Ik ben geen dode cavia die je zacht ter aarde legt. We hebben samengewoond en alles gedeeld. Ik heb die kale kubus van hem omgetoverd tot een knus thuis. Ik heb zijn zwerfsokken verzameld, zijn pisspetters weggeveegd en Dungeons and fucking Dragons gespeeld!

Hij was mijn levensmaatje en dan wenst hij mij alle goeds? Ik wens hem een teelbalinfectie! Of nee, de levenslange hik!

Nadat ik dit had teruggeappt, wilde hij 'direct afstand nemen'. Dus ja, nu ben ik hier bij mam. Ook zij schrok ervan dat het uit is. Ze keek niet blij toen ik op de stoep stond.

Nou, dat schrijven luchtte best op. Ik zeg het niet graag, maar ik denk dat ze gelijk heeft. Tot morgen, dagboek!

Roos

Donderdag 5 maart 2020

Ik ben na het werk met Madelief bij mam geweest. Ook zij was blij dat het uit is met die gelkuif, omdat ze Madelief nog te jong vindt voor een vaste relatie. 'Pas als je hebt geleefd, weet je met wie je verder wilt leven,' zei ze. Het is haar mantra, ze roept het vaker.

Mam begon vervolgens te vertellen over de dingen die zij deed toen ze jong was. Ze zou Madelief wat leuks laten zien, iets wat ze vorige week pas had ontdekt tijdens het googelen. Ze pakte haar laptop en tikte 'Dolle Mina' in. Er verschenen beelden van demonstrerende vrouwen. En daar stond ze, op een foto uit begin jaren zeventig: een jonge mam met een bord in haar hand met daarop de tekst: DOLLE MINA WIL GRATIS KRESJ. Ik zat in een bolderkar die door een vrouw in hotpants werd meegetrokken.

'Wauw oma!' riep Madelief. Er klonk ontzag door in haar stem. Mam ging daarop los en vertelde voor de zoveelste keer over haar flowerpowerjaren, die begonnen met haar reis naar de USA in 1967, waar ze in Monterey een hete *summer of love* beleefde die gaten in haar geheugen sloeg. Zo weet ze niet wie mijn Verwekker is. 'Het kunnen er zoveel zijn,' was het antwoord dat ik destijds kreeg toen ik ernaar vroeg.

Mam had weinig nieuws te melden, maar toch was het leuk om dat USA-verhaal weer te horen. Mam is nooit saai. Ik wel. Ik lijk op de Verwekker.

Mam vertelde ook dat ze is begonnen met het schrijven van een boek over de uitgebloeide mens. Ze ergert zich al langer aan de toon die in de samenleving wordt gebruikt als het over ouderen gaat en kwam tot de conclusie dat het ‘bezopen’ is dat tachtigplussers ‘gedomineerd’ worden door ‘jong spul’ (haar woorden).

‘Wij ouderen moeten vechten voor onze rechten!’ orakelde ze en ze hief haar handen op alsof ze meteen ten strijde wilde trekken.

Madelief was enthousiast. ‘Wat leuk, oma. Een boek! Moet je doen!’

Ik zweeg, want mam op de barricades betekent juridisch werk voor mij. En daar heb ik al genoeg van, want Dennis is volgens de bedrijfsarts nog wel even uit de running. Ik heb hem vanmiddag geappt en beterschap gewenst. Zijn vrouw meldde dat hij te ziek is om zijn mobiel vast te houden. Nou zeg. Dat is pas echt een nare afdronk van vijf dagen carnaval.

Madelief lijkt trouwens weer een puber. Ze ruimt niks op. Toen ik thuiskwam van kantoor, was het appartement een puinhoop. De afwas stond er nog en overal lag haar rommel. Ik zei niks, omdat ze zoveel huilt.

Ik heb net die pagina van de dolle mina’s met mijn jonge mam nog eens bekeken en mij viel op dat Madelief veel op haar lijkt. Je zou bijna denken dat Madelief met dat bord stond te zwaaien. Dat beweeglijke slanke postuur en die heldere ogen en springerige krullen gingen dus een-op-een over op Madelief.

Toen mam mij maakte sliepen haar genen. Misschien moet ik toch eens zo’n DNA-onderzoek laten doen. Ik gok dat de Verwekker een brave en gezette Amerikaanse Italiaan was, met een hang naar lekker eten en een neus voor goede wijnen.

Peter beweert trouwens al sinds haar geboorte dat Maddy (zijn koosnaampje voor haar) zijn kopie is en een echte Nugter: blond, bleek, blauwe ogen, lang, slank, soepel en slim. Voor de scheiding vond ik dat ook, maar inmiddels vind ik Madelief een echte Janssen (= afstammeling van mam).

Apart hoe je de dingen anders gaat zien als je wereld verandert.

Maddy

Donderdag 5 maart 2020

18.20 uur
De afgelopen dagen heb ik in een waas geleefd. Ik douch niet (wat is daar het nut nog van?) en ik kom nauwelijks van de bank af. Zelfs eten lukt niet meer. Ik zit vol verdriet.

Ik ben zo ellendig dat ik me ziek moest melden op het werk. Maar ik ging vanavond wel mee naar oma. 'Afleiding is goed voor je,' zei mam.

Oma liet oude foto's van een protest zien. Kleine mam zat in een box op wieltjes en keek braaf voor zich uit. Die is dus niets veranderd. Oma stond ernaast met een Dolle Mina-bord. Ze was een hottie vroeger! Toen ik haar dat zei, was ze beledigd. 'Ik val nog steeds in de smaak hoor.'

Mam rolde met haar ogen.

Morgen meld ik me weer ziek. Ik ga de hele dag *Bridgerton* kijken en vergeten dat dit nu mijn leven is. Ik ben 25 jaar en alleen. Ik heb geen glansrijke carrière en geen woning. O, en om de vernedering compleet te maken, heb ik niet eens een eigen bed. Ik slaap naast mijn moeder. In háár bed.

22.35 uur
Ik voel me zo... onbelangrijk. Jarenlang was ik de zon waar iedereen omheen draaide. Mam, oma, pap en later Ronald. Ik voelde me warm en geborgen door hun liefde. Nu is het koud. Waarom is ie-

dereen zó onverschillig geworden? Behalve oma dan. En mam, op de dagen dat ze niet zeurt. En waarom houdt Ronald niet meer van me? We spraken zelfs over kinderen! Betekende dat dan niets?

En waarom is pap vergeten dat ik zijn lievelingsmens ben? Sinds hij met SM samen is, herken ik hem niet meer. Hij is net een juffershond die apporteert.

'Zoek stok, Peter' en zoef, daar gaat-ie.
'Geef poot Peter' en hij geeft braaf zijn poot.
'Ik wil niet dat jouw dochter hier tijdelijk komt wonen, Peter.'

En ja hoor. Ik kon naar Zeist aftaaien en nu belt hij me niet eens. Ik begrijp het niet. Waar heb ik dit aan verdiend?

22.55 uur
Zojuist een halve pot Nutella leeggelepeld. Tenminste iets gegeten.

Maddy

Vrijdag 6 maart 2020

19.45 uur
Ik heb de hele dag voor de tv gehangen, maar ik kon me op geen enkele serie concentreren en ik bleef maar malen over Ronald. Welke signalen heb ik gemist? Was er soms een aarzeling in zijn 'ik ook van jou'?

Ergens in die drie jaar moet het zaadje van zijn verwijdering zijn geplant en dat groeide en groeide. Je wordt niet plotsklaps een vreemde voor je levensgezel. Dat gaat geleidelijk. Liefde sterft een trage dood door onverschilligheid, gebrek aan respect en irritaties, et cetera. En natuurlijk ook vanwege een perspectief op 'beter' (zie pap).

Maar goed, als er momenten waren waarop hij mijn gedrag niet chill vond, waarom heeft hij me daar dan nooit op aangesproken? Ik begrijp gewoon niet wat er is gebeurd.

22.45 uur
Ik heb nog gegoogeld naar dagboeknamen. Het blijkt inderdaad een ding. Het zou ons dichter bij elkaar brengen, alsof jij een soort vriend bent die ik alles toefluister. Zoals Anne Frank haar Kitty had.

Ik kwam uiteindelijk terecht op een obscure Amerikaanse *namepicker*-website voor dagboeken. Aanschouw en huiver:

- Me in You → Klinkt vies
- Secretkeeper → Te hoog *The Witcher*-gehalte
- Jesus → Stelletje gekken

- Bestie → Kots
- Destiny → Waterval van kots

Ik hou het voorlopig maar op 'dagboek'. Lekker duidelijk en genderneutraal.

23.15 uur
Oma gebeld. Zij zegt dat je altijd jezelf moet zijn in een relatie en nooit moet willen veranderen voor een ander. Ze heeft natuurlijk gelijk.

Maar wie is de Maddy die ik voor niemand moet veranderen? Ben haar kwijt.

Roos

Zaterdag 7 maart 2020

Madelief heeft een gat in de dag geslapen. Zij haalt 's ochtends in wat ze 's nachts tekortkomt. Dat kan ik niet. Wakker is wakker en betekent opstaan. Uitgerust of niet. Ook in het weekend. Maar goed, daardoor ben ik inmiddels helemaal kapot. Madelief gaat pas na middernacht naar bed en maakt daarbij de nodige herrie. En als ze dan eenmaal slaapt woelt ze continu. Ik twijfel of ik haar naar de woonkamer moet verbannen. Voor mij is die bank te hard. Dat trekt mijn rug niet. Maar jonge mensen slapen op alles en Madelief is nog jong. Dus...

Na het ontbijt was Madelief weer huilerig, maar ze ging toch mee naar het kerkhof (= frisse lucht). Vandaag was de vijfde jaardienst van Johan. Ik had een bos narcissen gekocht om zijn graf wat op te fleuren.

Jolein was er niet bij. Ze is gisteren met vriendinnen naar Tirol vertrokken, want ze gaat een week skiën en feesten. Vooral dat laatste. Ik heb nog geprobeerd haar te overtuigen om niet te gaan, vanwege het coronavirus dat sinds kort in Noord-Italië huishoudt. Maar ze luisterde niet. Madelief toonde me net al de eerste foto's van mijn hossende halfzusje op Instagram. Ze lijkt zoveel op mam. Die trok zich ook nergens wat van aan.

Gelukkig was mam al getrouwd met Johan toen de aidsepidemie uitbrak, dacht ik vanmiddag nog. Anders was ik beslist als wees opgegroeid. Mam was tot aan haar huwelijk van de wisselende contacten. Tegenwoordig houdt ze het goddank bij één meneer, over wie ze geen details geeft. Ik weet alleen dat haar toyboy een weduwnaar is die geen gedoe wil met zijn kinderen. Daarom zijn ze discreet over hun relatie. Ja, ja, mam stoeit met haar 79 meer dan ik.

Was overigens een droevig moment bij Johan. Mam kletste non-stop tegen zijn foto, terwijl ze met haar knalroze gelakte nagels zijn grafsteen aaide. Dat doet ze altijd als ze verdrietig is: kletsen. Ik niet, ik val dan stil.

Mam mist haar brave lobbes meer dan ze ooit kon bevroeden. Ze waren een onmogelijke combi die toch goed werkte: de losgeslagen hippie en de conservatieve advocaat.

Mijn eerste herinneringen zijn met Johan verbonden en met die politiecel in Amsterdam waarin mam en ik in 1973 zaten. Ik was toen vijf. Het was een felverlichte ruimte die naar urine stonk, dat weet ik nog goed. Mam was een paar uur eerder opgepakt, omdat ze tijdens een demonstratie rotte tomaten naar agenten had gegooid. Ze kreeg daarop een pro-Deoadvocaat toegewezen. Johan dus. Wat een geluk dat hij in die jaren nog sociale klussen deed. Hij regelde binnen een paar uur haar vrijheid.

Mam bracht hem de volgende dag als bedankje een bos bloemen. Ze had het boeket zelf in het park geplukt en nog mooier gemaakt met linten en kralen. 'Ik wist meteen dat ik Johan wilde hebben,' vertelde mam toen ik daarstraks de narcissen in de grafvaas zette. 'Ik heb één belangrijk talent, Roosje: ik herken mijn geluk als het voor me staat, en ik pak het!'

Dat talent heb ik dus niet.

Schrikken! De eerste coronadode is gemeld: een bejaarde man uit Rotterdam. Ik heb meteen mam gebeld en haar op het hart gedrukt om voorzichtig te zijn. Dat virus pakt vooral oude mensen. 'Ik ben niet oud!' was haar commentaar en ze hing op.

Ik kan na mijn tweede nachtelijke plasje niet meer in slaap komen. Is vanwege Madelief. Ze fokt me op.

Is dat soms omdat mijn liefde voor haar als een zweep boven mijn rug hangt? Klaar om me te meppen?

Maddy

Zaterdag 7 maart 2020

12.05 uur
Emotionele incontinentie *sucks*. Mijn ogen doen pijn. Ik zag net dat ze roodomrand zijn en dat er kleine adertjes in het witte deel zitten. Nu ik liefdesverdriet heb, kan alles een trigger zijn voor tranen. Ik zag zojuist een verweesde sok en de dam brak. Overal zijn mijn herinneringen aan onze tijd samen.

Ik ben mijn oude leven kwijt en voel me als een omgepotte kamerplant. Eerst zat ik in een keramieken designpot, prominent geplaatst op de vensterbank. Ik kreeg water, licht en liefde. Nu rot ik weg in een oude KFC-beker. Verlaten, vergeten, ontworteld. Zo voel ik me. Als een afdankertje.

16.30 uur
Ik ben toch maar meegegaan naar de vijfde jaardienst van opa Johan. Ook daar hield ik het niet droog. Ik mis hem. En het deed me pijn om oma zo verdrietig te zien. Iets wat ze natuurlijk probeerde te verbergen, want zo is ze. Tante Jolein kon er niet bij zijn. Mam was er pissig over, maar tante Jolein is gewoon tante Jolein. Je moet van haar houden zoals ze is: lekker zichzelf.

Waarom is mam eigenlijk zo'n theemuts? Het contrast met de rest van ons is opvallend. Mijn oma en mijn tante zijn beiden excentrieke types. Ze kleden zich apart, zijn mondig, feesten, blowen en genieten met volle teugen (whisky) van het leven. Mam niet. Zij is oersaai. Een middagje Postzegelmuseum is haar definitie van opwinding.

Ze is vast blij dat ik nu bij haar woon. Ach, die arme mam. Ze is eenzaam en het doet me ondanks alles goed dat ik haar gezelschap kan bieden. Dat geeft haar leven wat kleur (en maakt het mijne minder nutteloos).

Maddy

Lijst met stomme dingen:

1. Ronald
2. Het zwarte gat dat nu mijn leven is
3. Dat mijn hand net niet in een Pringles-bus past
4. Mensen die hun ontbijt op Instagram posten
5. Als iets een ‘zoetje’, ‘zuurtje’ of ‘bittertje’ heeft
6. Ochtendadem
7. Dat koriander naar zeep smaakt (en niemand dit serieus neemt)
8. Klimaatverandering
9. En de idioten die dat ontkennen
10. Dat pap me niet belt

Roos

Zondag 8 maart 2020

Ik heb vanochtend een HEEL lange wandeling door het bos gemaakt. ALLEEN, want Madelief is zó aanwezig in mijn domein. Toen ze nog klein was, kon ik redelijk overweg met haar drukte. Maar sinds ik alleen woon, ben ik gehecht geraakt aan de stilte. Mijn gedachten kunnen dan zo lekker vrij fladderen.

À propos 'alleen zijn': ik heb vanavond voor het eerst in vier maanden weer een date. Na die laatste flop was ik er wel klaar mee, maar mam was het daar niet mee eens en legde dit contact. Het daten is volgens haar niet bedoeld om opnieuw te trouwen, maar om 'mijn erotische energie weer te laten stromen'.

😝

Vandaar het jaarabonnement voor een exclusieve datingsite die gespecialiseerd is in vijftigplussers 'van niveau'. Kerstcadeau van haar. Mam vroeg donderdag of ik me al had ingeschreven. Natuurlijk niet.

Hierna opende ze samen met Madelief een account voor me. Mam verzon de teksten. Ze vonden het nog een hele uitdaging om mij dynamisch te presenteren. 'Stil en teruggetrokken' verkoopt immers niet. En een lol dat ze hadden. Ik liet ze, want ik was allang blij dat Madelief even plezier had.

Over één passage hadden ze discussie: die over mijn passie voor wijn.

'Mannen denken dat ze een zuiplap is als dat erin staat,' zei Madelief, toen mam de passage voorstelde.
'En hobby-vinoloog dan?' vroeg mam. 'Roos heeft veel kennis van wijnen en hun smaak.'
'Nog erger,' zei Madelief. 'Een zuiplap die slurpt.'
'Maar dat is het enige waarin ze excelleert.'
Oké mam, bedankt.

Maar goed. Dit is de tekst die er nu op staat. Best goed bedacht, moet ik ze nageven.

Sportieve jurist. Gescheiden. 52. Heeft een volwassen dochter.
Maakt graag lange wandelingen door de natuur, weer of geen weer.
Leest veel. Alles met letters wekt haar interesse.
Houdt van lekker koken. Kan helemaal opgaan in het kiezen van de juiste ingrediënten en passende wijnen.
Bezoekt wekelijks het theater, het filmhuis of een museum.
Geniet van de kleine dingen in het leven, zoals ruiken aan de eerste lentebloem.

Toen ik thuiskwam, heb ik meteen het wachtwoord gewijzigd. Mam is immers brutaal genoeg om namens mij contact te leggen met mannen die zij geschikt vindt voor me. Heeft ze al eerder gedaan en me zo opgezadeld met de afspraak van vanavond. Is met ene Henri. Met hem heb ik straks een 'kennismakingsetentje'. NUL ZIN IN.

Op papier past Henri binnen mijn profiel. Hij woont in de regio Utrecht, is academicus (Ir. wegenbouw), 59 jaar, weduwnaar, 1,83 meter, heeft twee volwassen dochters, een huis in Baarn (met strodak, chic!) en is sportief (hij zeilt). Maar op vier plaatsen in de tekst stond dat hij op zoek was naar 'een serieuze relatie'. En precies die opmerking zit me niet lekker. Zou hij soms doelen op samenwonen? Zo ja, dan hebben we een probleem, want dat wil ik niet. Alleen wonen bevalt me uitstekend.

En omdat ik inmiddels wel weet dat de heren chattend beter overkomen dan pratend, ben ik sceptisch over kandidaat Henri.

Maddy

Zondag 8 maart 2020

17.35 uur
Ik vertrek zo meteen naar Janine en Marit. Zij zijn het enige wat ik heb overgehouden van de middelbare school. En herpes, helaas.

Wat heb ik zin in onze maandelijkse Bowls & Booz-avond! Kan ik tenminste mijn hart luchten en het er goed van nemen. Als wij meiden samen zijn, schiet de dop van de fles. Zij zijn mijn *sisters in crime*! Zij weten precies hoe ze mij weer op de been moeten krijgen, dat hebben ze al zo vaak gedaan. Na vanavond voel ik me vast weer de oude. Ik zal als een feniks herrijzen uit de as!

20.10 uur
Wat een kutavond. Grootste teleurstelling sinds de *Game of Thrones*-finale.

22.45 uur
Eindelijk thuis. Laat ik deze clusterfuck voor je samenvatten:

- Janine was vijftig minuten te laat, omdat ze nog een adviesstuk moest schrijven. Jawel, op een zondagavond.

- Marit reageerde nauwelijks toen ik over Ronald vertelde. Normaal zou ze een fontein aan scheldnamen spuwen. Dat is haar speciale gave. Ze heeft hiervoor een eremedaille van haar studentenvereniging gekregen. Aanschouw en bewonder:

> Tofutrut. Gulpenruiker. Pisbakmuil. Vloerpruik. Kringloopkind. Fluimvreter. Tantrateef. Doorlekvlek. Bananenpeller.

Om maar wat voorbeelden te geven van haar briljante geest. En wat kreeg ik? Desinteresse, want ze zei niet meer dan: 'Wat vervelend voor je, Maddy. Ronald is echt stom.'

Ze wilden allebei NIET DRINKEN. Janine vertelde dat ze (alweer) een promotie bij de bank had gekregen en dat ze maandag met haar nieuwe functie zou starten. Daarvoor moest ze wel de 'juiste *headspace*' hebben. Toen ik aan Marit vroeg of zij dan wel een fles wijn wilde delen, weigerde zij ook, in het teken van solidariteit.

Oké Marit, waar is de solidariteit die mij toekomt???

- Janines reactie op mijn break-up: 'Ik heb Ronald nooit gemogen. Partners die elke verjaardag parfum kopen, geven je feitelijk een middelvinger met een strik erom.'

- De falafelbowl was dit keer 'meh' en alleen drinken had niet het gewenste effect. Ben na een gin-tonic maar overgestapt op muntthee.

- En nu de kers op de taart: toen we na het eten nog een toetje bestelden (dat Janine natuurlijk oversloeg) zei Marit na een ongemakkelijke stilte opeens: 'Ik ben zwanger.'

Janine wist het blijkbaar al. Marit had niet willen opscheppen over haar geluk, omdat ik nu kwetsbaar ben. Wauw.

- De rest van de avond heb ik geluisterd naar verhalen over zwangerschapsyoga, borstvoeding en waterbevallingen. Ik kon wel janken.

- Uiteindelijk heb ik dus gejankt in de trein.

Want alles lijkt te veranderen. Al het bekende vervaagt. Het voelt alsof ik als enige de cursus '*Adulting for Dummies*' niet heb bijgewoond. Mijn vrienden lopen vooruit en ik hou ze niet bij. Waarom moeten ze nu al huizen kopen, carrière maken en zwanger worden? Vanwaar die haast? Het was toch goed zoals het was, toen ik nog naast hen liep?

Jankt alweer

Roos

Maandag 9 maart 2020

Henri was een flop. Hij zag er uiteraard anders uit dan op zijn profielfoto (die minstens tien jaar oud is). Hij had een pafferig hoofd en een barkrukkont. Komt vast van al dat zitten in zijn zeilboot. En hij is de zoveelste kerel die zichzelf graag hoort praten. Ik wilde na een kwartier al naar huis, maar heb de drie gangen netjes uitgezeten. Tijdens het voorgerecht was ik al aan het nadenken over goede smoezen om onder een mogelijke vervolgafspraak uit te komen. Gelukkig deed hij dat verzoek niet.

Nu overweeg ik om mijn profiel op zwart te zetten. De ideale match in de virtuele wereld blijkt telkens een mismatch in de echte wereld.

En dan Madelief. Zij had groot nieuws over Marit! Die is zwanger! Dat bericht kwam wel bij me binnen. Haar vlotte moeder is van mijn jaargang en wordt nu dus oma en kan aan de bak. Net als de ouders van de aanstaande vader, want ik begreep dat de jongen nog bij pa en ma woont. Nou, dat wordt gezellig.

Ik had vandaag de verplichte opfriscursus als bedrijfshulpverlener. Het hele bhv-palet kwam weer langs: opsomming hoe te handelen bij brandwonden, botbreuken, elektriciteitsongevallen, het gebruik van verbandmiddelen, omgaan met slagaderlijke bloedingen en natuurlijk reanimeren. De man op wie ik moest oefenen had een hoestje. En dat hoestje houdt me nu al de hele avond bezig. Was dat nou een rokershoestje of een virushoestje?

Dat virus waart dus al door mijn hoofd. Komt misschien omdat de regering vandaag adviezen gaf, zoals geen handen meer schudden, niezen in de elleboog en papieren zakdoekjes gebruiken in plaats van stoffen. Zou dat helpen? In Italië in ieder geval niet. Daar puilen de ziekenhuizen al uit. Akelige beelden zijn dat.

Om het zekere voor het onzekere te nemen heb ik mijn hotelkamer in Maastricht toch maar geannuleerd. Ik ga het komend weekend dus geen kunst kijken op de TEFAF. 😢

Ik ga lange wandelingen maken en de lentebloemen bewonderen. Is ook leuk.

Maddy

Maandag 9 maart 2020

19.10 uur
Vanochtend was *Check-in Monday*. Dit is een wekelijkse sessie die we als team ondergaan om 'lekker te connecten'.

Karina was eerst. Zij is onze zelfbenoemde Chief Happiness Officer en neemt dat erg serieus. En natuurlijk stond ze weer op groen. Ze had een agile mindset en zou deze week goed doorpakken (kots kots). Daarna was het Ina's beurt. Zij stond op oranje, want ze had vrijdag de ballen van haar kater laten afknippen en die kwam nu de mand niet meer uit.

'Misschien moet je hem ont-man-den!' riep Jack. Sommige collega's moesten lachen en daarna stond Ina op rood.

Mijn beurt. Ik had me vorige week veel ziek gemeld vanwege Ronald, dus een groen lulverhaal was geen optie.

'Ik sta op oranje,' loog ik. Ik was hartstikke rood.

'Sta je niet in je kracht, Madelief?' vroeg Niko en hij zette zijn bezorgde-baas-pet op.

'Jawel hoor,' zei ik snel. 'Er speelt thuis gewoon het een en ander.'

Dat had ik niet moeten zeggen. Het hele team leunde tegelijk naar voren, smachtend naar een kantoorroddel. Oftewel het levenselixer van deze toko.

'Dit is een *safe space*, Mads,' zei Karina en ze legde een hand op haar borst.

Niko knikte plechtig en ik zag ineens dat hij kalend is.

'Delen is helend,' zei een ander.

Mijn ellende gaat ze niets aan, dus ik verzon ter plekke een zielig verhaal over mijn zieke schoonvader. Yep, de schoonvader die ik niet meer heb. En die niet ziek is. Niet fysiek in ieder geval. Daarna was het stil, wat superawkward was, maar toen zei Niko opeens: '*May the force be with you*', en daarna richtte hij zich doodleuk tot Idris. Die stond lekker op groen.

Duizendmaal wtf.

23.15 uur
Oma stuurde net de intro van haar 'boek'. Gaat over bejaarden (laat haar NOOIT weten dat ik het b-woord heb gebruikt!). Ze is het niet eens met de 'stereotypering van de rijpe mens' en wil een nieuwe beweging lanceren. Vroeger was ze een dolle mina, nu is ze een dolle beja. Ik heb mijn twijfels, al is dit stuk goud waard:

Oud is vies. Oud stinkt. Oud is duur. Oud is lelijk. Oud is ballast. Oud is zorg. Oud is niet-verbonden. Oud is onzichtbaar. Oud is saai.

Dit zijn treurige misvattingen waar leuzen als 'Zolang er leven is', helaas aan bijdragen. Daarom zal Het-Niet-Zo-Geheime-Dagboek van ondergetekende u laten zien dat de leefwereld van rijpe individuen uit meer kan bestaan dan bingo en vanillevla. Ik ben een vrouw in het winterseizoen van het leven en geniet nog met volle teugen. Mijn naam is Loes Janssen, ik ben 79 ¼ jaar jong en lust er nog steeds pap van.

Oma is de beste! Wat een topmens! Snel naar mam mailen!

23.15 uur
Pap heeft trouwens nog steeds niet gevraagd hoe het met me gaat. Wat is er toch aan de hand? Was hij vroeger ook zo'n koude kikker? Is dit waar mam mee moest dealen?

Misschien moet ik hem appen. Zo van: FYI: *ik ben Madelief. Enig kind van Roos Janssen en Peter Nugter. Yep, jouw dochter. Kun je a.u.b. doen alsof het je twee fucks kan schelen hoe het met me gaat? Ik ga een moeilijke periode door en heb extra aandacht nodig. Bij voorbaat dank.*

Roos

Dinsdag 10 maart 2020

Mam is weer bezig. Ze is dus officieel begonnen met schrijven. Het is tot daaraan toe om binnen je familie te vertellen over je 'behoeften' als oudere, maar toch niet leesbaar voor iedereen?!

Ik heb haar gebeld en gevraagd of ze zich niet schaamt voor haar exhibitionisme. Nee, helemaal niet, want ze is op een missie. Dit is volgens haar 'confronterende bewustwording'. Ze wil mensen ervan doordringen dat je écht niet oud bent met tachtig. Dat je nog gewoon leeft en nog gewoon voelt. Dat je nog gewoon vrouw (of man) bent. In álles.

'Waarom denk je dat die meiden van nu niet meer verplicht achter het aanrecht staan?' vroeg ze met een kalme stem.

Ik zweeg, want ik ken het antwoord.

'Precies, omdat meiden zoals ik hiervoor hebben gevochten. En dat doe ik nu opnieuw. Jij bent straks met tachtig nog steeds vlot en sexy, omdat ík daar nu voor vecht.'

Ik? Vlot en sexy? Dáág!

Maddy

Dinsdag 10 maart 2020

Ronald heeft me van ons Netflix-account gegooid. Harteloze klootzak. Je pakt toch ook niet de ballonnen van een cliniclown af?

Roos

Woensdag 11 maart 2020

Ik ben afgelopen nacht van mijn bed naar de bank verhuisd, waarna ik sliep als een roos (haha). Vanochtend had ik wel een stijve nek en een pijnlijke rug. Vanavond ruil ik met Madelief. Zij op de bank en ik in mijn bed.

Dennis kreeg gisteren ineens geen lucht meer en is met de ambulance naar het ziekenhuis gebracht. Hij heeft corona, of COVID-19, zoals het officieel heet. Dat bestaat toch niet? Hij is een sporter en pas 45!

Er viel een nare stilte in de kantoortuin toen monsieur Jean-Philippe de boodschap bracht. Zijn arrogante smoel zag lijkbleek en zijn stem was hijgerig. Onze omhooggevallen jongste partner had zijn emoties weer eens niet onder controle. Hij vroeg of iemand recent nog bij Dennis op bezoek was geweest en keek naar mij. Ik schudde mijn hoofd.

Hij meldde daarop dat wij ons volgens de GGD geen zorgen hoeven te maken, omdat Dennis al vanaf 20 februari niet meer op kantoor is geweest. Men vermoedt dat hij de ziekte heeft opgelopen met carnaval. De woorden 'hossen', 'zingen' en 'zuipen' vielen. Ik dacht meteen aan de dansende Jolein in Ischgl en heb haar geappt dat ze de kroeg moet mijden. Ze reageerde met een lachende smiley en een opgestoken middelvinger.

Een halfuur later vroeg Monsieur of ik even naar zijn kamer wilde komen voor overleg. Terwijl ik naar zijn aquarium liep, voelde ik alweer mijn woede over het feit dat ik het werk doe voor het succes van die bleke waspeen. Het 'overleg' bestond overigens uit de mededeling dat hij mijn vrije middag introk. Ik moest namelijk nóg een urgente zaak van Dennis overnemen. En dat terwijl ik al een afspraak had met Els en Lydia. We kwamen tot een compromis. Ik zou na mijn lunch in Laren terugkeren naar kantoor.

Ik had Lydia en Els al een tijdje niet meer gezien; ons laatste etentje was een week voor kerst. We waren de afgelopen maanden alle drie druk, druk, druk. Ik met werk en zij met huis, tuin en man.

Lydia had voor de feestdagen nog een beautykliniek bezocht voor een 'onderhoudsbeurt'. Ze zag eruit alsof windkracht 12 tegen haar gezicht blies. En Els had haar prachtige bruine haren geblondeerd voor een 'andere look'. Dat was gelukt. Ik moest erg wennen aan de gereviseerde koppen tegenover me.

We hadden het gezellig, maar toch was de middag anders dan vroeger. Allereerst natuurlijk omdat ik geen wijn dronk en zij wel. Maar er was nóg wat: door mijn informatieachterstand kon ik niet goed meer volgen waar ze het over hadden. Was in december ook al zo, maar nu bleek dat hinderlijk.

Els en Lydia bespraken de vaste thema's: buren, borrels, mode, design en natuurlijk de laatste nieuwtjes uit de yogagroep. Toen ik nog in Laren woonde vond ik de 'zweefklas' (= woord van mam) altijd super en veel oefeningen doe ik nog steeds, maar ik haakte ook toen al af bij de wazige gesprekken over tantra, mantra en yantra.

Voor het onderdeel chakra's is tegenwoordig nóg meer aandacht. De nieuwe leraar (een Amerikaanse hotshot met Arubaanse roots) zet stevig in op *inner healing*. Lydia is erg van hem onder de indruk. Ze hebben 'diepgaande' gesprekken over '*gratitude, joy, compassion and love*'. Pfff.

Enfin, ik luisterde, knikte en zweeg het grootste deel van ons samenzijn. Pas tijdens het afrekenen, vertelde ik dat de relatie tussen Madelief en Ronald voorbij is. De woorden 'Ach wat jammer!' en 'Die Ronald was een goede partij!' klonken. Beiden zien dus niet wat ik wel zie: Madelief is een kwarteeuw eerder dan ik bevrijd van ellende.

Tijdens de rit terug naar kantoor luisterde ik naar een nieuwsitem over de klimaatcrisis. De presentatoren gebruikten het beeld van een poolbeer die op drijfijs dobbert, terwijl zijn oude bestaan wegsmelt. Zo is dat ook bij mij, dacht ik. De ijsschots die me verbond met 't Gooi is afgebroken en drijft weg naar onbekende wateren, met mij erop.

De datingsite leverde weer een match op. Net nog even gechat met ene Ferdinand. Op zijn profiel stond dat hij graag een boek leest bij de open haard. Dus ik vragen in welk boek hij op dit moment bezig was. Zijn antwoord was vaag, waarop ik natuurlijk doorzaagde. Na een kwartier was ik wel klaar met hem. Ferdinand bleek een hol vat. Hij had het trouwens over een knapperig haardvuur. Vermoedelijk houdt hij ook van borrelnoten.

Die opmerking van mam over vlot en sexy zijn met tachtig zindert nog steeds na, want ze heeft natuurlijk gelijk. Het collectief bepaalt hoe je naar een individu kijkt. Het collectief zag anno 1967 de vrouw als afhankelijk en nu ziet het collectief de oudere als afhankelijk.

Denkbeelden zijn dus momentopnamen en kunnen wijzigen.

Maddy

Woensdag 11 maart 2020

18.45 uur
Zo meteen heb ik mijn eerste bezichtiging. Niet in Amsterdam, want met mijn inkomen huur je daar een bezemkast. Daarbij is het tijd voor nieuwe herinneringen. In Utrecht.

Ik heb er een goed gevoel over. Op de foto's lijkt het appartement ruim en het ligt centraal. Hopelijk wordt dit hem, want ik trek het echt niet langer om hier te wonen. Mam lijkt toch niet blij met mijn komst en ze staat twee à drie keer per nacht op om te pissen. Toen ik vannacht vroeg of ze het niet kon afknijpen, werd ze ook nog boos. 'Wacht maar tot jij een kind hebt gekregen!' Thanks, mam. Nog meer druk. Gelukkig verkaste ze daarna naar de bank.

Pfff, kon ik maar in het tuinhuis bij pap wonen. Daar zit ik tenminste niemand in de weg.

Behalve SM, blijkbaar.

21.15 uur
Ben terug van de bezichtiging. De moed zonk me al in de schoenen toen ik de andere gegadigden zag. Allemaal stelletjes. Ze stonden hand in hand en zeiden dingen als: 'O, kijk babe, we hebben avondzon!' en 'Deze vloer is zo retro'.

Er waren 149 aanmeldingen (?!?!) voor dit 'ruime appartement in de binnenstad'. Het had één ieniemienieslaapkamer die nog kleiner was dan mijn kledingkast in Amsterdam. De badkamer was verouderd en rook naar natte hond. De 'volledig uitgeruste keuken' was zo'n wit IKEA-blok uit hun allereerste collectie, maar het appartement had wel een Frans balkon dat uitzicht biedt op de Dom. Mits je geduld hebt. Het ding staat in de steigers en is pas over een paar jaar weer zichtbaar. En de prijs van dit legoblokje van 39 m^2? Een absurde 1250 euro, exclusief. Hartelijk dank, BV Nederland. Jullie kunnen allemaal de inves-TERING krijgen.

Maar goed, ik probeerde door de schraalheid heen te kijken en sprak kort de makelaar om mezelf te pitchen. De nood is immers hoog. Ik gebruikte woorden als 'rustig', 'volwassen', 'werkend', 'netjes' en 'ordelijk'.

'Vast contract?' vroeg hij zonder op te kijken van zijn telefoon.

Nee, nog niet.

'Partner met vast contract?'

Nee, niet meer.

Zonder intentieverklaring maakte ik geen kans. Daarbij verkoos de eigenaar koppels boven alleenstaanden. Dat laatste was de mokerslag en ik droop af. Terug naar het Bed der Alleenstaanden.

Mijn dieptepunten zijn als vaginale schimmelinfecties: ze blijven maar komen.

Ik kan niet geloven dat dit nu mijn leven is.

23.10 uur
Ik mis Ronald.

23.20 uur
Net opnieuw ruzie gehad met mam. Ze eist dat ik op de bank ga slapen, maar dat heb ik mooi geweigerd. Ik ben al ontworteld en dan

wil ze me ook nog verbannen naar de bank als een random couchsurfer? Zo gemeen! Ik ben verdomme haar kind en het is een TWEEPERSOONSBED!

Heb haar maar toegeworpen dat het moederschap geen einddatum heeft.

Roos

Donderdag 12 maart 2020

Corona wordt nu wel een dingetje. De WHO heeft de ziekte gisteren tot een pandemie verklaard, waarop Rutte & co. vandaag een hele rits decreten presenteerde om het virus in te dammen.

We moeten thuisblijven bij verkoudheidsklachten (logisch), sociale contacten verminderen (geen probleem) en thuiswerken (hoe dan?), hogescholen en universiteiten moeten dicht (heftig!), ouderen moeten het ov mijden (wanneer zat ik eigenlijk voor het laatst in een bus of trein?), liever niet reizen naar het buitenland en bijeenkomsten met meer dan honderd personen zijn verboden.

Die laatste twee maatregelen zijn écht balen, want voor Pasen heb ik zoals elk jaar een vlucht naar Corfu geboekt en met Pinksteren treinkaartjes naar Parijs.

Wat doe ik nu? Annuleren of wachten?

En musea, schouwburgen en concertzalen sluiten. Ik zou volgende week zaterdag met Els en Lydia een uitvoering van Mahler bezoeken. Gaat ook al niet door. 😢

Dit gaat vooral Madelief raken, met haar werk in de evenementenbranche. Zij ziet het probleem niet. De verordeningen duren immers maar tot 31 maart en het evenementenseizoen start pas in april. Mooi niet! Dit gaat écht langer duren. In China dook dit virus al begin december op en ze zitten daar nog steeds opgehokt.

Ben trouwens benieuwd hoe Monsieur invulling gaat geven aan dat thuiswerken. Loslaten en vertrouwen kan hij niet.

Het is niks geworden met dat appartementje waar Madelief zich op had gespitst. Er waren 149 kandidaten! Waanzin!

Dit is dus de woningnood anno 2020: een moeder die eindelijk gewend is aan haar lege nest, moet dealen met een terugkerend jong dat meteen weer alle ruimte pakt.

Het samenwonen met Madelief valt me zwaar. Sinds ik hier woon, was de maximale verblijfsduur van een gast (ook van mam, Madelief en Jolein) een paar uur. Dan keek ik mijn bezoekers al de deur uit en wilde ik terug naar mijn stille zelf. Naar mijn nette ordening. Naar mijn vaste ritme. Maar mijn liefde voor Madelief leidt tot aanpassen en inschikken.

Maddy

Donderdag 12 maart 2020

12.10 uur
Het voelt alsof ik in een put ben gevallen. Het is donker, de muren zijn smal en vochtig en ik heb geen grip. Ik ben alleen. Soms komt een zangvogel op de rand zitten. Het dier kijkt naar beneden, maar denkt: fuck it, hier ga ik mijn talent niet aan verspillen, en vliegt weer weg. Nee, niemand begrijpt hoe diep dit gat is. Ik kom er niet uit.

En misschien wil ik dat ook niet. Misschien wil ik hier wel blijven zitten, want als het niet meer goed komt tussen ons is het verdriet het enige wat ik nog van hem heb.

17.10 uur
Heb toch een poging gedaan om eruit te klauteren. Ben gaan hardlopen, maar kwam niet ver. Ben na een paar kilometer omgekeerd en weer op de bank geploft. Toen mam thuiskwam moest ik een tirade incasseren over de 'zweetlucht' die overal hing. Aansteller. Ik stink niet.

22.45 uur
Zou hij spijt krijgen als ik opeens dood was?

23.10 uur
Vergeet het voorgaande. Was een zielige pubergedachte. Ik ben een volwassen vrouw die deze afwijzing waardig draagt. Of dat althans probeert.

Over afwijzingen gesproken: het lijkt wel alsof ik die verzamel. Tot nu toe was ik alleen door de kunstacademie afgewezen, wat indertijd dramatisch was. Ik was er kapot van en ben maar Cultuurwetenschappen gaan doen. Daarna heb ik heel lang geen 'nee' gehoord, maar nu is de afwijslijst gegroeid: kunstacademie, Ronald, pap en mam... Kwartet.

Ik heb nooit eerder het bezoekrecht van mams baarmoeder willen delen, maar nu was een broer of zus zeer welkom geweest. Een medestander; iemand die letterlijk begrijpt waar ik vandaan kom. Maar ja, als enig kind is het alles of niets: je krijgt alle aandacht of noppes.

Ik zit nu in de noppesfase.

Roos

Vrijdag 13 maart 2020

Vrijdag de dertiende deed zijn naam eer aan. Ik heb opnieuw nauwelijks geslapen. Na twee nachten op de bank had ik zo'n rugpijn dat ik toch weer in mijn eigen bed ben gekropen, maar dat werd een fiasco. Madelief stond een paar keer op en deed dan steeds de lamp in de gang aan voordat ze de slaapkamerdeur had gesloten. Ik schrok telkens wakker van die plotse lichtflits.

Mijn concentratievermogen op het werk was vanochtend dan ook nagenoeg nihil. Gelukkig werden de thuiswerkplekken ingeregeld. Ik mocht om elf uur al met mijn laptop en dossiers naar huis en was een uur later een van de eersten die bezoek kregen van het automatiseringsbedrijf. Toen de IT'er weg was, ben ik even op bed gaan liggen. Ik dommelde gelijk in (en ik voel me niet schuldig – raar –).

Jolein wekte me. Ze blijkt halsoverkop uit Ischgl gevlucht. Het skigebied ging in quarantaine vanwege een corona-uitbraak. Twee van haar vriendinnen kregen de nacht voor vertrek koorts en keelpijn, maar ze zijn toch bij Jolein in de auto gestapt. Ze wilden naar huis, en snel. Dat ze mogelijk een dodelijke ziekte naar Nederland brengen, boeit de dames niet. Ben benieuwd wat hun echtgenoten hiervan vinden? Als ik getrouwd was met zo'n besmette feestmuts liet ik haar in de garage slapen.

Gelukkig kreeg ik Jolein wel zover dat ze me beloofde om twee weken uit de buurt van mam te blijven.

À propos mam: er was weer gedoe. De nieuwe bazin van het luxe woonzorgcomplex heeft een verbod op bezoek afgekondigd. Dit om de kwetsbare ouderen te beschermen tegen het virus. Mam ging over tot de aanval en belde mij. Ik moest onmiddellijk komen en dat mens met de juiste juridische tekst op haar plek zetten.

Ik ging en meldde me zonder afspraak bij Jolanda, de vrouw des huizes. Ik trof een vlotte, slanke roodharige met een bobkapsel. Ze is van mijn leeftijd en we hadden direct een klik. Gewapend met mijn map met contracten zette ik uiteen dat mam een woning met een eigen ingang huurt voor bijna 4000 euro per maand met daarbij inbegrepen 24/7-zorg, entertainment, wellness en eten bereid door een chef-kok. Wat mam achter de deur van dat peperdure appartement doet, is háár zaak. Ook wie ze daar ontvangt.

Jolanda luisterde en vertelde vervolgens dat mam 'de gemoederen' in het complex nogal bezighoudt en dat ze bekendstaat om haar bruisende feestjes en royale voorraad wiet (suggereerde ze soms dat mam dealt?). Ik geneerde me dood, maar voerde als verweer aan dat het huurcontract geen passage bevat over een verbod op het gebruik van cannabis. Ook staan er geen beperkingen geformuleerd ten aanzien van het maximale aantal bezoekers. Bovendien liggen er nog geen klachten inzake overlast.

Jolanda knikte en antwoordde dat de ervaringen met mam inmiddels tot contractherzieningen hebben geleid voor toekomstige bewoners en dat ze vanaf nu een formele brief naar mam gaat sturen telkens wanneer ze hinder veroorzaakt voor andere bewoners. Kennelijk is mam de voorloper van een nieuw type bejaarde. Het zal eens niet!

Hierna meldde Jolanda dat mam ook in de toekomst gasten kan blijven ontvangen, maar dat heeft dan wel als consequentie dat de gemeenschappelijke ruimten voor haar een no-goarea worden. Uiteraard wordt de zorg ín haar woning nog verleend en kan het eten eventueel voor de deur worden gezet. Jolanda glimlachte. Ik ook.

Ze vroeg toen waarom zo'n vrijgevochten type als mijn moeder überhaupt had gekozen voor een appartement in een particulier zorgcomplex. Ik vertelde over haar succesvolle bloemenwinkel en hoe ze een complexe heupbreuk had opgelopen tijdens het creëren van een bloemstuk. Ze was uitgegleden over afgeknipt groen. Zoef, poef, en daar lag ze. In een tv-serie zou het voor komisch zijn doorgegaan.

De nieuwe heup en de revalidatie hadden als resultaat dat ze weliswaar weer kon lopen, maar het eerste jaar nog met een stok. In die fase ging mam haar bloemenwinkel en haar grote huis als ballast zien, waarna ze – zoals altijd – vrij impulsief besloot tot verkoop en tot de huur van dit appartement. De uitstekende keuken was de trigger. Mam heeft een hekel aan koken. Jolanda bevestigde dat hun kok een geweldige reputatie heeft.

Maar goed. Toen ik mam de twee opties voorlegde, koos ze voor wegblijven uit de gemeenschappelijke ruimtes. Met die 'wandelende graftakken' had ze sowieso amper contact.

Mam weigert trouwens om nog verder met me in discussie te gaan over haar activistische boek. Ik kan nu twee dingen doen: de zaak op de spits drijven of met zachte hand de reputatieschade proberen te beperken. En misschien maak ik me ook wel te veel zorgen. Ik kan me niet voorstellen dat een uitgever interesse heeft in zoiets.

Of vergis ik me? Madelief vindt de eerste passages van mam 'rauw' en 'eerlijk'.

ZUCHT...

Maddy

Vrijdag 13 maart 2020

17.55 uur
Ik begin nu pas te beseffen dat ik niet alleen Ronald kwijt ben, maar ook ons leven samen. Ik mis het om thuis te komen en dat hij dan vraagt hoe mijn dag was. Ik mis onze seriemarathons. Ik mis ons vaste tafeltje in het ramenrestaurant op de hoek. Ik mis zelfs onze maandelijkse brunch bij die zeurzeug van een schoonmoeder. Ik mis gewoon dat ik bij iemand hoor. Dat ik een thuis heb.

En nu is die driejarige relatie gereduceerd tot mijn obsessie met zijn WhatsApp-status. Ik begin manisch-depressieve trekjes te krijgen. Heb mijn telefoon daarom uitgezet en in een halfleeg crueslipak 'verstopt'. Moet nu een stoel pakken om erbij te kunnen. Hopelijk drukt deze barrière de ergste impulsen de kop in.

Maar goed, in het teken van selfcare ga ik nu in bad. Ik heb alvast een geurkaars aangestoken en de playlist '*Bath Songs to Relax*' aangezet op Spotify.

Afleiding is vanaf nu mijn grootste prioriteit.

18.15 uur
Ha, het universum lacht me toe! Net Lush-ballen en een Rituals-set gevonden in mams hoogste badkamerkastje. *Finders keepers!*

20.45 uur
Waarom is hij zo lang online? Is hij met iemand aan het praten? Met wie? Hij zat nooit zo lang op WhatsApp. Hij reageerde altijd laat of

helemaal niet. Hij is vast met een Tinder-date aan het chatten. Vieze, vuile hufter! Wat kan ik doen om zijn aandacht te trekken? Snel mijn WhatsApp-profielfoto veranderen in een met mijn haren in een paardenstaart (heeft hij een zwak voor). Hij moet zien wat hij mist.

21.20 uur
Waarom is hij zo lang offline? Wat is hij aan het doen? Heeft hij haar soms al uitgenodigd? Loopse hond die hij is. Zie je wel. Hij heeft al een ander! Ik ga hem appen. Of nee, ik bel hem gewoon. Aaaah nee, niet bellen! Laat zien dat je hem niet nodig hebt. Wees begeerlijk door onverschilligheid. Wel nog even een badjasfoto #selflove #metime gepost.

22.10 uur
IK WORD HONDSDOL VAN MIJN MOEDER. Ze begon alwéér te zaniken over het bed! Het is toch niet te geloven! Kan dat mens me niet wat rust gunnen en tenminste doen alsof ze blij is dat ik er ben? Toen ik uit huis ging was het huilen huilen, maar nu ik tijdelijk terug ben, kijkt ze me de deur uit. Ben ik dan echt zo'n last? Ronald vindt van wel. En pap blijkbaar ook. Maar van mam had ik meer verwacht. Moederliefde zou ijzersterk en superfluffy zijn. Dus waarom doet ze zo afwijzend???

Roos

Zaterdag 14 maart 2020

Ik heb gisteravond een serieuze ruzie gehad met Madelief. Ik eiste dat zíj nu eens een nacht op de bank ging slapen, maar dat leidde tot woedeaanvallen. Uiteindelijk bond ik in, omdat ik bang was dat ze misschien domme dingen ging doen in haar hysterische staat. Ik begrijp het niet. Wat heeft die Ronald dat maakt dat mijn dochter zo om hem rouwt? Uiterlijk is hij doorsnee en qua karakter een egoïstisch sujet.

Dus alweer slecht geslapen. Ik ga maar wat wandelen en daarna een middagdutje doen. Madelief is net met Marit vertrokken naar een wellnessresort op de Veluwe. Een domme actie, want tijdens een crisis moet je de knip op de beurs houden en sparen. Dat vertelde ik haar ook en ik adviseerde om gebruik te maken van de sauna en het zwembad in het souterrain van ons appartementencomplex. Daar komt zelden iemand. Dat wilde ze niet. Beneden waren geen restaurant en geen bar. Ze had na alle ellende wel wat luxe verdiend. Nou ja…

Net nog een klagende Jolein aangehoord. Ze snapt niks van al die ophef rond 'dat griepje'. Ik heb haar de link geappt van het nieuwsitem met de naar lucht happende Italianen.

Ik kom maar niet op de naam van dat wellnessresort op de Veluwe. Dat irriteert me. Ik vergeet de laatste tijd best veel. Is dat de overgang? Of beginnende alzheimer?

Ik wilde net naar de Albert Heijn, bleek dat Madelief zonder het te vragen mijn auto heeft gepakt. Deed ze vroeger ook, maar toen had ik altijd nog de cabrio van Peter. Nu moet ik op de fiets. Het is gelukkig droog.

Mam mailde me zojuist weer een passage van haar boek. Het betreft een opsomming van alles wat beter wordt met de leeftijd, zoals: kaas, cognac, whisky, gietijzeren pannen, wijn, gerookte ham, jeans, beddengoed van flanel, kunst, antiek, balsamicoazijn, augurken, de natuur, thee...

Conclusie: veel van wat ik leuk of lekker vind is oud.

Eyeopener.

Maddy

Zaterdag 14 maart 2020

Ben zo zen als Winnie de Poeh.
Ik had deze spadag echt nodig. We hebben het duurste arrangement gekozen en het er helemaal van genomen: massage, koffiescrub, hamam, opgietingen en een klankschaalsessie. Voel me herboren en minder down. Bewijs: afleiding werkt!
Een topdag dus, ook al bleef Marit kerels aanwijzen toen we bij de voetenbaden zaten.

'Wajoooo, kijk hem! Vind je die niets?'

Ze wees naar een man die grotere tieten had dan ik.

'Jezus Marit, zo *desperate* ben ik ook weer niet.'

'Nee, niet die dikke. Die naast het Turkse stoombad, met dat baardje.'

'Ooo, die,' zei ik en ik ging wat rechter zitten. '*Damn*, ja.'

'Je moet zo snel mogelijk terug op het paard, Mads. Maakt niet uit wat ze zeggen, *rebounds* werken wel degelijk. Zo heb ik de papa van dit wondertje ontmoet,' zei ze (alweer) en ze legde (alweer) een hand op haar '*baby bump*', die nog gewoon plat was.

Mark my words: over een paar maanden mept ze een genderreveal-piñata kapot en maakt ze een papier-maché afdruk van haar pens. Wat kunnen mensen veranderen.

'Shit, hij is bezet,' zei Marit en ze wees naar baardmans, die hand in hand met een brunette wegliep. 'We vinden wel iemand anders voor je, Mads. Geef niet op.'

Gee, thanks. Dat ben ik nu: die vriendin waar anderen 'iemand voor moeten vinden'.

Maddy Nugter: leegstandsbeheer.

Roos

Zondag 15 maart 2020

De regering heeft nóg meer maatregelen afgekondigd om het coronavirus te stoppen: bijna alles gaat op slot tot 6 april. Jolein belde na de persconferentie. Of ik het ook had gezien?

'Ze pakken onze vrijheid af!' tierde ze. 'Niet uitgaan, niet uit eten en niet naar de sportclub. Dat is een drama!'

'Het is maar voor een paar weken,' wierp ik tegen zonder het zelf te geloven.

Jolein raasde nog even door over het saaie bestaan dat haar nu wachtte.

'Een tijdje thuiszitten is juist goed voor jou,' sloot ik af. 'Zo kun je financieel op adem komen. Jouw baan is immers niet in gevaar. Reclamebureaus werken gewoon door.'

Ze verbrak de verbinding. Een vertrouwd ritueel.

Meteen daarna belde mam. Ook zij was opgefokt, want de coffeeshops sluiten en ze heeft niet genoeg wiet om drie weken door te komen. Of een collega van strafrecht misschien weet waar de straatdealers zich ophouden? Nee dus.

Ik heb nu moeite met denken (en schrijven). Niet alleen vanwege het slaaptekort, maar ook vanwege die pandemie. Ineens kan dus alles wijzigen. Ik heb dat al eerder meegemaakt: je man ontmoet een mevrouw op een cursus en *poef*, weg is je vertrouwde huwelijk. En een andere man ontmoet een vleermuis op een markt in Wuhan en *poef*, weg is je vertrouwde wereld.

Lichtpuntje: Madelief logeert vanavond bij Marit.

DUS:

1. Ik kan vanavond zelf bepalen wat ik kijk op tv. = GÉÉN VIKINGS!
2. EINDELIJK WEER EEN NACHTJE NORMAAL SLAPEN!

Maddy

Zondag 15 maart 2020

Vandaag weer de hele dag voor de tv gehangen. M'n enige verzetje was een hardlooprondje. Ging bagger. Zelfs RunKeeper leek teleurgesteld.

Nadat ik had gedoucht (dit keer wel), keek ik *Marriage Story*. Een goede film, maar niet bepaald *uplifting*. Waarom gaan zoveel mensen uit elkaar? In Nederland alleen al belandt een derde van alle echtverbintenissen bij het grofvuil. Dat zijn zo'n 35.000 wegwerphuwelijken per jaar.

En drie jaar geleden werd dat van mijn ouders ook onderdeel van die CBS-statistiek.

De scheiding was een verrassing. Ik wist niet dat mijn ouders issues hadden, of dat mijn vader iets tekortkwam. Iets wat hij bij SM vond. Ik zat in die tijd in Sydney voor dat uitwisselingsprogramma. Blijkbaar woonde mam toen in het tuinhuis, maar ook dat wist ik niet. 'Om jou dat leed te besparen,' zei ze later.

Ik weet wel nog dat ik het raar vond dat mijn ouders vanuit verschillende plekken videobelden, maar ja, we hadden dan ook een groot huis. Achteraf begrijp ik de verbeten gezichten, waarom pap vaak 'geen tijd had' en waarom mam wegkeek als hij iets zei. Mijn familie viel uit elkaar en ik was er niet om het te fixen.

Toen ik maanden later weer thuis was en ik het nieuws hoorde, bleef ik positief. Dit zou goed komen. Dat moest wel, want wij waren de Drie Musketiers; één voor allen, en allen voor Maddy. Maar het kwam niet goed. Mijn vader was verliefd op een ander en mijn moeder vertrok. Mijn familie was kapot, maar ik heb er nooit over gepraat. Want ja, ik was volwassen. Ik moest de echtscheiding zien als een foute aankoop waarvan ik de kassabon kwijt was. Zonde, maar ach.

Nu zijn we drie jaar verder en inmiddels woont SM in mijn ouderlijk huis met haar tweeling. Er is zoveel veranderd. Waar de woning eerst nog knus was, is die nu een kille plek met '*minimal design*'. De wildebloementuin van oma is betegeld en mijn vader is geen vent meer, maar een dwergkees met een muilkorf om. Alle vertrouwdheid is weg.

Dus hadden Ronald en ik überhaupt wel écht een kans? Tot de dood ons scheidt lijkt stervende. Mensen ruilen elkaar in als witgoed. Het gras kan namelijk groener zijn aan de overkant of in de broek van een collega. Zie pap.

Door hem weet ik dat 'in voor- en tegenspoed' niet verder reikt dan de volgende inspiratiebron. Want uiteindelijk wordt iedereen gewoontjes. Mam voor pap. Ik voor Ronald. Ik durf zelfs te wedden dat Angelina Jolie op een ochtend wakker werd en dacht: 'Gatver, wat meurt die Brad toch uit zijn bek. Wil ik hem nog wel?'

En de cijfers liegen er niet om. Als echtscheidingskind heb ik sowieso minder kans op een duurzame relatie. Ook daar moet ik mijn ouders voor bedanken. Ik bungel tegenwoordig aan de foute kant van de statistiek.

Roos

Maandag 16 maart 2020

Mam verbaasde me vandaag weer eens met haar optimisme. Ze belde me aan het einde van de middag.

'Ons opperhoofd gaat vanavond het volk toespreken. Ik kom naar jou. Dan kijken we samen. Ik breng champagne mee.'

'Champagne?' vroeg ik. 'Rutte praat over corona, mam. Daar valt niks bij te feesten.'

'Tuurlijk wel. Ellende die je niet kunt verzachten, moet je verzuipen.'

Om halfzeven stond ze op de stoep met een Ruinart. Even later belde ook Jolein aan. Ik wilde haar de toegang weigeren, want twee weken quarantaine is twee weken quarantaine. Maar mam was het daar niet mee eens en stevige onderhandelingen volgden. Uiteindelijk zat Jolein op mijn terras toen de NOS naar Den Haag overschakelde, en keek via het raam naar de tv. Mam knipoogde en gaf haar handkusjes. Hierna ondergingen we het historische moment met drie generaties. Inderdaad toostend met champagne.

Mam, Jolein en Madelief zijn optimistisch. Die geloven dat de pandemie tegen de zomer alweer voorbij is. Echt niet. Toen ik meldde dat dit langer gaat duren, klonk er gezucht. Ik was een zeur. *What's new?*

Lichtpuntje: mijn eerste dag thuiswerken was super. Stukken waar ik in die luidruchtige kantoortuin toch zeker twee dagen aan schrijf, waren binnen een paar uur klaar. En tijdens de lunchpauze maakte ik een heerlijke wandeling door het bos. Even de natuur in lopen kan niet in de stad. Maar ik vermoed dat ik woensdag weer verlang naar kantoor, want vanaf morgen start Madelief ook met thuiswerken. We moeten dan een tafel van 1,5 meter delen. Madelief kennende pakt zij de meter en gunt mij 50 cm.

Ik kreeg net een appje van de vrouw van Dennis. Het gaat helemaal niet goed; hij is overgeplaatst naar de ic. Mij sloeg de angst om het hart toen ik de foto's bekeek. Dennis leek opgeslokt door slangen en apparaten.

Maddy

Maandag 16 maart 2020

20.10 uur
Zojuist dé persconferentie gekeken. Ik zal het aan niemand vertellen, maar ik vind het best opwindend. Het voelt alsof er iets groots gebeurt waar ik toeschouwer van ben. Later kan ik zeggen: 'Mijn generatie heeft nog de coronaoorlog meegemaakt!'

Ander voordeel: geen constante fomo. Ik hoef niet langer bang te zijn dat anderen opwindende levens leiden, terwijl ik één word met het bankstel. Opeens is er gelijkheid tussen de hoogvliegers, laagvliegers en dodo's zoals ik, want we zitten allemaal thuis. Wat een bevrijding.

Door de break-up was ik niet zo met corona bezig, maar inmiddels dus wel, want vanaf morgen moet ik thuiswerken. *No biggie*. Ik hoef niet meer op en neer naar kantoor, kan langere pauzes nemen en mam kan 's middags lunch maken.

Daarbij hoef ik dat gore piswater niet meer te drinken dat mijn baas 'baristakoffie' noemt. Hij heeft laatst zo'n halfautomaat aangeschaft die hij tot Karel heeft gedoopt. Sindsdien preekt hij over Single Origin koffiebonen en de 'perfecte doorlooptijd'. En o ja, hij draagt zijn haren in een *man bun*. Niko vindt zichzelf een hipster. Ik vind hem triest.

Ik vraag me trouwens af wat er gaat gebeuren met onze evenementen. We moeten alle boekingen annuleren. Gelukkig is het het laagseizoen en staat er weinig. Tegen de zomer is vast alles weer normaal.

23.40 uur
Mam net gevraagd aan wie zij haar woorden in haar dagboek richt. Dacht dat ze nog wakker was, maar ze lag al te slapen. Oeps.

'Aan niemand,' bromde ze chagrijnig en daarna stond ze op om naar de wc te gaan.

Wakker maken blijkt een goede tactiek. Vannacht nog maar twee wc-rondes te gaan.

Roos

Dinsdag 17 maart 2020

Ik zit erdoorheen, want ik heb alwéér slecht geslapen. En thuiswerken met Madelief is een ramp. Ze heeft de hele dag 'gezoomd'. Is een nieuw woord, 'zoomen'. Madelief kletst aan één stuk door! Ik moest oordoppen indoen om het geluid van haar stem te dempen.

En ook ik heb vandaag mijn eerste online vergadering gehad, met een belangrijke cliënt. Het lukte me aanvankelijk niet om dat programma op mijn laptop te installeren. Ik kreeg een opvlieger van alle stress en moest mijn T-shirt vervangen. Uiteindelijk heb ik Madelief gevraagd of zij het voor me wilde doen. En ja hoor, ze klaarde de klus binnen twee minuten, gevolgd door een overwinnaarsblik. Waarna mijn leefruimte nog verder kromp.

De digitale drukte in mijn woning joeg me naar buiten. Ik liep in de pauze naar het centrum en stond even stil op het plein, draaide langzaam rond mijn as en bekeek de lege straten. En met een groeiende verbijstering werd ik me bewust van de lange arm van de overheid, die ons in twee dagen naar een gekooid leven had geleid.

Ik kon haast geen adem halen en wilde ineens ontsnappen uit Het Systeem. Ik snelde naar het bos. Daar was gelukkig nog niks veranderd. Of toch wel: de wilde narcissen bloeiden.

Zojuist heeft Nederland geklapt voor het zorgpersoneel. Madelief en ik deden mee. Zij zijn nu onze frontsoldaten. En met elke coronapatiënt die binnenkomt klimmen ze uit hun loopgraaf en rennen ze richting het virusvuur. Wat een moed hebben die mensen.

Mam belde net. Haar buurvrouw had een brief gekregen met het bericht dat de operatie aan haar knie is geannuleerd. De gewone zorg wordt voor onbepaalde tijd uitgesteld vanwege een gebrek aan bedden. Daar liggen nu coronapatiënten in.

'Nu is het menens,' zei ze.

Ze klonk ineens anders. Minder luchtig.

Maddy

Dinsdag 17 maart 2020

10.25 uur
Had om 8.30 uur meteen mijn eerste Zoom-sessie. De helft was te laat. 'Excuses, mijn verbinding was slecht' of 'Ik kon de link niet vinden'. Toen we eindelijk compleet waren, heerste er collectieve hysterie. We zijn met zeventien mensen en iedereen wilde eerst z'n ei kwijt over de maatregelen. Ik heb 'o, wat een toestanden' wel tien keer gehoord. De kwijlende kleuter van Jack wilde om de paar minuten z'n tekening laten zien en de keffer van Ina bleef maar blaffen. Ze is te oud om de muteknop te vinden. Niko werd met de minuut geïrriteerder.

'Even centraal mensen, even centraal!' riep hij en hij zat zo dicht tegen zijn camera dat ik zijn neusharen kon tellen.

Ik zat zelf met tig vragen over onze boekingen, maar ik kreeg er geen speld tussen.

12.20 uur
Ik had gehoopt op een lekkere lunch, maar moest een boterham smeren. Probeerde mam daarna een schuldgevoel aan te praten om de weg vrij te maken voor zo'n handmatige espressomachine. Helaas mislukt. Ze vindt haar Senseo-moerassap 'smaakvol'. Daarna mijn standaard verlaagd naar Nespresso, maar helaas geen centimeter gewonnen.

Kan niet geloven dat ik dit zeg, maar: ik mis Karel de halfautomaat.

Zet wel thee.

13.45 uur
Mam mept op het toetsenbord alsof het zo'n oude typemachine is. PAAF! PAAF! Binnensmonds gemompel. PAAF! PAAF! PAAF! Ik kan me niet concentreren en heb er zojuist iets van gezegd.

'Ga maar naar je vader als het je niet bevalt.'

'Sorry, wat?'

'Je hebt me heus wel gehoord, Madelief. Ik heb schoon genoeg van jouw commentaar.'

Ik liep zonder wat te zeggen weg en heb de rest van de middag op de wc gewerkt. Voel me klote.

21.05 uur
Pap belde net! Eindelijk! Het was fijn om hem te spreken, ik heb hem gemist. Minder fijn was hoe het gesprek eindigde. Ik vertelde dat mam superstom tegen me doet.

'Kan ik echt niet bij jou komen wonen? Het is maar tijdelijk. Het tuinhuis staat leeg, toch? Je zult geen last van me hebben. *Please*?'

Ik zei er maar niet bij dat ik gewoon in mijn eigen kamer had kunnen slapen als SM er geen 'indoorgym' van had gemaakt.

'Sorry, lieverd. We gaan het ombouwen tot een wellnessruimte en zijn al in gesprek met een aannemer. Het komt niet gelegen.'

'Oké.'

Weet je wat die vrouw is? Een fucking koekoek. En ik ben het onfortuinlijke ei dat uit het nest is geduwd.

'O ja, waar ik trouwens voor belde...' ging pap verder. 'Houd je de 22e vrij voor de verjaardag van de tweeling? Het is hun *sweet sixteen* en jij hoort natuurlijk ook bij de familie.'

Ik slikte de brok in mijn keel weg en zei: 'Zal er zijn.' Daarna hing ik op.

Wtf. Mijn vader praat nauwelijks tegen me, maar heeft wel tijd om een feest te organiseren voor de bloedzuigers? Ik hoor bij de familie, maar onderdak bieden? Ho maar! Ik begrijp er niets van. Wat moet ik doen om zijn aandacht te krijgen? Een methlab opzetten? De HEMA overvallen?

Blijkbaar is gewoon mezelf zijn niet genoeg. Voor niemand niet.

Heb de rest van de avond wijn uit een kartonnen doos gedronken. Het deed zijn werk, maar ik kreeg een fittie met mam toen ze me zag tappen.

'Alcohol lost niks op en ik dacht dat ik jou smaak had bijgebracht, Madelief!'

De resterende 2 liter Toscaanse Pracht verdween in de gootsteen.

Ze is me 9,69 euro schuldig.

Maddy

Geweldopwekkers:

1. Erin fietsen
2. Bilaatje/triaatje
3. Afhechten
4. Zoompje, Zoom-linkje (ben nu al Zoom-moe)
5. Synergie
6. Waardetoevoeging
7. Een plasje erover doen
8. Laaghangend fruit
9. Funnelen
10. Jeukwoorden

En als Karina deze week nog één keer 'dagdagelijks' zegt, stop ik rattengif in haar gemberthee. Mits ik haar ooit nog zie.

#thuiswerken

Roos

Woensdag 18 maart 2020

Mijn hoofd staat op ontploffen. Mijn hersenen draaien maar door en door en door. Slaaptekort, werkdruk, hormonen, corona en vooral Madelief maken dat ik maal over 'mijn leven'. Immers, voor je het weet adem je de foute lucht in en verdwijn je onder snoeren. Zie Dennis.

Heb net met mam gebeld over die druk op mijn kop. Ze kwam weer met haar metafoor van het kwispelende hondje. Ik doe volgens haar nog maar weinig waar ik enthousiast van word, zei ze. Ik kwispel niet meer en ik draai maar rondjes in mijn eigen ren.

'Maak een lijst van de dingen die je blij maken, Roosje, en ga die dingen doen!'

Ik deed wat ze zei:

1. Alles met wijn, zoals wijn maken, proeven en beoordelen (en drinken, maar met mate), maar ook lesgeven, blogs schrijven en inkoop
   → geen tijd voor 😪

2. Wandelen in de natuur (ruiken aan bloemen maakt me high!)
   → kan in de winter alleen in het weekend (want vroeg donker) en vaak minder lang dan ik zou willen (want ik moet ook nog mijn huis poetsen, strijken, wassen, boodschappen doen, mijn administratie bijwerken...)

3. Koken (en lekker eten, met mate)
→ geen tijd voor. Tegenwoordig snel-snel, want trek na het werk

4. Lezen
→ geen puf meer voor. Val al in slaap na een paar bladzijden

5. Musea, theater, filmhuis
→ dicht vanwege corona

En qua werk?

Geen gekwispel. NUL!

Integendeel: na een dag op kantoor kruip ik kapot in mijn mand en heb ik nog net genoeg energie voor mijn bak met voer.

Ik werk ruim twee jaar bij Pixa & Partners en zit aan mijn derde jaarcontract, terwijl ik allang een vaste aanstelling had moeten krijgen. Met het opperhoofd, Paul Pixa, kan ik redelijk overweg, maar hij is gespecialiseerd in strafrecht en die zaken doe ik niet. Ik val onder de jongste partner, Jean-Philippe Verdier, oftewel Monsieur, en die geeft me de standaarddossiers (= veel gezeik en zero uitdaging).

Ik word eigenlijk alleen enthousiast van zaken die iets van doen hebben met de bescherming van de natuur en die krijg ik alleen als Dennis (die onder andere milieurecht doet) overloopt. Of ziek is, zoals nu.

Ja, milieurecht is mijn ding. Toen ik afgelopen december tijdens mijn jaarlijkse functioneringsgesprek bij de mannen van de maatschap meldde dat ik me wilde specialiseren binnen dat domein, zeiden ze doodleuk dat ik nog 'te weinig ervaring' heb. Ik moest eerst nog wat langer dienen onder Monsieur. Om van hem te leren over 'het brede vakgebied van het bestuursrecht'.

Wat een onzin! Van die bleke waspeen valt niks te leren. Behalve hoe je met weinig kennis veel bereikt. En dat is:
- Geaffecteerd praten.
- Je altijd op de voorgrond plaatsen.
- Grappen maken over anderen (die falen).
- Nóóit een eigen mening hebben over gevoelige (politieke) onderwerpen.
- De kont van Pixa likken.
- Altijd strak in het pak zijn. Ook bij 30 graden.
- Een Tesla rijden, terwijl het milieu je niks boeit.
- Je met 'u' laten aanspreken door je secretaresse.
- Voorzitter zijn van diverse netwerkclubs en dan de andere bestuursleden laten werken.
- Blogs posten over populaire juridische onderwerpen (die stagiaires schrijven).
- En tot slot: nóóit over je privéleven praten (want thuis is zijn vrouw de baas, vertelde Dennis).

En solliciteren is geen optie. Ik ben destijds maanden bezig geweest om deze baan te vinden en moest genoegen nemen met de positie van junior advocaat, terwijl ik op basis van ervaringsjaren een senior advocaat ben. Bovendien hoop ik nu op een vaste aanstelling en is het niet handig om midden in een pandemie van baan te wisselen. Ik heb immers ook mijn leeftijd niet mee. Je kunt dan beter vasthouden aan je zekerheden.

En dit alles is ook het gevolg van de scheiding. Toen ik nog getrouwd was met Peter werkte ik maar twee dagen per week als advocaat op het kantoor van Johan (= freewheelen, omdat ik zijn aangenomen dochter was en hij me op handen droeg). De rest van de tijd besteedde ik aan mijn passie voor wijn, die financieel weinig opbracht. Maar dat is passé. Mijn laatste workshop gaf ik in 2017, mijn laatste wijnreis organiseerde ik in 2018 en mijn laatste blog schreef ik in 2019.

Samenvattend: ik lig aan de ketting met de staart tussen de benen.

Maddy

Woensdag 18 maart 2020

Toen ik rond 17.45 uur de AH binnenliep, leek het alsof ik een scène van *The Walking Dead* binnenstapte:

Ik moest een ontsmet karretje pakken en de met tape uitgezette winkelroute volgen.

Veel schappen waren leeg. Niet in de zin van: 'Vandaag is linguine van Grand'Italia helaas op, maar kies vooral de speltpasta, kikkererwtenpasta, linzenpasta of de schelpjes van Barilla.'

Nee, er was gewoon géén pasta. Niets. Nada. Toen ik vervolgens rijst wilde pakken, lag er alleen nog maar een kapotgescheurd pak risotto. Heb vervolgens de hele route opnieuw gelopen voor een zakje courgettespaghetti van de versafdeling.

Er liep een bejaarde vrouw rond met plastic handschoenen en een duikbril op. Een duikbril?! Geen kleine Speedo, maar zo'n snorkelmasker dat je halve gezicht bedekt. Ze werd door iedereen nagekeken.

Een man en een vrouw kregen ruzie om het laatste pak Edet Ultra Soft-toiletpapier. De man, die het hardst aan het pak stond te rukken, had er al drie in zijn winkelwagentje, maar wilde de laatste ook hebben. De vrouw van een jaar of vijftig stond haar mannetje, schreeuwde 'Vuile hamsteraar!' en liet de Edet Ultra Soft niet los.

Vanwaar die obsessie met pleepapier? Het is niet eetbaar en zelfs een *doomsday prepper* kan z'n chocoladesterretje toch afvegen met een washandje, natte doekjes of een krant? Of ben ik soms niet op de hoogte van het nieuwe GOSHIT-19-virus?

Ondanks de mondiale ellende ook nog goed nieuws! Vandaag heb ik voor het eerst niet meer gehuild om Ronald. Maar dat akelige gevoel in mijn buik is er nog wel.

Roos

Donderdag 19 maart 2020

Ik ga terug naar MIJN BED. Zonder Madelief! Komend weekend maak ik mijn 'hobbyruimte' leeg en richt die voor haar in. Ik heb de kamer vanavond opgemeten: 2,60 m x 2,10 m. (= ruim!)

Toen ik dit appartement kocht, werd de kamer gepresenteerd als een 'handig multifunctioneel vertrek'. Klopt wel. Ik zie bij mijn buren verschillende functies, zoals logeerkamer, strijkkamer, inloopkast, archief en rookruimte (bah!). Mijn multifunctionele vertrek is een berging en is tot aan het plafond volgestouwd met dozen met daarin spullen uit de inboedel die overbleven na de scheiding. Inmiddels denk ik al twee jaar na over wat ik met die handel moet. Gewoon blind weggooien? Nee, durf ik niet. Nog niet.

Buiten domineert de coronaellende. De media janken omdat het Songfestival is geannuleerd. Ik vond dat juist goed nieuws. Zo blijft ons dat wekenlange mediagekwijl bespaard. De voorbeschouwingen van de voorrondes, de voorrondes, de nabeschouwingen van de voorrondes, de aanloop tot de finale, bla, bla, bla.

En corona heeft nóg een voordeel. Mam zit me de komende tijd niet meer op mijn nek met dat daten. Ze belde vanmiddag en vroeg of ik nog 'leuke contacten' had opgedaan via de datingsite.

'Nee, de horeca is dicht, mam, en men adviseert om een eerste ontmoeting nooit in de eigen woning te doen. Dus ik maak even pas op de plaats...'

'Buiten op een bankje kan toch ook,' wierp ze tegen.

'En dan een kou oplopen? Doei!'

PS Ik heb gesproken met Monsieur en aangegeven dat ik een overleg met hem wil over de inhoud van mijn werk. Ik wil toch nog een poging wagen om op milieurecht te komen. Hij was kortaf en verwees me door naar zijn secretaresse. Op de achtergrond klonk het gekrijs van zijn zoontje. Het kereltje is net begonnen met lopen. Thuiswerken is vast een drama voor die steriele man.

Ik ga die afspraak dus ná volgende week plannen. Dan zit hij er helemaal doorheen, terwijl ik me juist weer fit heb geslapen. Ja!

Maddy

Donderdag 19 maart 2020

16.55
Die dolle mina's waren echt *badass*. Het is zo cool dat mijn oma er een was/is. Zo maken ze ze niet meer. Ik googelde de baas-in-eigen-buik-actie, toen ik deze spreuk tegenkwam: 'Een vrouw zonder man is als een vis zonder fiets.'

Verrek zeg.

Een vis zonder fiets is hartstikke functioneel. Een vis zwemt sneller zonder fiets. De fiets zou de vis alleen maar in de weg zitten. Oftewel: ik heb niemand nodig (vooral Ronald niet).

Random gedachtesprong naar het volgende: waarom gebruikt men nog steeds de zin 'je hebt ballen' als loftuiting?

Ik begrijp het niet. Het zijn broze deegzakjes. Slappe pap. Het zijn bungelende achilleshieltjes: één tik en je gaat neer. Ballen staan voor kwetsbaarheid. Niet moed. Dus waarom zeggen we dat nog?

Mijn voorstel:
Voortaan 'je hebt ballen' vervangen door 'je hebt een punani van staal'. Want die kan tenminste echt tegen een stootje.

21.20 uur
'Wat maakt Ronald zo speciaal voor jou?' vroeg mam tijdens het avondeten.

Daar had ik niet meteen een antwoord op.

Hij ziet er goed uit, maar is geen *Men's Health*-model. Hij is slim, maar geen Elon Musk. Hij is gevat, maar geen Peter Pannekoek. Inderdaad zeg. Wat was dan speciaal? Nou, drie jaar wonen in zijn prachtige loft in Amsterdam! Ja, dat was speciaal. Hij bood me een comfortabel leven. Maar sinds wanneer is 'comfort' synoniem aan 'geluk'? En op welk punt in mijn leven besloot ik dat een Dyson-stofzuiger belangrijker is dan mijn eigen ontwikkeling?

Relaties doen dat met je. Ze stompen je af. Ze veranderen je zodanig dat je aast op 2+1-aanbiedingen van Robijn Stralend Wit. Ze maken je wereld kleiner en kleiner, totdat je definitie van geluk een pastelkleurige KitchenAid is.

O, en niet geheel onbelangrijk: van samenwonen word je dik. Statistisch gezien.

Maar wat maakte hem verder speciaal? Niets. Zijn slurf kromt naar links, zijn kledingstijl is kakker-casual en hij slaapt met zijn muil open. Gevalletje dertien in een dozijn. Hij heeft me eigenlijk een gunst verleend. Dat zei mam een paar dagen geleden al. Ze had dus gelijk. Ik ben vrij, dagboek! Eindelijk vrij!

(Ik roep dit wel, maar mijn onderbuik moet het nog geloven.)

Over mam gesproken: ze was vandaag minder vervelend dan normaal. Na het eten ging ze neuriënd naar het opberghok. Daar is ze nog steeds. Wat moet ze daar? Zoekt ze iets?

22.00 uur
Het antwoord op de hokvraag is binnen: het wordt mijn 'kamer'. Betekent dit dat ze blij is dat ik blijf?

22.30 uur
Ronald appte me net voor het eerst sinds het uit is. Dacht dat mijn hart het zou begeven toen hij na '*Jow*, Mads' superlang aan het typen was. Miste hij me? Had hij spijt? Ik visualiseerde een sonnet over 'de grootste fout van zijn leven'. Maar nee hoor: hij vroeg wanneer ik mijn spullen kom halen.

Ze liggen hem in de weg...

2.15 uur
Fuck vrij zijn. Ik wil Ronald.

Roos

Vrijdag 20 maart 2020

Drukke dag. Moe. Weekend!!!

Madelief is ook kapot, maar niet van het vele werk. Die mobiele telefoon put haar uit. Ze gaat tegenwoordig gebogen door het leven, starend naar dat verlengstuk van haar hand.

'Het is beter voor je hersenen als je omhoogkijkt,' zei ik. 'Dan valt licht bij je naar binnen.'

Ze zuchtte demonstratief en liep naar de wc. Dat is inmiddels haar favoriete plek in huis. Fijn. Als zij op de pot zit, heb ik de woonkamer weer even voor mezelf.

Er is nóg een apparaat van Madelief waar ik me aan erger, namelijk haar Google Home. Sinds de installatie vorige week communiceert Madelief de hele dag met dat ding.

'Hey Google, stil!'
'Hey Google, speel X! Hey Google, speel Y!'
'Hey Google, hoeveel gram is een theelepel zout?'

Ik voel me beluisterd door die bol en ik zie er ook het nut niet van in. Zo gauw Madelief even de deur uit is trek ik de stekker eruit. Die robot hoort en ziet niks van mij.

Vanochtend via WhatsApp gechat met Lydia en Els. We zouden morgen samen eten.
Maar = geannuleerd, want Lydia is verkouden. Ze ruikt en proeft niks meer. Kan corona zijn, dus Lydia zit nu in quarantaine.

Ik keek meteen in mijn agenda wanneer ik haar voor het laatst heb gezien. Negen dagen geleden. Daarna googelde ik de incubatietijd van corona. Er stond: '99% van de personen die besmet raken, krijgen binnen 10 dagen klachten'.

OEF.

Mijn telefoon was kletsnat van het zweet toen we de chat beëindigden en ik inlogde op het werk.

Vanavond naar de coronatoespraak van koning Alex gekeken. Correct verhaal. Medeleven tonen voor getroffenen. Frontsoldaten bedanken. Oproepen tot solidariteit.

Eén zin raakte me: 'Het coronavirus kunnen wij niet stoppen, het eenzaamheidsvirus wel.'

Ik heb meteen mam gebeld. Ze was kortaf, want ze verwachtte herenbezoek. Ik heb er nogmaals op aangedrongen dat ze 1,5 meter afstand houdt.

Mam lachte. 'Oké. We doen wel 69.'

Ik had enkele seconden nodig om te snappen wat ze had gezegd.
Getver.

3.00 uur
Ik kan niet slapen, vanwege die 'verkoudheid' van Lydia.
Ik heb ter controle aan kruiden en potjes gesnoven.
Ik ruik nog goed.

Maddy

Vrijdag 20 maart 2020

16.50 uur
Oké, de IKEA is tot nader bericht gesloten. Dit is... eng. De gratis koffie was een zekerheid, maar ook die is ons afgepakt. De wereld is officieel naar de tering.

Nu online een bed bestellen en VOORAL NIET IN PANIEK RAKEN.

16.55 uur
Wtf IKEA?! Een levertijd van drie weken?! Je weet toch dat Nederlanders Billy's en Ektorps gaan hoarden! Dit volk heeft 'normaal doen' hoog in het vaandel, koste wat het kost. Dus even een dagje IKEA'en, maar dan online: #hetnieuwenormaal.

De minions hadden dit moeten voorzien.

Heb mam op de hoogte gebracht. Ze vroeg daarna in de groepsapp van het appartementencomplex of iemand nog een bed met matras ter overname heeft. Ene Adam reageerde direct en we gaan na het eten kijken.

Bah, een tweedehands matras. Als er ook maar één verdachte vlek op zit, ga ik terug naar het Bed der Alleenstaanden.

20.30 uur
Het eerste wat me opviel was de kleur grijs. Alles aan deze Adam was grijs. Zijn haar, zijn ogen, zijn coltrui en zijn broek. Alleen zijn donkergrijze schoenen hadden rode veters. 'Ah, daar zijn jullie!' zei hij

veel te blij toen hij opendeed en keek naar mam alsof ze een muisje was dat aan zijn val met pindakaas likte. Mam wisselde beleefdheden uit en probeerde de 1,5 meter te handhaven, maar hij wist steeds terrein te winnen.

'Ik zie je vaker lopen richting het bos,' zei Adam en hij wees naar een gesloten deur. Daarachter moest zijn gluurgat zijn. Mam keek mijn kant op, maar wat kon ik doen? Hij had niet eens door dat ik er stond.

'Je hebt een fijne, kordate pas,' zei hij en hij zette weer een stap naar voren.

Nooit eerder had ik de paringsdans van een boomer gezien. Het was grotesk. Ik overwoog om weg te lopen, maar ik kon mam niet alleen laten. Zijn snelle reactie op haar appje was een *red flag*. Hij was overduidelijk *Vijftig tinten grijs*-shit van plan met mijn moeder.

'Het bed,' viel ik hem in de rede en ik zette mijn handen in mijn zij. 'We komen voor het bed.'

Ik slikte 'jij oude viespeuk' net op tijd in.

Hij viel stil en hij keek me voor het eerst aan.

'Juist,' zei hij en hij liep ons voor naar de logeerkamer.

Ik moest met tegenzin toegeven dat het bed er heel schoon en comfortabel uitzag. Toen mam vroeg wat hij ervoor wilde hebben, zei hij: 'Een aperitief in de tuin.'

En jawel hoor, ze heeft haar eer verkocht voor een meubelstuk.

Roos

Zaterdag 21 maart 2020

Vannacht ga ik EINDELIJK weer eens heerlijk ALLEEN slapen IN MIJN BED!

Madelief heeft nu haar eigen kamer. Haar holletje bleek nog best ruim, nadat we alle dozen naar het berghok in het souterrain hadden gedragen.

In mijn 'multifunctionele vertrek' staan nu:
1 eenpersoonsbed, 1 antieke secretaire (van mam), 1 bureaustoel (was over op Madeliefs kantoor) en 1 smalle witte legkast. Die stond in het berghok en daarin bewaarde ik mijn favoriete video's. Ik heb ze weggedaan, want ik kan er toch niks meer mee. Ik heb wel foto's gemaakt van de covers, als herinnering.

De inhoud van de meeste films was ik vergeten, maar de setting waarin ik de films keek, herinnerde ik me nog precies. Dus mijn echte leven heb ik onthouden, mijn gekeken leven ben ik vergeten.

Conclusie: ik moet meer echt leven. Dus minder tv.

Het bed van Madelief kregen we van Adam Huber van het hoekappartement aan de zuidzijde. Op mijn vraag wat hij ervoor wilde hebben, antwoordde hij: een date! Die reactie had ik kunnen verwachten, want tijdens de laatste bewonersborrel sloop hij al om me heen en kreeg ik het vermoeden dat ik hem ergens van kende, maar waarvan?

Ik heb research gedaan. Hij is 58, weduwnaar en net als ik advocaat bestuursrecht. Zijn advocatenkantoor blijk ik te kennen en het zit in Amersfoort. Ze hebben gerenommeerde klanten. Vorig jaar stonden onze kantoren tegenover elkaar bij de Raad van State. Zij traden op namens de provincie Gelderland in een beroepszaak over een megastal van een varkensboer. Wij vochten die verplaatsing aan namens de bewoners en wonnen!

Eén keer raden wie alle stukken schreef? Juist! Ik! Hebben we elkaar soms in de rechtbank ontmoet? Kan.

Hij is trouwens al bezig met afbouwen. Zijn jongere zus runt nu de zaak. Zelf woont hij afwisselend in Zeist en in zijn huis in de Bourgogne. Mooie wijnstreek.

Mam net gesproken. Zij vergat ook veel toen ze in de overgang zat. Over vijf jaar ben ik weer normaal, zei ze.

VIJF JAAR!!! 😲

Maddy

Zaterdag 21 maart 2020

23.20 uur
Vandaag mijn nieuwe kamer (hok) ingericht. Het bed is fantastisch, maar toch kan ik niet slapen. Het is de eerste keer in drie jaar dat ik alleen slaap. Ik tel die paar dagen dat mam op de bank lag niet mee. In haar bed hangt 'mamageur', waardoor ik me geborgen voelde. Hier ruikt het naar Dettol.

Ik blijf maar malen over mijn ouders. Er is een moment geweest dat mam na de scheiding voor het eerst hier sliep. In d'r uppie, en dat na een kwarteeuw naast pap. Was zij ook eenzaam? Vond ze het moeilijk om opnieuw te beginnen? In Zeist, of all places.

Ik heb het haar nooit gevraagd...

Ik zag mijn ouders destijds nog als superhelden. Ze konden en wisten alles. Wat moesten zij met mijn steun? Maar nu ik zelf volwassen ben, weet ik hoe het echt zit: we zijn allemaal volgroeide peuters en doen maar wat.

Als ik dat inzicht een paar jaar geleden had gehad, was ik misschien een beter kind voor mam geweest en was onze relatie nu minder ruk. Dan was ik die eerste nacht naast haar gekropen, zodat zij niet alleen was. Maar het leek alsof ze het niet nodig had. Ze had haar zaakjes snel op orde. Daarbij zat ik toen net op mijn roze Ronald-wolk.

Áls ik al headspace voor iets had, dan was het voor pap en SM. Ik moest in mijn ouderlijk huis vechten voor mijn plek. Toen ik bij Ronald was ingetrokken, plaatste SM nieuwe sloten op de deur en ze verplichtte me om een afspraak te maken als ik langs wilde komen.

En waar was pap tijdens deze oorlog? Afwezig.

Dat was vroeger ook al zo. Hij gaf me cadeaus, complimenten en liet me mijn gang gaan, maar was een no-show op ouderavonden, bij tenniswedstrijden of op de open dagen van de uni. Mam was er wel, maar ging ook over alles in discussie.

Dus mijn vader gaf me nauwelijks aandacht en geen kritiek. Mijn moeder gaf me genoeg aandacht en heul veul kritie, want ik voldeed nooit aan haar verwachtingen. Is er daarom zo'n kloof tussen ons?

0.10 uur
Kan nog steeds niet slapen. Zou het raar zijn als ik vanavond nog naast mam kruip? Wat is het nut van eigenwaarde als je je voeten kunt warmen aan de zachte dijbenen van je moeder? Daar zijn ze voor.

0.12 uur
Negeer het bovenstaande. Het was een kort moment van zwakte. Ik ben verdomme 25 jaar. In sommige landen zou ik al een verlepte grootmoeder zijn.

Ik kan dit.

Roos

Zondag 22 maart 2020

Ik heb héérlijk geslapen en het is lente! De zon scheen vandaag oogverblindend. En toch genoot ik niet echt, want het was filelopen in het bos. Ik moest zelfs regelmatig de struiken in duiken om 1,5 meter afstand te houden van het tegemoetkomend wandelverkeer.

Nu alle attracties dicht zijn, stort de massa zich op het groen. Maar de natuur kan dat helemaal niet aan en zag eruit als een marktplein na de kermis: bosanemonen waren kapotgetrapt en er lag glimmend zwerfvuil op de paden. En de wegen rond het bos leken wel op het circuit van Zandvoort. Het gejank van racende motoren en gierende sportauto's overstemde de zang van de lentevogels.

Geschokt maakte ik halverwege mijn vaste ronde rechtsomkeert en ging naar de supermarkt. Daar was vanmiddag helemaal niemand, behalve vakkenvullers tussen strepen en kassamedewerkers achter schermen. Ik heb meteen voor twee weken ingekocht, want ik kan geen mens meer zien.

Nog even over het thema auto's: mam deelde jaren geleden een rake wijsheid over mannen en auto's: hoe dikker de bak, hoe slapper de zak. Dat klopt, is inmiddels ook mijn ervaring! Figuren met nul ruggengraat compenseren dat met een dure auto. Liefst een sportmodel.

Mam had nóg meer tips. Misschien moet ik al haar 'adviezen' eens verzamelen en opschrijven? Dat wordt lachen.

Enfin, Adam Huber rijdt een twintig jaar oude Jeep. Die had ik niet bij hem bedacht, want hij leek me eerder een Porsche-type.

Hij heeft me trouwens een hele rits data geappt voor 'ons aperitief' in de tuin. Hij kan 'alle avonden tot aan Pasen', dus ik koos de eerste dag met slecht weer. Dat is volgende week maandag. Zo heb ik tenminste een smoes om het kort te houden: regen of kou.

De komende week blijft het zonnig. Ik hoop maar dat de massa zich snel gaat vervelen in het bos en dat de rust terugkeert.

Peter en Madelief praten gelukkig weer met elkaar! Ze is nu bij hem op bezoek, want de tweeling van de Friezin viert feest. De meiden zijn zestien geworden. Peter spreekt van 'bonuszusjes' als hij praat over dat verwende setje. Ik kan me niet voorstellen dat hij de jongedames als een bonus voor zichzelf ziet. Toen Madelief in de puberteit zat, moest hij naar de psycholoog, want haar dwarse gedrag maakte hem dol.

Mam belde. Onze vroegere buurvrouw is aan corona overleden. Ans was net tachtig geworden en was tot vorige week nog topfit. Ze had het virus opgelopen tijdens het zingen in de kerk. Ans was lid van het koor en diep gelovig. Ze bad elke dag tot de Heer.

'Als je dan al risico's neemt voor een vent, dan wel voor eentje van vlees en bloed,' tierde mam. Ik hoorde aan haar stem dat de dood van Ans haar meer raakte dan ze wilde laten merken.

Maddy

Zondag 22 maart 2020

16.05
Ik vertrek zo naar het sweetsixteenfeestje van de bloedzuigers. Veel zin in. NOT.

21.20 uur
Net terug. Mijn god, wat een ellende.

Vanwege de maatregelen was het niet druk, maar ze hadden toch groots uitgepakt. Het huis was versierd met heliumballonnen en er was zelfs een chocoladefontein. Billie Eilish knalde uit de speakers en op het keukeneiland stond een roze *drip cake*. Pap had het te druk met socializen en de tweeling deed alsof ik lucht was. 'Thanks,' zei de een zonder op te kijken van haar telefoon, terwijl de ander mijn cadeaus op de hoge stapel legde.

De volwassenen zaten op 1,5 meter van elkaar in een kring, terwijl de tweeling en consorten verderop TikTok-dansjes filmden. En die generatie gaat ooit ons land regeren? *Fuck me sideways.*

'Is je leven weer op de rails, Madelief?' vroeg SM op zo'n toon alsof ik een ex-jihadbruid was. De Kring viel stil en iedereen keek naar mij.

'Ja, hoor,' zei ik snel en ik nam een grote hap van de chocoladetaart, die eigenlijk niet te vreten was. Dat stemde me enigszins vrolijk.

'Madeliefs vriend heeft het uitgemaakt. Ze woont nu bij haar moeder in dat flatje,' legde SM heel langzaam uit aan de rest. 'Het was zo'n leuke jongen. Echt een lot uit de loterij voor onze Madelief.'

Bah, wat een akelig mens. Ik lig al op de grond, maar toch moet ze mij nog even natrappen. Ze geniet vollop van mijn *downfall*, ik zag het aan die glinstering in haar ogen.

Ik wilde iets zeggen of het weglachen, maar mijn keel blokkeerde.

'En ze heeft een tijdelijk contract in de evenementenbranche, dus het is maar de vraag of ze nog lang werk heeft. Het arme kind.'

De Kring liet een fake ass 'o, wat erg' horen. Ik zocht mijn vader voor steun, maar hij keek weg. Zoals ik al zei: een afwezige fucking dwergkees.

Ik weet niet wat meer pijn doet: dat hij SM verkiest boven mij of dat hij vergeten is dat hij ooit voor mij gekozen heeft?

Roos

Maandag 23 maart 2020

We hebben een nieuwe uitdrukking: intelligente lockdown. Goed gevonden van Rutte & co. Wij krijgen dus meer vrijheden dan andere EU-burgers, omdat wij slimmer zijn. Ja, ja...

Mam maakte weer een treffende observatie: 'Wij zijn de vrije-uitloopkippen en die lui in andere landen zijn de batterijkippen. Maar allemaal zitten we opgehokt in onze nationale stal.'

De 'intelligente' maatregelen zijn ingrijpend. Echt álles gaat dicht, behalve de kerken en de moskeeën. Is dat wel zo handig? Het virus lust ook gelovigen. Zie Ans.

Ook beroepen waarbij je op minder dan 1,5 meter van een ander komt, zijn nu verboden. Daaronder vallen rijinstructeurs, kappers, nagelstylisten, masseurs en sekswerkers.

'Die hotels kunnen zich verheugen op illegale business,' meldde Jolein na de persconferentie in onze '*My Bitches*'-familieapp. 'Mannen kunnen niet zonder seks.'

'Sommige vrouwen ook niet,' appte mam in een kennelijk feministische impuls.

De discussie leidde bij mij tot de vraag of Jolein weer op Tinder zit. Ik hoop toch van niet, want de heren die op dat medium surfen, zoeken dates op minder dan 1,5 meter.

Zelf denk ik sinds de scheiding nog maar zelden aan seks. Is dat de overgang of de terugslag van een kwarteeuw saaie geslachtsgemeenschap? Ik hoop het laatste, want dan is het iets geestelijks. Daar kan ik aan werken.

En wat ik al vreesde: alle evenementen blijven verboden tot 1 juni. Dat is dus de genadeslag voor Madelief, want ik kan me echt niet voorstellen dat haar contract wordt verlengd. Ik heb net nog snel alles gehaald voor lasagne verdi, haar lievelingsgerecht. Dat verzacht haar verdriet misschien een beetje.

Maar goed. Naast alle nadelen heeft corona één voordeel: voorlopig blijf ik thuiswerken! Daar ben ik écht blij mee. Ik ben hier productiever dan op kantoor. Ondanks Madelief. Ik heb zelfs een doorbraak gerealiseerd in dat dossier over de vervuilde grond onder de verplaatste voetbalvelden.

Madelief schoof me me een formulier van de gemeente onder de neus. Ze heeft zich op mijn adres ingeschreven. Ik zette mijn handtekening.

Het is nu dus formeel: ik woon samen met mijn dochter. 😟

Ik heb net een tijdje op het terras gezeten en naar de sterren gestaard. Ik heb een nare druk op mijn buik. Dat komt door Madelief, want wanneer ze wordt ontslagen, woont ze voorlopig bij mij. Een paar jaar geleden voelde ik diezelfde nare druk, maar toen omdat ze uit huis vertrok.

Mijn gevoelens zijn dus 180 graden gedraaid.

Wat is er veranderd?

Toen ze naar Sydney ging, was ik nog getrouwd met Peter. Ik voelde me veilig in ons gezin en bij hem. Maar Peter leerde me dat veiligheid niet bestaat. Peter leerde me dat je niemand kunt vertrouwen, zelfs niet de persoon met wie je al decennia samenleeft.

Ik heb me na de scheiding vaker afgevraagd wat erger is: een dierbare verliezen door een ziekte of een ongeluk, of een dierbare verliezen door een scheiding. Ik vermoed het laatste, omdat je dan niet alleen moet dealen met het verlies, maar ook met het verraad.

Ervaar ik daarom die druk? Ben ik bang voor een volgend verraad? Maar nu van mijn dochter? Ik ervaar verlatingsangst, terwijl ik liever alleen woon (= strijdige combi).

Ik heb mam gebeld, want ik moest met iemand praten over mijn angsten.

'Weet je, Roosje, na je schipbreuk ben je de dichtstbijzijnde haven binnengevaren en daar voor anker gegaan. En daar lig je nu nog steeds. Maar schepen zijn niet gemaakt om in een haven te liggen. Schepen zijn gemaakt om de zeeën te bevaren. En inmiddels is Madelief op je boot geklommen en zij praat over nieuwe havens en dat geeft druk.'

Een rake metafoor.

Mam was trouwens nog 'aan het werk'. Ze las voor haar boek de een of andere blog over orgasmes bij ‘rijpe’ vrouwen (= bejaarden). Die schijnen die heel intens te voelen. 😮

Nou, dan is er tenminste nog iets waar ik me op kan verheugen.

Maddy

Maandag 23 maart 2020

'Hey Google, hoe maak je een voodoopop?'

Maddy

Dinsdag 24 maart 2020

15.40 uur
Pech schijt altijd op dezelfde hoop. Of wat is die uitdrukking ook alweer?

Zojuist een call gehad met Niko: mijn contract wordt niet verlengd. Met weidse gebaren zei hij dat het een 'prettige samenwerking' is geweest, maar dat de huidige coronasituatie te onzeker is, waardoor hij mij 'helaas moet laten gaan'.

Het speet hem enorm, vooral gezien mijn zieke schoonvader (uhhh). Hij zou een goede referentie voor mij schrijven en een digitale afscheidsborrel organiseren. Alsof ik daarop zit te wachten. De neppe we-gaan-jou-missen-blabla en nooit-meer-een-collega-zoals-jij-bullshit wil ik mezelf besparen. De dag dat ik weg ben is de dag dat zij mij vergeten.

Ronald dumpte me via WhatsApp, mijn vader dumpte me via de telefoon en Niko dumpte me via Zoom. Dit is dus het nieuwe afwijzen. Ik heb nu: geen relatie, geen woning én geen werk. Er zijn chimpansees in de Apenheul met een hogere maatschappelijke status dan ik.

19.20 uur
Mam heeft net mijn lievelingsgerecht gemaakt. Ze zei dat ik wel iets nieuws vind. Iets wat beter bij mij past. En ik mag zo lang bij haar blijven wonen als nodig is. Soms is ze lief.

We gaan nu samen een film kijken en daarna vroeg naar bed. Wil morgen met een helder hoofd kunnen nadenken over vervolgstappen.

0.20 uur
Mams geheime drankkast gevonden! Paars sapje gedronken. Lekker lekker! Voel me super-de-puper!!!

Roos

Dinsdag 24 maart 2020

Mijn voorspelling kwam uit: Madelief is ontslagen. Ze neemt het persoonlijk en spreekt van een afwijzing. Later ziet ze het vast als een kans, want dat commerciële-evenementengedoe was niks voor haar. Madelief is meer geschikt voor werk met maatschappelijke betekenis, want diep in haar sluimert dat sociale DNA van mam.

Mijn dochter is dus in de echte wereld gearriveerd, waar ze een gewone meid is en niet dat aanbeden prinsesje van Peter. Ik heb al die jaren gevochten tegen dat verwennen door hem, met als enige resultaat een tweederangspositie in haar hart.

Maar ze komt er wel, want ze huilt gekrenkte tranen en die drogen snel. Het enige wat ik in deze fase kan doen is haar een veilig nest bieden met een luisterend oor.

Ben vanavond na het werk bij drie (!) drogisten langs geweest om haarverf te kopen. Mijn kleur was nergens meer te krijgen. Alleen grijs en rood stonden nog in het schap.

De dame aan de kassa wist me te vertellen dat er vanwege de sluiting van de kappers een run was geweest op blond en bruin. Misschien dat ik eens henna wilde proberen? Zou vast mooi staan bij mijn groene ogen, zei ze.

Huh? Een rode Roos?

Nee.

Personeelszaken stuurde een mail naar het voltallige team. Dennis is van de ic af en ligt nu op de verpleegafdeling. Opluchting!

Adam Huber vroeg net per app wat ik wel en niet eet, waarop ik zei dat ik uitging van een aperitief zonder eten. Hij retourneerde meerdere smileys en schreef dat hij een Frans aperitief ging prepareren. Pardon? Wat is dat dan?

Ik heb geantwoord dat ik alles eet, maar het liefste vegetarisch. Vervolgens andermaal de weersverwachting gecheckt. Er wordt nog steeds regen voorspeld voor 30 maart. Mooi.

Ik heb mam opnieuw gebeld over mijn vergeetachtigheid. Mijn zorg daarover blijft maar sluimeren.

'Is normaal, Roosje,' zei ze. 'Ik had dat tot mijn 55^{e}. En in die jaren had ik ook nul zin in seks.'

Pfff. Nu ben ik gerustgesteld. Haar sekslust kwam helemaal terug. Dan komt mijn scherpe geheugen vast ook weer terug.

Maddy

Woensdag 25 maart 2020

Ik heb Ronald geappt met m'n bezopen kop. Ik dacht dat ik die fase gepasseerd was, maar ik heb mezelf weer eens overschat.

Ik: *Whats upppp?*
Ik: *Suppp?*
Ik: Hallootjes
Ik: Wat bwen je aan het doet?
Ik: Wil je mwij doen?
Ronnie: Volgens mij ben je dronken
Ik: Nietus nietusss
Ronnie: Doe jezelf een plezier en ga slapen, Madelief. Ik zie je vrijdag voor de spullen.
Ik: Mis je me nietus???

Fuck Ronald! Fuck corona! En fuck het patriarchaat!

Roos

Woensdag 25 maart 2020

Weer slecht geslapen. Madelief was vannacht op en moest overgeven. Ze had een fles van mijn zelfgemaakte kersenlikeur leeggedronken. Het was veel werk om die te maken.

Dit is dus het resultaat van de obstakelvrije opvoeding van Peter: een dochter die naar de fles grijpt bij de eerste hobbel.

Ik ben ZO KWAAD.

Verder heb ik me helemaal leeggeschreven op het werk.

Mam heeft een nieuw hoofdstuk van haar boek gemaild. Ik geef het niet graag toe, maar het is écht interessant. Het gaat over de kinderlijke toon die jonge mensen tegen bejaarden aanslaan.

'Dag mevrouwtje...'
'Dag meneertje...'
'Zullen we een spelletje doen?'

Maddy

Donderdag 26 maart 2020

17.05 uur
Nog steeds koppijn. Heb het idee dat ik alsmaar slechter tegen alcohol kan. In mijn studententijd ging ik de hele nacht uit, gooide bij zonsopgang een Red Bull achterover en huppelde kiplekker naar college. En nu moet ik na een paar drankjes aan het infuus. Ik ben in verval.

'Op het werk' is geen bal te doen. Ik heb echt te doen met Niko. Hij ziet er met de dag slechter uit. Het evenementenbureau is zijn levenswerk en dat gaat vanwege corona naar de knoppen. Zijn sector behoort tot de grote verliezers. Er zijn ook winnaars, maar daar wil ik niet dood gevonden worden (distributiecentrum).

Ik zocht op Indeed en LinkedIn naar banen, maar er is niks in de evenementen- of in de cultuursector. Gewoon helemaal niets! Nada! Noppes! Dat is dramatisch, want binnenkort ben ik werkloos. Dat klinkt zo onsexy als het is, en dat met 25.

Ik ben de AliExpress van mijn generatiegenoten.

20.35 uur
Ik veracht mensen die continu wijsheden op Instagram posten. Nee meid, je bent geen Dalai Lama. Je bent fucking triest.

Hier ging ik dan ook niet lekker op:

Wanneer je in het leven op een splitsing staat en niet weet welk pad het juiste is, moet je achteromkijken. De kuilen, de keien en rivieren die je hebt getrotseerd, hebben jou gevormd. Wees moedig en vertrouw op je innerlijke zelf.

Okay, thank you, Susan.

Mijn innerlijke zelf. Wie is dat? Kun je van elk mens een kant-en-klare definitie maken? Ik heb hier nooit over nagedacht. En tot drie weken geleden hoefde dat ook niet, want ik had een zorgeloos bestaan. Ik had een partner, baan, huis en zelfrespect. Nu heb ik niets.

21.30 uur
Heb net even teruggebladerd en moet toegeven dat mijn memoires tot dusver klagerig zijn. Maar ja, ik moet mijn gedachten toch ergens kwijt? Ik kan tegen niemand eerlijk zijn.

Ik schaam me tegenover Janine en Marit; zij hebben hun shit wel op orde. Pap wil niet met me praten en met mam kan ik niet praten. Niets wat ik doe is goed genoeg; in haar ogen ben ik een allroundfaalhaas. Gelukkig heb ik oma nog. Haar aanpak is helend: samen high worden, chips vreten en romcoms kijken. Maar dat mag niet te vaak. Dan zak ik nog verder af.

22.10 uur
Aaah, ik was je nog vergeten te zeggen dat morgen de grote dag is! Ik ga naar Ronald om mijn spullen op te halen. Ik hoop dat het een excuus is om mij te zien. En zien zal hij me! Ik heb mijn outfit al klaarliggen. Baal wel dat de kappers dicht zijn en ik mijn nagels niet kan laten doen. Ik ben van plan hem van zijn Happy Socks te blazen. Dat wordt onder de huidige omstandigheden een uitdaging. Ik heb drie weken op mams bank gevegeteerd en verkeer in een algehele staat van verslonzing. Maar ik ga mezelf door de wasstraat halen!

Dit is Operatie-Ronald-Krijgt-Spijt: extra lang hardlopen voor endorfine, in bad gaan, scrubben, een haarmasker gebruiken, alles scheren (hoop doet leven!), mijn hele lijf inwrijven met bodycrème, een gezichtsmasker aanbrengen, föhnen, wenkbrauwen epileren, nagels vijlen en lakken, make-up doen, een killer outfit aantrekken en mezelf subtiel besprenkelen met feromonenparfum.

Feilloos plan, al zeg ik het zelf.

Roos

Vrijdag 27 maart 2020

Heb net ruzie gehad met Madelief en ben ongerust, want ze is in haar opgefokte staat in mijn Clio gestapt.

Ze was al de hele dag met haar uiterlijk bezig en dat tijdens kantoortijd. Het maakte me WOEST. Je moet werken voor je loon, ook als je baas het niet kan zien en er geen werk meer is.

'Je bent een dief!' sneerde ik toen ze midden op de dag het bad liet vollopen en daarna haar nagels deed.

Ze haalde met een demonstratief gebaar haar schouders op. SCHANDALIG.

Ik werd nóg kwader toen ze zojuist (na het avondeten) om mijn autosleutels vroeg en opbiechtte wat de aanleiding was voor het poetswerk: ze heeft een afspraak bij die gelkuif. Ze gaat haar spullen ophalen. Ze gelooft daadwerkelijk dat ze hem met een flitsende verschijning weer verliefd op haar kan maken. Hoe dom kun je zijn?

'En je bent ook nog onnozel!' riep ik toen ze de deur uit liep in een belachelijk strakke jurk.

Ik ga zo maar eens wandelen, want stevig doorstappen kalmeert.

De dagen worden trouwens weer langer. Fijn! Dan kan ik na het avondeten tenminste nog het bos in vluchten als Madelief me gek maakt.

Maddy

Vrijdag 27 maart 2020

Mijn moeder heeft de hele dag aan mijn kop gezeurd. Alsof ik het niet moeilijk genoeg heb. Bah, ben haar zo zat. Door mij te veroordelen, voelt zij zich beter. Roos Janssen doet alles voor de *moral high ground*.

Maar goed, genoeg over haar. Ik vertrek over een kwartiertje naar Ronald. Ik ben stiknerveus. Het is zo spannend om hem weer te zien... Ik denk echt dat we het kunnen rechtzetten. Het komt goed tussen ons! Ik voel het! Operatie-Ronald-Krijgt-Spijt verliep vlotjes. Ik ben helemaal *on fleek*. Ik ruik gewillig en deze fluwelen jurk aanbidt mijn lijf. Als die strakke stof hem niet inspireert, dan weet ik het ook niet meer.

0.20 uur
Het had niet slechter kunnen gaan.

Ik reed net de straat uit toen Ronald me appte:

Het komt eigenlijk niet meer uit vanavond en ik heb het de komende tijd te druk. Ik zal een Brenger bestellen. Op mijn kosten natuurlijk. Ik wil de hoekbank houden en zal je de helft van het aankoopbedrag overmaken. Het schilderij dat jij in Sevilla hebt uitgezocht, mag je hebben. Dat ding past hier toch niet. Nou, ik hoor het wel.

Ik bleef het bericht herlezen, terwijl de tranen op mijn iPhone druppelden. Zijn kille onverschilligheid is nog het ergste. Zo vernederend! Ondanks alles had ik gehoopt dat het goed zou komen. Maar dit komt niet meer goed. Het is echt over.

Omdat ik mam niet onder ogen wilde komen, appte ik dat ik bij oma zou slapen. Ik kreeg een duimpje terug. Prima, ze stikt er maar in.

Onderweg stopte ik bij de McDonald's. Ik heb die plek negen jaar gecanceld, maar elke vezel in mijn lijf schreeuwde om een aardbeienmilkshake. Want boeie, slechter dan dit kon ik me toch niet voelen.

Ook dat had ik mis.

Ik was de drive-through nog niet uit of de shake flikkerde over de passagiersstoel. Ik kan niets vasthouden. Zelfs vloeibare diabetes wil bij me weg. Ik likte de restjes uit de beker en reed jankend naar oma.

'Hij wil me niet meer. Het is over,' zei ik snikkend in de intercom.
'Madelief, schat, ben jij dat?'
'En ik had nooit naar de McDonald's moeten gaan. Mam maakt me af,' jammerde ik. 'De auto ruikt naar kermis.'
'Een goede crisis vormt je. Hou moed, ik kom eraan, kindje.'

Ze kwam naar buiten met poetsmaterialen en Dasty-allesreiniger. Samen gingen we de auto te lijf.

'Dit is wonderspul. Kijk, je ziet er niets meer van.'

Ik knikte opgelucht. Het voelt extra goed wanneer oma's dingen voor je fixen. Daar lijken ze voor gebouwd.

Na het schrobben zijn we samen high geworden en kregen we stevige *munchies*. We hebben niet één, maar twee zakken chips leeggegeten tijdens onze *American Pie*-marathon. Oma krijgt nooit genoeg van *Stifler's mom*. Halverwege *American Wedding* viel oma op de bank in slaap. Haar mond stond wijd open en ze snurkte zo schattig. Ik heb een deken over haar heen gelegd en ben in haar bed gekropen.

En hier lig ik dan. Ik voel me helder, waarschijnlijk deels omdat de cake is uitgewerkt. Het wordt tijd dat ik mijn leven op orde krijg, dagboek. Zo wil ik niet langer zijn. Zo... afhankelijk. Ik ben er klaar mee.

0.26 uur
Ronnie geblokkeerd

Roos

Zaterdag 28 maart 2020

Nou, nou, Peter belde me vandaag. Out of the blue! Na bijna drie jaar vrijwel geen contact. Ik was aan de wandel in het bos (waar het weer erg druk was, want mooi weer).

Hij begon zakelijk. Nu Madelief bij mij woonde kon dat fiscale consequenties voor me hebben. Ik kon hem altijd bellen als ik hulp nodig had om dit door te rekenen. Bla, bla, bla. Daarna informeerde hij naar hoe het met me ging, met Madelief in huis, en zo. Nog meer bla, bla, bla. Ik reageerde met korte antwoorden en stelde geen vragen. Alles in me blokkeerde.

En hij bleef maar doorpraten. Ondertussen herpakte ik me en meldde dat ik het teleurstellend vond dat Madelief niet in het tuinhuis kon wonen. Daar zou ze niemand tot last zijn en kon ze haar leven weer rustig opbouwen. Dat was toch beter dan op 80 m^2 inwonen bij je moeder? Daarop stak hij een heel verhaal af over de Friezin. Het was een weinig florissant betoog. Ik wilde hem afkappen, maar mijn nieuwsgierigheid sommeerde me om mijn kop te houden en te luisteren.

En toen kwam het: hij begon mij te prijzen. Zei dat hij zich wel kon voorstellen dat Madelief graag bij mij was. En hoe gezellig het vroeger altijd was in huis, met verse bloemen in de vazen en elke avond een mooi gedekte tafel. En dan mijn kookkunsten. Wat miste hij toch dat lekkere eten! En o ja, de zorgeloosheid. Hij hoefde nooit te denken aan de administratie, of de verzekeringen, of de boodschappen, of de was, want alles rond het huis was top georganiseerd en in de koelkast stond elke avond een Affligem Tripel voor hem koud. En ik deed over niks moeilijk. Hij kon bij mij doen en laten wat hij wilde.

'Met uitzondering van vreemdgaan, Peter,' kapte ik hem af en ik vroeg of hij verder nog iets met me te bespreken had.

Nee dus.

Toen de verbinding was verbroken, tilde ik een afgebroken tak van de grond en sloeg die kapot tegen de stam van een spar, waarna ik kalmeerde en hijgend naar het knalgele speenkruid staarde dat de vochtige bodem bedekte.

Madelief heeft zich voor niks mooi gemaakt. De gelkuif heeft de afspraak geannuleerd toen ze de straat uit reed. Ze is vervolgens naar mam gereden en heeft bij haar overnacht. Ik belde nog met mam om haar voor 'de emoties' van Madelief te waarschuwen.

'Madelief reageert puberaal, mam, het wordt tijd dat ze volwassen wordt,' zei ik.

'Ze ís al volwassen, Roosje!' was haar reactie. 'Maar ze heeft liefdesverdriet. En ieder mens verliest dan de controle over zichzelf. De een zichtbaar, de ander onzichtbaar.'

Ik dacht aan mijn gemep met die stok. Was dat soms onversneden woede of nog een restje liefdesverdriet? Ha!

Maddy

Zaterdag 28 maart 2020

Heb zojuist een biologische flespompoen uit het raam gesmeten. Voelde goed.

Roos

Zondag 29 maart 2020

Ik was vanmiddag op bezoek bij Els. We hebben in de tuin gezeten, want het was stralend weer.

Terwijl we daar zo vredig zaten en Lydia en Els jammerden over het afblazen van het Songfestival, viel mij wat op: het was boven ons zo stil, zonder dat constante gebrom van vliegtuigen. En de hemel was zo blauw, zonder die witte condensstrepen die de lucht doorklieven.

Nu Schiphol op zijn gat ligt, realiseer ik me pas wat de afgelopen decennia verloren ging: de weidse Hollandse luchten en de ongestoorde zang van vogels. Dát is pas een milieudelict, van het halve land de stilte en het licht stelen!

Ik vroeg aan Els en Lydia of zij het ook hoorden, die stilte, en hoe fijn die is en hoe rustgevend. Beiden schudden hun hoofd en zeiden dat ze altijd muziek aanzetten als het ergens stil is. Behalve tijdens de yogalessen, maar dan volgden ze de stem van hun leraar. Van de stilte werden ze onrustig.

Die opmerking zette me aan het denken, want hoe kun je luisteren naar je eigen ik als het nooit stil is?

Eenmaal thuis maakte ik een zalige Indiase curry. Ik wilde Madelief uit haar kamer lokken. Is mislukt. Ze zwelgt weer in haar ellende.

Jolein belde toen ik me bedklaar maakte en zat op haar praatstoel. Ze hing een heel verhaal op over een wereldwijd complot en ze stuurde me een YouTube-filmpje waarin 'alles' werd uitgelegd. Toen ik dat had gekeken, bekroop me een akelig gevoel. De theorie die de makers daarin verkondigen is écht professioneel gemonteerd. Ik hoop maar dat het protest-DNA van mam niet in haar bloed zit, want dan staat ons nog wat te wachten.

Nog even over mam: ik had daarstraks een discussie met haar over oud worden.

'Ik ben niet oud,' herhaalde ze. 'Je bent pas oud als spijt je dromen gaat vervangen. En daar heb ik geen last van.'

Ik wel. 🤔

Iets heel anders: de Clio stinkt verschrikkelijk. De geur lijkt op die van een vieux-boulognekaasje, alleen met iets chemisch erbij dat me deed kokhalzen. Ik moest het raam opendraaien toen ik vanmiddag van Laren naar Zeist reed.

Eenmaal thuis heb ik alles afgesnuffeld en de bron gevonden: de geur komt uit de bekleding van de bijrijdersstoel.

Wat is er gebeurd?

Maddy

Zondag 29 maart 2020

11.35 uur
Ik wil niet opstaan. Het is zo'n dag dat de wereld te groot is. Onder mijn lakens zijn geen verwachtingen, maar daarbuiten... Ik hoor mam in de keuken rommelen en weet nu al: zodra ik een voet uit mijn hok zet, gaat ze los: 'Nou nou, Madelief, het is al bijna middag', of 'Een lui lijf en een warm bed zijn goede vrienden'.

Uhg. Zooooo geen zin in. Ik blijf liggen met een luisterboek op.

13.10 uur
Nog steeds in bed.

13.20 uur
Liefdesverdriet kent fasen. Net zoals met rouw, ga je er in stappen doorheen:

ontkenning → boosheid → onderhandeling → depressie → acceptatie

Vrijdag dacht ik dat het goed zou komen en zat ik nog dik in de onderhandelingsfase. Hoop gaf me energie en een doel. Maar nu?

- Ik erken dat het niet meer goed komt tussen Ronald en mij (acceptatie, heel goed!)
- Maar het is bijna halftwee 's middags en ik lig nog in bed (minder goed)
- Ik voel me eenzaam en uitgehold (niet goed)

- En het leven is zinloos (slecht)
- Is er nog Nutella? (héél slecht)

13.45 uur
Ik heb het hok verlaten, want ik moest dringend naar de wc. Gelukkig was mam de hort op.

13.50 uur
Dat gevoel van opwinding heeft plaatsgemaakt voor uitzichtloosheid. Ik kan nergens naartoe. De horeca is dicht, ik kan niet naar de bioscoop of naar een feestje en zelfs de sportscholen zijn gesloten. Mijn vrienden hebben relaties en stabiele banen, waardoor ik elk afspraakje zorgvuldig moet plannen.

'Afspreken? Ja leuk, Mads. Op 16 juni heb ik van 15.15 – 17.25 uur tijd.'

En dan is er nog de anderhalvemetersamenleving waardoor niemand me knuffelt. De omhelzingen van mam en oma tellen niet. Het is net of we allemaal lepra hebben. Ik heb huidhonger, harthonger en cravings naar chocola.

Maar even serieus. Dit is geen kijk-mij-zielig-zijn-moment. Ik ben compleet de sigaar! Ik ben alleen, zonder huis, baan of partner, te midden van een mondiale pandemie. Dat is problematisch en ik mag me rot voelen. Dat is oké.

Ik ga netflixen, Nutella lepelen en hopen op betere tijden.

21.20 uur
Mam vroeg net of ik wist waarom haar auto zo stonk. Huh, hoe dan? Door al dat wijnsnuiven moet ze een absurd goed reukvermogen hebben ontwikkeld. We hebben die auto perfect schoongemaakt.

'Jij hebt iets in mijn auto gedaan, of niet, Madelief?'
'FAKE NEWS!' grapte ik en ik keek weg.
'Die geur was er vorige week nog niet.'
'Je ruikt gewoon je eigen bovenlip,' zei ik met een neppe 'hihihi' en ik taaide snel af.

Ik ga zo toch maar even checken of ze zich inderdaad aanstelt. Hoop van wel. Ik heb geen geld voor een nieuwe stoel...

21.35 uur
Dear lord, have mercy. Wat een gore lucht.

Maddy

Lijst met stomme dingen:

1. Losse milkshakebekerdeksels (damn, goed galgjewoord!)
2. Bij je moeder wonen op je 25e
3. Dat kaas 'zweet'
4. Mensen die 'Manlief', 'mijn mannetje' of 'm'n mannie' zeggen. Of 'popje'. Dikke haat aan de 'popjes'
5. Dat Google mijn data jat en dat me aan mijn reet zal roesten
6. Coronaspugers
7. Dat water geen smaakje heeft
8. Dat mijn oksel soms naar mosterd ruikt
9. Dat er palmolie in Nutella zit
10. En ik daardoor medeverantwoordelijk ben voor het verwezen van orang-oetanbaby's

Roos

Maandag 30 maart 2020

Vandaag was dus het 'aperitief' met Adam Huber.

Ik ging in mijn datetenue (= beschaafd en vooral niet sexy). Dus nette donkerblauwe jeans, met een hooggesloten ruitjesbloes, blauw wollen vest, lage laarsjes, parelknopjes in de oren en bescheiden make-up.

Mijn signaal: ik kom voor een serieus gesprek en niet voor een snelle wip. En het wás een serieus gesprek.

We bleken elkaar te kennen van 'vroeger'. Of beter: híj bleek míj nog te kennen. We zaten een kwarteeuw geleden namelijk samen op de advocatenopleiding. Hij kon me nog alle details vertellen over 'ons klasje' en over 'mijn enthousiasme'. Volgens hem was ik de slimste van onze groep.

'Echt?' was mijn antwoord en mijn wangen begonnen te gloeien van het verrassende compliment. Hierna knoopte ik gehaast mijn vest open om de hitte van de vapeur af te voeren, want die volgt bij mij bijna standaard op blozen.

'Ik heb een opvlieger,' zei ik om duidelijk te maken dat ik niks uittrok om hem te verleiden.

'Ja, dat is helder,' was zijn antwoord en hij gaf me een servet om het zweet weg te vegen, waarop we in lachen uitbarstten.

Het advocatenklasje is een zwart gat in mijn geheugen. De paniek over mijn ongeplande zwangerschap, de emotionele zwenkingen na de bevalling en mijn slaaptekort vanwege de altijd krijsende Madelief hebben veel herinneringen uit die periode weggegumd. Waaronder die aan hem.

Ik vroeg of hij nog foto's had van onze groep. Hij zou gaan zoeken. En zojuist kwam er inderdaad een plaatje binnen via WhatsApp. Het betrof een seminar in Maastricht over Europees recht. De foto is genomen in een saaie zaal in het MECC en toont een twintigtal lachende mannen en vrouwen. Ik oog klein en stevig en sta helemaal rechts, los van de anderen. Ik lach als enige niet en ik weet ook waarom. Ik gaf in die periode nog borstvoeding en was die ochtend in mijn oververmoeide staat zonder mijn kolfapparaat in de bus gestapt. Toen de foto werd gemaakt stonden mijn borsten op ontploffen.

Mijn nette lichtblauwe kokerjurk toont bij mijn borsten twee donkere ronde kringen met zwarte punten in het midden. Mijn lekkende tepels lonken als priemende oogjes naar de camera. Waarom stuurde hij mij uitgerekend deze foto?

Die studietrip naar Maastricht was het kantelmoment voor mij. In overleg met Johan schroefde ik mijn werkzame uren terug en ging ik nog maar twee dagen per week werken, 'om contact te houden met het vak'.

Peter heeft nooit last gehad van het gehuil van Madelief, want hij sliep in die jaren in de logeerkamer. Hij kon niet functioneren op zijn werk zonder acht uur slaap. Wie wel? En waarom liet ik eigenlijk toe dat Peter geen nachtdiensten draaide? Geen idee. Ik was in die jaren een andere vrouw. Niet de Roos van nu. Mijn bestaan werd gedicteerd door dat oerinstinct van het moederdier. Mijn jong moest overleven en alles moest wijken voor dat doel. Ook mijn carrière.

De foto van dat advocatenklasje in het MECC doet wat met me. Je ziet dat ik al voorsorteer op die naderende afslag op de rotonde van mijn leven. Adam Huber staat trouwens achter me en alles aan hem is zwart. Zijn pak, zijn haren, zijn schoenen, zijn bril. Hij ging van zwart naar grijs en ik van stevig naar plomp.

Nu ik de jonge Adam Huber zo zie staan, heb ik wel vage herinneringen aan hem. Hij bleef op de achtergrond en toonde geen drang zich sterk te profileren, zoals de andere haantjes in onze groep.

Nog even terug naar het aperitief.

Toen ik bij het bankje in de tuin arriveerde, was ik perplex. Adam had de saaie plek als een Frans terras ingericht, met een parasol die bescherming moest bieden tegen een mogelijke regenbui, kaarsjes, een bistrotafeltje met een rood-wit gestreept kleedje, bijpassende kussentjes op de bank, een uitstekende Veuve Clicquot-champagne in kristallen glazen, heerlijke zelfgemaakte vegetarische hapjes en versgebakken brood. En toen het kouder werd, toverde hij ook nog een wollen deken tevoorschijn die hij me met een vriendelijke glimlach aanbood. Een zorgzame man.

'Zo, je hebt er wel werk van gemaakt,' waren de eerste woorden die ik sprak toen ik met lood in mijn schoenen het zuidelijk ogende tafereel naderde. Hier kon ik met goed fatsoen niet vandaan vluchten bij de eerste regendruppels.

'Jazeker, ik wilde onze hernieuwde kennismaking wat cachet geven!' zei hij, waarna hij dus over het advocatenklasje begon.

Ons samenzijn eindigde toen om halftien de miezer overging in een stevige regenbui. Balen!

Ik weet niet zo goed welk etiket ik op deze avond moet plakken. Het was achteraf gezien geen date, want hij deed geen 'egopitch' en de sfeer was ontspannen (na ons lachsalvo over mijn opvlieger). Wat was het dan? Geen idee. Maar vrijdag moet ik aan de bak, want ik heb hem uitgenodigd voor een diner bij mij. Als revanche.

Wat zal ik koken? En wat doe ik met Madelief?

Maddy

Maandag 30 maart 2020

10.10 uur
Ik heb met curryrestjes ontbeten. Bleek een slecht idee. Ik ga al de hele ochtend gebukt onder zware broekhoest. Mijn hok ruikt naar oude spruitjes. *Praise be* voor het thuiswerken, want ik had anders mijn hele team vergast. Ik sta non-stop op mute om vernedering te voorkomen.

16.10 uur
CODE BRUIN. WTF HEEFT MIJN MOEDER IN DIE CURRY GESTOPT?!

18.15 uur
Zo, ik ben leeggelopen. Moet zeggen dat deze aanval goede afleiding bood. Had geen tijd om te piekeren en voel me minder shitty dan gisteren.

Het is gek, maar vanwaar eigenlijk die poepschaamte? Op de basisschool durfde ik niet te gaan en ook het Goois Lyceum heeft geen drol van mij gezien.

Thuis was het niet veel beter. Ik heb er jarenlang alles aan gedaan om Ronald te ontzien. Terwijl hij nul gêne had. Vaak genoeg trof ik hem stinkend aan in zijn mancave. Dan zat hij daar al dertig minuten op zijn telefoon 'te chillen' zonder door te spoelen.

Wat een goorlap was hij ook. En ik maar doen alsof mijn darmstelsel een ingenieus recycleapparaat zonder overschot was. Want ja, mooie meisjes poepen niet. Ook op kantoor ben ik er nooit voor gaan zitten. Het was me de stress niet waard. Ik crepeerde liever de hele dag van de buikpijn. Maar waarom? Waarom?!

21.35 uur
Ik had zojuist een cheesy eurekamoment! Hier komt-ie... IK LEEF ZOALS IK POEP. Geniaal toch? Een 'Ik denk, dus ik ben', maar dan anders. Het poepen gebeurt veilig, zonder een ander te belasten en altijd in angst. Ik ben een schijtluis. Een labbekak. Een schijtebroek. Het wordt verdomme tijd dat ik voor mezelf kies! Ik ga een baan zoeken die ik leuk vind. Ik ga mijn tijd investeren in mensen die het waard zijn.

Ja, het is me opeens glashelder. Ik word geleefd! Door verwachtingen en omstandigheden. Dat gaat veranderen. Ik zal de slogan omdraaien: IK POEP ZOALS IK LEEF – vrij en onbevreesd! Wacht maar af, dagboek.

Ik ga de wereld een poepie laten ruiken (haha, kon het niet laten!).

Roos

Dinsdag 31 maart 2020

Vanochtend had ik in de vergaderzaal Het Gesprek met Monsieur over mijn wens om me verder te specialiseren in milieurecht. Het voelde raar om na twee weken thuis weer naar kantoor te rijden.

'Het buitenzetten van de afvalcontainer is tegenwoordig het hoogtepunt van mijn week,' sneerde Jolein toen ik haar gisteren sprak over het thuiswerken. 'Ik trek dan altijd wat leuks aan. Je weet maar nooit of je nog een lekker ding ontmoet bij de glasbak.'

Ja, mijn zusje heeft humor. 😆

Monsieur heeft nul humor.

Het Gesprek was géén gesprek, maar Een Mededeling. Hij bleef bij zijn standpunt dat Het Kantoor mij niet op milieurecht plaatst. Hij had dit ook afgestemd met Pixa. Er volgde een blablaverhaal over de onzekerheden rond corona, de problemen met het thuiswerken, de ziekte van Dennis en de toch al hoge werkdruk. Het uitbouwen van milieurecht was iets voor na de pandemie. De conclusie was dus na drie zinnen duidelijk: ik blijf de restjesadvocaat.

Nadat hij de boodschap had gebracht, pakte hij zijn telefoon en begon door het nieuws te scrollen. Het Gesprek was afgelopen en ik kon oprotten. Door zijn minachtende houding nam mijn woede de overhand. Ik duwde mijn stoel naar achteren en meldde dat hij me dwong tot solliciteren. Hij keek op van zijn mobiel, boog zich voorover en glimlachte aanmatigend naar me.

‘Er bestaat geen kantoor dat tijd en geld investeert in een herintreder van vijftig plus,’ zei hij vervolgens.
‘Dát is het dus!’ siste ik. ‘Je discrimineert op basis van leeftijd. Ik ga een klacht indienen.’ Ik stond in één ruk op en verliet de kamer.

Eenmaal in de (steeds erger stinkende!) auto, belde ik met mam en luchtte mijn hart.

‘Jij oud? In Amerika knokt de 78-jarige Biden tegen de 74-jarige Trump,’ zei ze lachend.

Klopt.

Mam zei ook dat ik niet zo bang moest zijn dat ze mijn contract na deze aanvaring niet zouden verlengen. Dennis is voorlopig nog niet terug.

‘Je bent van nut, Roos.’

Ook dat klopt. Maar toch, ik ben nog steeds razend.

Nog iets: toen ik thuiskwam (na files en na boodschappen doen bij een veel te volle AH (= besmettingsrisico), zaten Marit en Janine in de woonkamer. Madelief had een tapasavond georganiseerd WAAR IK DUS NIKS VAN WIST.

En dat op een doordeweekse dag! Midden in de lockdown! Ik heb mijn ongenoegen direct kenbaar gemaakt en daar heb ik nu spijt van…

Ik ben net gebeld door Opperhoofd Pixa. Om tien uur. Ik lag al in bed en las een boek. Mijn hoofd was doezelig van twee wijntjes, maar mijn kwaadheid smeulde nog na.

Pixa viel met de deur in huis. Hij was door Monsieur geïnformeerd over Het Gesprek en mijn insinuatie dat er discriminatie op basis van leeftijd plaatsvond. Hij wilde die even 'weerleggen'. Door zijn aanmatigende toontje vlamde mijn woede weer op en vanwege de geconsumeerde alcohol was er geen rem die me blokkeerde.

Het gesprek ging na zijn intro als volgt:
Ik: 'Je vergeet een belangrijke vraag te stellen.'
Hij: 'O, ja? Welke dan?'
Ik: 'Of je telefoontje nu schikt.'
Hij: 'O.'
Hierna was hij even stil. Ik hoorde een zucht.
Hij: 'Schikt het nu, Roos?'
Ik: 'Nee!'
Hij: 'O.'
Hij: 'Dan bel ik je morgen.'
Ik: 'Prima.'
Hij: 'Hoe laat?'
Ik: '09.00 uur?'
Hij: 'Oké.'

Ik was heel even trots op mezelf, maar na een paar minuten volgde de angst voor de consequenties. Wat bezielde me? Waar kwam die grote mond vandaan? Wilde dat latente protest-DNA van mam zich ineens manifesteren?

PS Pixa heeft een knalrode Ferrari. Mannen die daarin rijden hebben volgens mam ‘de ruggengraat van een tuinslang’. Ik hoop het maar.

Maddy

Dinsdag 31 maart 2020

Marit en Janine kwamen langs voor een tapasavond. Ik had alle hapjes zelf gemaakt en erg mijn best gedaan. We gingen net eten toen mam thuiskwam van werk.

'O, jullie hier,' zei ze, in plaats van: 'Hé meiden, dat is lang geleden. Wat leuk jullie weer te zien!'

Janine en Marit keken elkaar fronzend aan. Superawkward. Ik prevelde snel iets over de tapasavond en dat ik extra hapjes voor haar had gemaakt, mocht ze trek hebben. Maar mam had dus géén trek en wat daarna volgde was NIET OKÉ.

'Ik zou het fijn vinden als jullie op het terras gaan zitten.'

'Je bent gek, het is ijskoud buiten.'

'Denk om de aerosolen, Madelief. Deze samenkomst is niet veilig.'

'Doe effe normaal!' riep ik verhit en ik keek verontschuldigend naar mijn vriendinnen.

'Dit is nog altijd mijn woning. Jullie zijn hier alle drie te gast, dus zet dat onderonsje maar fijn buiten voort. Er liggen dekentjes.'

'Damn,' prevelde Janine en ik dacht iets van ontzag te horen.

'Ik denk dat ik maar naar huis ga,' zei Marit. 'Nu ik zwanger ben, heb ik al steeds koude voeten.'

Binnen vijf minuten waren ze gevlucht en de mozzarellastokjes waren niet eens aangeraakt. Allemaal haar schuld!

Ik stormde woedend de slaapkamer in.

'Ik heb nu zo weinig leuks in mijn leven en dan moet jij je ook nog als een *cray cray* bitch gedragen tegenover mijn vriendinnen. Ik schaam me dood!'

Mam trok langzaam haar panty uit. Ik kon haar wel wurgen met dat stuk nylon.

'Ik ben moe, Madelief, en ik had een zware dag.'

Ze keek me niet eens aan. Ik moest tot tien tellen om niet door te slaan. Bij vijftien liep ik de kamer uit. Bij twintig trapte ik haar lievelingspoef omver. Bij dertig lag ik te snikken op mijn kussen.

Roos

Woensdag 1 april 2020

Vanochtend sprak ik Pixa via Teams. Zijn camera zat ergens onderin waardoor het leek alsof hij op me neerkeek. Daar werd ik al gelijk kribbig van.

Pixa was vriendelijk (= dekmantel) en meldde dat er op geen enkele wijze sprake is van leeftijdsdiscriminatie. Hij had juist grote waardering voor mijn inzet (ja vast) en hij zou mijn voorkeur voor milieurecht opnieuw in overweging nemen als 'de zaken zijn genormaliseerd' (= wanneer Dennis terug is).

Mooi niet. Ik weet echt wel dat ik dan exit ben.

Verder heb ik zo hard gewerkt dat er zweetplekken onder mijn oksels zaten toen ik uitlogde, want ik heb maandag een belangrijke zitting. En tegen de strenge regels in heb ik buiten de server gewerkt. Het ding was zo traag dat ik niet anders kon.

Conclusie:
Ik ben dus minder braaf dan ik denk.
Ik heb dus meer van mam dan ik weet.

Madelief gaat vanavond op bezoek bij een oud-collega. Ene Lola. Ik moet al de hele tijd aan dat liedje denken. *Loooolaaaa, Lolololololooolaaaa...* Dat draaide mam in mijn kinderjaren veel. We zongen dan samen keihard mee: *LOOLAAA...*

Hoe heet die band ook alweer? De naam ligt op mijn lippen. De naam komt niet. Maar ik heb dit altijd geweten.

ZORGWEKKEND!

Ik weet het weer! The Kinks!

Maddy

Woensdag 1 april 2020

22.05 uur
Net terug van een avondje met Lola, dat *obviously* bij haar thuis plaatsvond. Na het tapasincident durf ik niemand meer uit te nodigen.

Mijn moeder is een doorgedraaide dictator.

Anyhow, Lola en ik waren elkaars buddy's op kantoor, maar ze heeft de evenementenbranche een halfjaar geleden ingeruild voor het ambtenarenbestaan. Ik maakte er indertijd grapjes over, maar zij heeft nu een vast contract bij de Gemeente Utrecht en ik ben weggebonjourd. Dus ja.

Toen ik haar appartement binnenkwam, wilde ze me knuffelen, maar dat hield ik af. Ik wil mijn oma niet vermoorden, dus we deden zo'n elleboogbegroeting.

Het was al snel ouderwets gezellig en ik luchtte mijn hart over Ronald.

'Wat een aarsbanaan!' riep ze.

'Ja! Een kromme aarsbanaan!' echode ik blij. Ik heb een nieuwe Marit gevonden!

Lola vroeg naar de laatste kantoorroddels. Ik vertelde haar dat Jack tijdens een Check-in Monday opeens in zijn onderbroek voor het scherm stond en dat Ina haar man telkens Vetje of Vetlap noemt.

'Ze begrijpt maar niet dat wij alles kunnen horen.'

Lola bepiste zichzelf van het lachen. Letterlijk, want een paar druppels tellen als je geen kinderen hebt gebaard en pas 28 bent.

'En?' vroeg ze en ze keek me begerig aan. 'Was die goedgevuld?'

Ze was blijven steken bij 'Jacks onderbroek'. Ik maakte een klein gebaar met mijn vingers.

'En toch zou ik hem doen.'

Ik had niet anders verwacht. Lola doet alles wat op twee benen loopt en een slurf heeft.

En terwijl we daar zo zaten, vroeg ik me af wat ons eigenlijk bindt. Ja, we kunnen goed lachen, maar onze relatie is verder zo plat als Nederland. Waarom maakte ik Ina en Jack belachelijk? Om leuk gevonden te worden? Om grappig te zijn? Vermoedelijk. Misschien blijven onze gesprekken oppervlakkig omdat ik weinig van mezelf durf te delen, bang om niet leuk, interessant of cool te zijn.

Als iemand je niet kent, kan diegene je ook niet afwijzen. Mijn nieuwe mantra, 'ik leef zoals ik poep' (vrij en onbevreesd), blijkt lastiger dan verwacht.

'Maar wat ga jij nu doen?' vroeg ze nadat ik haar had bijgepraat over mijn ontslag.

'Geen idee. De evenementensector is morsdood.'

'Kutcorona!' riep Lola vol overgave.

'Ja, kutcorona!'

'Maar wat wíl jij, Maddy?'

‘Uhhh…’ Het was alsof er tuimelkruid door mijn hoofd rolde.
‘Wat geeft zin aan jouw leven?’

Zingeving. Dit was het abrupte einde van een gezellige avond.

22.50 uur
Ik, Maddy Nugter, zweer hierbij plechtig om nóóit en te nimmer meer het volgende milkshakerecept te maken en in mezelf leeg te gieten:

- 5 bollen Ben & Jerry’s-ijs, smaak: Caramel Chew Chew
- 3 lepels Nutella
- 1 lepel pindakaas (zonder stukjes)
- 300 ml amandelmelk
- snufje zout

Nooit meer. Ook niet in een noodgeval.

Roos

Donderdag 2 april 2020

Ik had een onaangenaam gesprek (via Teams) met de nieuwe jongedame van P&O. Het ging niet over de inhoud van mijn werk, want daar heeft dat kind (= leeftijd van Madelief) geen kennis van. Het ging over het het volgen van procedures. Wat ik allemaal wel niet fout doe.

Ze begon over mijn achterstand bij het invullen van de declarabele uren. Ik moest daar meer 'structuur' in aanbrengen en dit een onderdeel maken van 'mijn dagelijkse routine'. Ik kreeg maar niet uitgelegd dat het urenregistratiesysteem 'ruk' is (= een perfect woord van Madelief) en dat het mij elke dag bijna een uur kost om elk kwartier een code te geven. En dat met twee banen en meerdere deadlines.

Daarna barstte ze los over mijn andere – veel ernstigere – vergrijp: het werken buiten de server. Ze had namelijk vastgesteld dat ik niet consequent binnen de bedrijfsomgeving zit. Ze meldde opnieuw dat het strikt verboden is om op een onbeveiligde laptop aan dossiers te schrijven. Ik moest me ervan bewust zijn dat zo 'gevoelige inhoud' naar externen kon lekken.

Ammehoela. Welke gevoelige inhoud? Wie is er nou geïnteresseerd in een bezwaarprocedure tegen een nieuw hondenpoepveldje? Ik antwoordde dat ik de regels ken, maar dat de server er vaak uit ligt en dat ik onder tijdsdruk sta vanwege de dossiers van Dennis. Ik beloofde verbetering om van haar af te komen en weer aan het werk te kunnen. Want stress stress stress.

De bitch (= nog zo'n topwoord van Madelief) sloot af met de mededeling dat ze een aantekening in mijn 'dossier' zal maken over de besproken punten. Kortom: die vaste aanstelling is nog lang niet zeker.

En dat geeft me nog meer stress. Zoeken ze soms al een stok om de hond mee te slaan? Dat wordt dan bijten in plaats van kwispelen.

Kort voor zes uur de garage bezocht om navraag te doen naar de stank in mijn Clio. Die is niet te harden. Vooral als de zon op de auto heeft geschenen.

Antwoord: het is zeer waarschijnlijk dat iemand een zuivelproduct in de bekleding heeft laten 'lopen'.

Madelief? 😠

Maddy

Donderdag 2 april 2020

Op kantoor is niks meer te doen en daarbuiten is ook nul actie. Mijn enige activiteit is hokken in mijn kamer en piekeren. Over deze definitie bijvoorbeeld:

Zingeving is het zoeken naar de zin, de bedoeling of het doel van het leven of van grote gebeurtenissen in het leven, of het trachten dit doel zelf te scheppen.

Zoeken naar het doel van het leven? Ik krijg al kortsluiting bij het uitzoeken van een pot jam. Keuzes verwarren me. Ik heb er te veel.

In oma's tijd was het simpel: je zocht een baan, kocht een huis, werkte en ging met pensioen. Mits je een vent was natuurlijk. Als vrouw vetrok je eenmalig van het aanrecht naar Benidorm.

Mam had al meer opties, maar er waren nauwelijks verwachtingen en ze kon in alles excelleren. Met een parttime baan, een vrijstaand huis en een (enigszins functionerend) gezin was ze maatschappelijk geslaagd.

Dat is voor mijn generatie wel anders. Zonder dubbele master of PhD tel je niet mee.

Je bent lui als je in het weekend geen marathon rent.

Je bent ondankbaar als je niet je privileges erkent.

Je moet de wereld zien, maar zonder deze te vernielen met je ecologische voetafdruk.

Je moet mindful zijn en een politiek correcte eigen *voice* hebben.

Maar dat is nog niet alles. Je moet ook fit, grappig, mooi, slim, creatief, gezond, tevreden, succesvol én zielsgelukkig zijn. Zowel online als offline.

Ze verwachten fucking halfgoden, maar ook millennials bloeden gewoon als inclusieve stervelingen. Er is TE VEEL druk.

'Maar wat wíl jij, Maddy?'

Nou, deze zinzoeker wil:

- *La Casa de Papel* bingen
- Een zak eierkoeken vreten
- Zonder een greintje schuldgevoel

Mag het?

23.10 uur
Net de 'Zoek mijn zin'-test gedaan. Deze eerste vraag was direct van ongekende topkwaliteit:

Met welk dier identificeer jij je het meest:

- Bij
- Schaapshond
- Hagedis
- Koe

23.20 uur
Ik ben een koe.

Roos

Vrijdag 3 april 2020

Linda, de officemanager en mijn maatje op kantoor (ze gaat in oktober helaas met pensioen), meldde me net in vertrouwen dat Monsieur tegen me heeft gelogen. Pixa gaat milieurecht wel degelijk uitbreiden... met Freek! Hij werkt pas een halfjaar op kantoor en heeft nog niks gepresteerd, maar hij is wel een wandelende kopie van Monsieur: een opschepper, rossig, man én jong.

Conclusie 1:
= Zwakke mensen geven een kopie van henzelf altijd een hogere slagingskans.

Conclusie 2:
= Bij Pixa & Partners hebben ze iets tegen mij als persoon. Immers, ik heb aantoonbaar méér ervaring dan Freek, ik werk langer bij Pixa en ik boek betere resultaten. Dat negatieve sentiment is niet gunstig als je in je derde jaarcontract zit en op een vaste aanstelling hoopt. Ik moet vanaf nu dus heel braaf zijn en niets meer zeggen of doen wat de heren irriteert (= lastig!). En ik moet ervoor zorgen dat er géén volgende aantekening meer komt in mijn dossier. Dus braaf de regels van die P&O-miep volgen (= héél lastig!!!).

Els, Lydia en ik hebben een chatgroep gemaakt (de REL-chatgroep, van Roos-Els-Lydia). Was een idee van Els. Zo kunnen we lekker 'connecten' tijdens de lockdown. Er was meteen veel activiteit, want Lydia is na haar verkoudheid erg bezig met geuren en meende op het pak van haar man het parfum Giorgio Beverly Hills te ruiken. Hoe kon dat geurtje op zijn pak komen, terwijl hij afstand moet houden?

Goede vraag.

Els is uiteindelijk omgelopen en heeft aan het pak gesnuffeld. Zij rook niks.

Ik had ondertussen een déjà vu. Of beter: een déjà odeur. Ik kwam de Friezin immers ook op het spoor via een verdachte vrouwengeur die ik opsnoof toen ik een hemd van Peter in de wasmachine propte. De scherven van de granaat die toen in mijn buik ontplofte doen nog steeds pijn.

En vanavond had ik dan mijn etentje met Adam. Ik had de twee korte kanten van mijn tafel gedekt. Adam moest grinniken toen hij de opstelling zag.

'We lijken wel een Engelse *landlord* en zijn *lady*,' zei hij.
'Ja, maar dan wel met een Italiaanse kok,' antwoordde ik.

Ik presenteerde hem vervolgens vijf gangen. Elk gerecht werd vergezeld van een bijpassende Italiaanse topwijn uit Piëmonte. En er was – uiteraard – een uitstekende grappa als digestief. Adam was zichtbaar onder de indruk, likte de borden nog net niet schoon en putte zich uit in complimenten. ☺

Madelief was trouwens naar mam. Ze wilde geen 'paringsdans van senioren' bijwonen. Ze geloofde me niet toen ik zei dat het geen date is, maar een treffen tussen twee oud-klasgenoten.

‘Voor jou misschien mam, maar niet voor hem. Die vent geilt op je.’

Onzin. Dat woord alleen al: ‘geilen’ op... Bah... Adam is niet zo. We begonnen onze avond met praten over het werk. Mijn sores op kantoor, vooral. Maar we bespraken ook onze levens in de kwarteeuw na het advocatenklasje.

Adam vulde zijn jaren met het opbouwen van zijn zaak. Hij trouwde pas laat en heeft geen kinderen. Zijn vrouw was een Franse verpleegkundige en verhuisde naar Nederland. Ze stierf zeven jaar geleden tijdens een verkeersongeval. Een auto schepte haar tijdens een zomerse fietstocht langs de Vecht.

‘En weg was ze.’

Daarna spraken we een tijdje over de levensfase waar we nu in zitten, als vijftigers. Ik vertelde hem over de metafoor van mam over de haven en mijn angst om weer uit te varen.

‘We zijn inderdaad als oude boten die al zware stormen doorstonden,’ zei hij en glimlachte. ‘Gehavend, maar nog steeds zeewaardig.’

Zo waar.

Adam vroeg me ook naar mijn dromen. Ik haalde mijn schouders op. Mijn dromen?

‘Weet je, Roos, geen wind waait gunstig voor een kapitein die niet weet welke haven hij wil aandoen. Dus zet koers naar dat wat je gelukkig maakt.’

Alweer die haven. Maar ja, als je vooraf al weet dat je schipbreuk zult lijden, wat doe je dan? Toch uitvaren?

'Met dat wat mij gelukkig maakt, kan ik geen geld verdienen, Adam,' zei ik, waarna ik hem vertelde over mijn passie voor wijn en de cursussen wijnproeven die ik vóór de scheiding verzorgde.

'Ik schreef ook artikelen over wijn voor verschillende bladen en gaf lezingen. En voor een exclusief reisbureau begeleidde ik een paar keer per jaar een wijnreis naar beroemde wijnstreken, zoals de Bordeaux, de Palts en Piëmonte. Maar sinds de scheiding moet ik fulltime werken en heb ik daar geen tijd meer voor.'

Adam keek me nadenkend aan en glimlachte. Er lag een aparte schittering in zijn ogen, en hij vertelde dat hij zo'n twintig jaar geleden een voordracht van mij had bijgewoond, omdat hij kort daarvoor in de Bourgogne een vervallen wijndomein had gekocht.

'Ik heb veel van je geleerd, Roos.'

'Echt?' Mijn wangen begonnen te gloeien van zowel trots (om het compliment) als schaamte (dat hij me niet was opgevallen).

'Sorry dat ik je niet herkende,' zei ik.

'Dat is nogal logisch, er zat toch zeker honderd man in de zaal.'

'Een wijndomein?' zei ik. 'Waar precies?'

Vanaf dat moment was het hek uiteraard van de dam en spraken we alleen nog over terroir, druiven, appellations, fermenteren, oxidatie, most, klonen, schilweking, et cetera, et cetera... 😇

Mam belde me uit bed.

'Enne? Hoe ging het?' vroeg ze.
'Hoe ging wat?'
'Je date met die grijze muis.'
'Het was geen date en Adam is geen grijze muis.'
'Geen date? Wat was het dan?'
'Gewoon. Een bijpraatavond met een oud-klasgenoot.'
'Aha? En komt er nog een vervolg?'
'Jazeker.'

Hierna vertelde ik mam dat we zo fijn gepraat hadden over wijn en over zijn wijndomein.

'Die Adam is slimmer dan ik dacht. Hij kan je niet krijgen via z'n *looks*, dus doet hij het via zijn *hooks*,' zei mam, waarop ze in lachen uitbarstte.
'Mam,' riep ik boos. 'Dit is een gewone vriendschap. Niks lichamelijks.'
'Hoe kun jij dat weten? Je trouwde met de vent die je ontmaagde. Jouw teller blokkeerde bij nummer één.'
'Adam en ik hebben filosofische gesprekken, mam. Over onze dromen bijvoorbeeld.'
'Interessant,' klonk het smalend. 'En waar droomt híj dan over?'

Dat was het moment waarop ik me realiseerde dat ik de hele avond alleen over míjn dromen had gepraat. Wat beschamend! Dat moest ik onmiddellijk rechtzetten. Ik stond op en appte Adam nogmaals uitgebreide bedankjes voor zijn luisterend oor en vriendelijkheid.

'Wat is eigenlijk de bestemming van jouw boot, Adam? Of beter, wat zijn jouw dromen?' appte ik vervolgens.

Binnen een minuut kwam zijn reactie. Hij was dus nog wakker.

'Mijn boot is zijn haven al binnengevaren, Roos. Ik ga nu voor anker.'

Huh? Welke haven?

Maddy

Zaterdag 4 april 2020

Heb schuld bekend. Zoals verwacht is mam ontploft. Ik moest woorden als 'onvolwassen', 'egoïstisch' en 'onnozel' incasseren. Ik vertelde dat het een ongeluk was. Dat oma en ik de auto direct schoon hebben gemaakt. Dat het goed leek.

Mocht niet baten.

Ze is niet boos, maar teleurgesteld. Pislink dus. Ze praat niet meer tegen me. Zo *toxic*.

Ik wil hier weg.

Roos

Zondag 5 april 2020

Heb het hele weekend gewerkt aan de dossiers van Dennis. Ik krijg het allemaal niet meer af. Mijn hoofd tolt.

En natuurlijk weer ruzie gehad met Madelief. Dat was gisteren. Over de stank in de auto. De enige manier om die gore geur eruit te krijgen, is door de stoel te vervangen. En dat zal wel moeten, want mijn Clio is pas twee jaar oud. Nog gloednieuw. En ik kan toch niet de komende tien jaar in die lucht rijden? Wat me nog het meest ergert, is haar ongeïnteresseerde houding.

'Oké, mam. Sorry. Ik deed dit echt niet met opzet. Het spijt me.' En daar moet ik het mee doen. Met 'het spijt me'.

Ze neemt geen verantwoordelijkheid voor haar daden. Ze komt niet met oplossingen. Ze zoekt niet op internet naar middelen om die geur weg te krijgen. Ze belt niet naar sloopbedrijven om een goedkope nieuwe stoel te vinden.

Het is alleen maar: 'Oké, mam. Sorry.'

En vervolgens mag mam het oplossen.

Maddy

Zondag 5 april 2020

'Life is soup. I am fork.'

Roos

Maandag 6 april 2020

RAMP!

Vanmiddag, rond lunchtijd, toen ik mijn werktenue aantrok en me dus gereedmaakte voor mijn zitting van 15.00 uur, maakte Madelief (ZONDER MIJN TOESTEMMING!) gebruik van mijn laptop ('om iets op te zoeken' = Netflix kijken). De hare was in de ochtend vastgelopen en werd op dat moment opnieuw geïnstalleerd in haar kamer door een 'IT-man'.

Maar Madelief werd (alweer) afgeleid door een appje van Ronald over de een of andere brenger, waardoor ze 'per ongeluk' mijn werkdocument 'aanraakte' (= op NIET OPSLAAN klikte). Mijn tekst was foetsie en er was ook geen kopie, want ik had het stuk tegen de regels in toch weer buiten de Pixa-server geschreven (= dom).

Ook de inderhaast naar de woonkamer meegetrokken IT'er kreeg het document niet meer boven water. Mijn werk van een hele ochtend was weg, wat leidde tot een zwakke performance tijdens de zitting.

Het is nu dus wachten op een volgende aantekening in mijn dossier. Dit keer geen opmerking over het niet volgen van stupide regels, maar over een slecht optreden in de rechtszaal. Dit akkefietje kan me mijn baan kosten.

Toen duidelijk werd dat mijn tekst echt definitief weg was, brak in mijn hoofd de dam der beschaving en stortte ik een stroom vol verwijten uit over Madelief.

De woorden die ik haar toeschreeuwde zijn niet voor herhaling (en opschrijven) vatbaar, maar geloof me: ze kwamen uit mijn tenen.

Maddy

Maandag 6 april 2020

Mijn moeder hoort thuis in een inrichting, ze is compleet van het padje af. Ik ben letterlijk het appartement uit gerend en naar oma gefietst. Ga voorlopig daar wonen, want no way dat ik terugga naar tbs-kliniek Janssen.

Het escaleerde vanmiddag. Ik had (per ongeluk!!!) haar werkdocument weggeklikt. Ik heb duizend keer mijn excuses aangeboden. Zoiets is me nog nooit eerder overkomen en ik voelde me superruk. Even leek het erop dat de schade te herstellen was, maar helaas. Toen flipte ze.

'Je bent alleen maar met jezelf bezig, Madelief! Kijk nou wat je hebt aangericht!'

'Ik zei toch dat het me spijt! Het was een ongeluk! Ik zal jouw laptop nooit meer aanraken, dat beloof ik!'

'Door jou word ik misschien ontslagen! Begrijp je wel wat dat betekent?'

Ze zwaaide met de lege Woody Woodpecker-mok die ik als kind had gekregen tijdens een vakantie in Disneyland. Toen we nog een familie waren.

'Is dat een serieuze vraag?'

'Ik had je nooit in huis moeten halen,' schreeuwde ze en ze smeet de mok in de wasbak. Het oortje brak.

'Hoe kun je nou zoiets zeggen? Je bent mijn moeder!'

'En als jouw moeder heb ik overduidelijk gefaald. Je bent onvolwassen en oppervlakkig!'

‘Niet waar!’ schreeuwde ik terug.

‘Jawel! Je bent een leeghoofd en je doet niets met je talenten. Je bent alleen maar bezig met kortetermijnpleziertjes. Ik had meer van je verwacht.’

Dat was het moment waarop er iets bij mij knapte.

‘En jij dan?! Jij hebt nul plezier! Jij leeft niet! Je sluit jezelf op in dit duffe Zeist en zit de dagen uit! Je hebt NOG NOOIT een risico genomen! Je bent zogenaamd zelfstandig en volwassen, maar feitelijk gewoon een schijtlaars! Want boehoehoe, stel je voor dat de perfecte Roos Janssen een keer buiten de lijntjes kleurt!’

Tranen stroomden over mijn wangen.

‘Ik mag dan *messed up* zijn, maar ik ben duizend keer liever een leeghoofd dan een fucking kamerplant zoals jij!’

Ze maakte een snuivend geluid en stormde de keuken uit.

‘Jij hebt het leven jaren geleden al opgegeven!’ riep ik haar achterna.

Even later hoorde ik de voordeur dichtslaan. Heb toen mijn spullen gepakt en ben vertrokken...

Ben ik dan echt zo moeilijk om van te houden? Zelfs mijn eigen moeder wil me niet. Ziet ze niet dat ik in brand sta? Dat mijn zekerheden een voor een wegvallen, als kantelende dominostenen? Dat ik mijn plek kwijt ben en dat ik haar juist nu nodig heb? Waarom begrijpt ze niet dat ik ruimte moet claimen om fouten te maken? En dat haar kritiek me nog verder afbreekt? Dat ik pijn heb?

Lief dagboek, soms voelt het alsof ik niet opgewassen ben tegen dit leven. Misschien mis ik de kracht of wendbaarheid om er iets van te maken.

Misschien ben ik inderdaad niet goed genoeg.

DEEL II

ZOMER

Donderdag 16 juli 2020 tot en met zondag 2 augustus 2020

Roos:

'Waarom kan ik dat niet? Gewoon maar wat dobberen op de golven van het leven? Zonder wroeging over het verleden en zonder zorgen over de toekomst?'

Maddy:

*'Soms moet je afstand nemen om iets helder te krijgen.
Net als bij fotografie: je zet een stap naar achter en stelt scherp.'*

Oma Loes:

'Je leven kent geen generale repetitie. Vanaf het moment dat je wordt geboren, leef je in je hoofdvoorstelling.'

Maddy

Donderdag 16 juli 2020

WAJOOOO! WE ZIJN ER!

Alles ging goed, al werden we bij aankomst opgesplitst. Oma en tante Jolein mochten doorlopen, maar ze pikten mij eruit voor een steekproef. Ik werd verwelkomd met een *fever gun* en wattenstaaf. Tante Jolein stond me verderop stampvoetend op te wachten.

'Ze behandelen ons als vee!'

'Tja, ze moeten hun inwoners beschermen,' zei ik nog. 'Het is een klein eiland.'

'Nee, Madelief! Dit heeft niets te maken met de volksgezondheid!'

Ze begon alweer over Bill Gates en Big Pharma.

'Macht corrumpeert en absolute macht corrumpeert absoluut! Onthoud dit!'

Tijdens de taxirit maakte oma er een eind aan. Ook zij had er genoeg van. 'Muskusrat,' zei ze streng. Dit is het codewoord dat oma gebruikt wanneer tante Jolein écht haar mond moet houden. Oma heeft het gejat uit een film met Robert De Niro, haar droomvent.

'Maar mams, het is toch niet normaal hoe...'

'Luister Marjolein, ik respecteer jouw visie, maar nog één woord en de geldkraan gaat dicht. Ik heb vakantie.'

Tante Jolein trok haar keutel in, want ze is platzak sinds ze haar keuken in juni liet vernieuwen. Wij allebei trouwens. We mogen blij zijn met deze aalmoesvakantie.

'We zijn hier om te genieten en de bloemetjes buiten te zetten!' ging oma verder en ze glimlachte zoetjes naar de knappe taxichauffeur.

De man, die een beetje op George Clooney leek, richtte zijn blik op het Maagd Maria-icoontje dat op zijn dashboard stond en mompelde iets in het Grieks. Het klonk smekend.

Toen we bij Bobbi's villa aankwamen, bleef oma zitten tot hij het portier voor haar opende. 'Ef-cha-ries-too,' zei ze en ze knipoogde naar hem.

Dit zou 'dank je wel' betekenen. De man maakte dat hij wegkwam.

'Ze zeggen dat Grieks vlees het beste van Europa is,' zei oma, terwijl de taxi wegreed. Ze grijnsde naar me en liet ons achter met de koffers.

Denk niet dat ze souvlaki bedoelde.

Roos

Donderdag 16 juli 2020

Mam videobelde vanavond. Was voor het eerst. Tot nu toe spraken we elkaar altijd 'gewoon', zonder zicht op onze koppen. Terwijl mam verhaalde over de vlot verlopen reis naar Corfu, verscheen het gerimpelde hoofd van Bobbi in beeld. Een opgewekt schat-hoe-gaat-het-met-je-gesprek volgde. Op de achtergrond klonk het baldadige gelach van Madelief en Jolein. Ik voelde me zó opgelucht dat ik in Nederland ben gebleven.

Na vier maanden samenwonen met mijn dochter en de frequente invasies van mam en Jolein hunker ik naar rust. Bovendien zijn de zomers heet op Corfu. Niks voor mij, dagelijks in een comateuze staat aan het zwembad liggen. Nog even afgezien van de besmettingsrisico's. Zo'n propvol vliegtuig is de ideale biotoop voor dat coronavirus. Geen zin in.

Maar na dat telefoontje met Bobbi was daar toch weer die twijfel. De afgelopen decennia bezocht ik die excentrieke Dolle Mina-strijdmakker van mam elk voorjaar. En het voelde onwennig toen mam en ik dit jaar met Pasen voor het eerst in een kwarteeuw niet bij Bobbi op Corfu waren.

'Je weet als mens dat nieuwe tijden zich aandienen als een traditie wordt doorbroken,' zei mam toen we onze paaseitjes tikten op mijn terras.

Zo waar!

Bobbi informeerde ook naar mijn 'bijzondere vriendschap' met Adam. Zij gelooft niet dat we gewoon vrienden blijven.

'Heb je de film *When Harry met Sally* al eens gezien?' vroeg ze.

Dat had ik niet.

'Bij een vriendschap tussen een single man en een single vrouw wil uiteindelijk een van de twee meer,' vulde ze aan. 'Al is het maar om te testen hoe het voelt.'

'Nou, ik wil in ieder geval níét meer en ik wil ook niks testen,' was mijn antwoord.

Het gesprek met Bobbi zindert nog na. Mam, Bobbi, Jolein en Madelief: allemaal klagen ze dat ik geen risico's neem en niet 'vol leef'. Hoezo? Is jezelf laten vollopen met alcohol en dan voor pampus liggen op een strandbedje soms 'vol leven'? Dat voelt voor mij eerder als je leven verdoven.

Ik heb net even *When Harry met Sally* gegoogeld. Er stonden wat fragmenten online. Zo gelachen om die scène in dat restaurant waarin Sally een orgasme simuleert om Harry te bewijzen dat vrouwen vaak doen alsof. Ik kwam niet meer bij. Sally heeft natuurlijk gelijk. Ik deed sinds de geboorte van Madelief bijna altijd alsof.

Ik heb de film besteld. Die ga ik dit weekend kijken. Zonder Adam. Vandaag is hij trouwens precies één maand in de Bourgogne, want hij vertrok 16 juni, de dag nadat Frankrijk de grenzen weer opende voor 'niet-noodzakelijke reizen'.

Hij appte me gisteren nog de foto's van het herstelwerk aan zijn dak. De pannen die door de voorjaarsstorm zijn weggeblazen, liggen er weer op en de vochtige muren in de kamers drogen goed. Je ziet alleen nog wat donkere lijnen. Adam blijft opgewekt, ondanks het kleine drama dat zich in zijn boerderij voltrok in de maanden van de lockdown en de gesloten grenzen. Hij kan het verleden goed loslaten. Hij kijkt niet om.

Kon ik dat maar.

Enfin. Vanaf morgen heeft deze dame drie weken vakantie en eindelijk RUST.

Maddy

Vrijdag 17 juli 2020

Net keizerlijk ontbeten met uitzicht op zee, tussen de olijfbomen en roze oleanders. Ik kan niet geloven dat we Nederland zijn ontvlucht en nu hier, lockdownloos, mogen genieten. En genieten, dat doen we. Het is nog geen 12.00 uur en ik zit al aan de wijn.

'It's five o'clock somewhere,' zei tante Jolein grijnzend toen ze me inschonk.

Mam had hier zeker iets van gevonden. Ben blij dat ze is thuisgebleven. Onze relatie is niet meer zo ruk als in april, maar we zijn ook geen besties. Denk/hoop dat de vakantie ons beiden goed zal doen.

Maar goed, het is hier hoe dan ook fantastisch! Bobbi's villa staat op een klif boven Kassiopi, een stadje in Noord-Corfu. Ze heeft het pand ooit voor een prikkie gekocht en het met de jaren opgeknapt. En hoe. Het is een droom. Toen ik hier elf jaar geleden voor het laatst kwam, was het nog een bouwval en sliep zij in een pipowagen. Maar nu kan het in elk interieurblad.

Ze heeft het mediterrane gebouw een Arabische twist gegeven, waardoor het een Duizend-en-een-nacht-sfeer heeft. De binnenplaats heeft gekleurd mozaïek en aan de muren hangen Berberse tapijten. De tuin is al net zo schitterend en staat vol wilde bloemen en citrusbomen. En dat allemaal met een weids uitzicht op zee.

En binnenshuis? Een ongelofelijke tyfuszooi. Bobbi vindt schoonmaken onderdrukkend werk. Gelukkig slapen wij in het gastenverblijf.

Die Bobbi is me trouwens een rare.

'Wil je watermeloen, meissie?' vroeg ze net.

Ja, dat lustte ik wel. Ik keek op van mijn boek en daar stond ze in haar volle vergane glorie. Ze had NIKS aan. Ik was perplex. Deze vrouw had te veel zonuren gekend en was tot aan haar tenen gerimpeld, als een reptiel uit een biologieboek. Ze nam nog een flinke hap meloen en gaf me toen een stuk. Rimpelsteeltje likte vervolgens smakkend haar vingers af en liep naar oma. Op haar rug stonden een peaceteken en STAY WILD MOON CHILD getatoeëerd.

De twee o's waren uitgezakt.

Roos

Vrijdag 17 juli 2020

Mijn eerste dag VRIJ en ALLEEN.

Ik heb geslapen als een os. Toen uitgebreid ontbeten met croissants en daarna ben ik bij Lydia op bezoek geweest. Ze wilde mijn advies over de wijnen die ze op 1 augustus gaat serveren wanneer ze haar vijftigste verjaardag viert.

Terwijl we door haar tuin slenterden, vroeg ik haar of ze geen zorgen heeft over corona. Nee hoor, ze vierde het immers buiten en het zou een bescheiden feestje worden, met 'maar' dertig gasten. Dat getal voelde voor mij als veel, als een massa, als gevaar. Begin ik veel mensen als een bedreiging te zien?

Na de lunch bezocht ik het Kröller-Müller Museum. Zo mooi! De laatste keer dat ik op de Hoge Veluwe rondliep was in april tijdens de lockdown.

Toen ik vanmiddag door de beeldentuin slenterde, bedacht ik me dat de coronamaatregelen al aardig 'normaal' beginnen te worden. Zelfs aan mondkapjes raken we gewend. Voorheen zag je die dingen alleen bij Aziatische toeristen. Ik vond dat een raar gezicht, maar nu zijn ze mainstream en heb je ze in alle kleuren en maten. We gaan tegenwoordig gesluierd door het leven.

Ook mam, Madelief en Jolein droegen gisteren mondkapjes toen ik ze op Schiphol afzette. Ze waren door Jolein ontworpen en zwart met een witte tekst.

Op die van Jolein stond: MUILKORF.
Op die van Madelief: BESCHIKBAAR.
Op die van mam: GILF.

Ik wist niet wat GILF betekende en vroeg het Madelief.

'Een GILF is *a Grandma I'd Like to Fuck.*'

Oké.

Roos

Zaterdag 18 juli 2020

Ik heb een dilemma.

Adam belde en vroeg of ik het leuk zou vinden om hem te bezoeken. Een vriend had afgebeld, dus zijn gastenverblijf stond leeg. Hij zou me dan meenemen voor een tour langs wijndomeinen met lunches in toprestaurants.

Lastig. Wat doe ik? Even genieten van de rust in mijn huisje of wijn proeven in de Côte-d'Or?

'Pluk je bloemetjes voor ze uit de bloei zijn, Roosje,' zei Bobbi laatst.

Ja. Inderdaad. Stel nou dat ik ook ziek word en daarna niks meer ruik en proef. Dan zou ik die tour wel nog graag hebben 'geplukt'.

Ik heb Adam geantwoord dat ik overmorgen kom. Hij appte terug door het halve scherm te vullen met vrolijke smileys en Franse vlaggen en schreef dat hij nu meteen een programma ging uitstippelen.

Zo schattig.

Mam stuurde me een nieuw hoofdstuk uit haar boek dat ze samen met Bobbi heeft geschreven. Het verhaalt over hoe je als vrouw van tachtig 'met de nodige ervaring' terugkijkt op zestig jaar seksleven.

Wat is er veranderd in je waarneming en in je gedrag? Wat vond je tijdens je tienerjaren belangrijk en wat vind je nu belangrijk? Er zit ook een schema bij dat het gedrag van mannen in bed beschrijft, met een indeling naar types. Die matrix is het werk van de econoom Bobbi en is behoorlijk confronterend.

WANT: Peter – mijn enige ervaring – zit overduidelijk linksonder. In het vak *niet actief en op eigen bevrediging gericht*. Rechtsboven zit het vak *actief en op bevrediging vrouw gericht*. Onder de matrix staat uitleg over de handelingen die bij elk van de vier vakken horen. Ik las met stijgende verbazing over de verrichtingen van de 'actieve mannen'. Peter had die nog nooit gedaan.

Een belangrijke conclusie van mam en Bobbi is dat vrouwen met het klimmen der jaren de intimiteit steeds belangrijker vinden, zoals tegen elkaar aan liggen en elkaar strelen. Ofwel 'de blote huid voelen'. Die passage deed wat met me, want ik heb al een paar jaar geen blote huid meer gevoeld, behalve dan de koude voeten van Madelief tegen mijn dijbenen. En dat telt niet.

Waarom huil ik nu? Heb ik huidhonger? Of heb ik verdriet om wat ik heb gemist?

Maddy

Zondag 19 juli 2020

Ik lag in de hangmat toen ik hem zag. Had Bobbi me niet kunnen waarschuwen? Ik probeerde niet te staren, met de nadruk op 'probeerde'.

Hij stond verderop in de moestuin te harken. Zonder shirt natuurlijk. Het was net een *Magic Mike*-show. Bij elke beweging bolden zijn rugspieren op en hij glansde in de zon als een vochtig karamelsnoepje. Een Werther's Original die ik in mijn mond wilde stoppen. In de mond die reeds openhing.

En toen zag hij mij. Adonis lachte en hief zijn hand op. Het vergde Boeddha-waardige impulscontrole om niet te kwijlen. Ik zwaaide terug, me opeens bewust van mijn make-uploze smoel en beenstoppels.

Hij liet de hark vallen en kwam mijn kant op. Ik trok mijn jurk goed, maakte mijn knot los en duwde mijn tieten iets naar voren. Dat allemaal in die paar seconden vóór impact. Ik was het vak nog niet verleerd.

'Hi.'
'Hi,' wist ik uit te brengen.
Hij had groene ogen. Net olijftakjes.
'Are you family of Booby?'
'Booby?'
Mijn brein haperde en dat was zijn schuld.
'Yes, Booby.' Hij wees naar de villa.

O, Bobbi! Ik zou die hanguiers geen *boobies* meer willen noemen, *but fair enough*. Ik vertelde dat ze een familievriend is.

'My name is Spiro.'

Hij stak een grote hand uit. Het eelt schuurde zacht tegen mijn handpalm en vlindertjes fladderden in mijn buik. Nee, geen vlindertjes. Een vleermuizenkolonie. Een sprinkhanenplaag. Ik dacht stoute dingen.

'I'm Maddy.'

Ik wilde rechtop gaan zitten, maar verloor mijn evenwicht en flikkerde bijna uit de hangmat. Hij greep de stof vast en voorkwam een vrije val. Oooo, de ridderlijkheid!

'Nice to meet you, Maddy,' zei hij en hij lachte nog een laatste keer, voordat hij me daar zwijmelend achterliet.

Nou dagboek, dit kon weleens een heel interessante vakantie worden.

Roos

Zondag 19 juli 2020

Ik had een rustig dagje. Ik heb mijn appartement opgeruimd en een deel van de rommel (vooral van Madelief) in dozen gestopt en naar mijn berging in de kelder gebracht. Daarna was haar kamer aan de beurt, want die zag eruit alsof er een bom was ontploft. Vroeger betrad onze hulp eens in de maand dat slagveld. Maar ja, sinds de scheiding ben ik mijn eigen hulp.

Voordat ik naar binnen ging, voerde ik nog een discussie met mezelf. Het kon toch niet zo zijn dat ik als fulltime werkende moeder de zooi van mijn werkloze dochter ging opruimen? Ik deed het toch, want mijn nestje moest en zou weer orde kennen. En nu komt het: in haar secretaire, onder een hoop rommel, vond ik twee vibrators. TWEE!!!

Het duurde trouwens even voordat ik begreep wat ik zag. De voorwerpen lagen in een witte doos en hadden een vloeiende vorm en een bronzen kleur. Mijn eerste gedachte was dan ook dat ik naar moderne kunst keek. Ze riepen een associatie op met dat golvende beeld, de *Wolkenherder*, uit de tuin van het Kröller-Müller Museum. FOUT! Beschaamd dat ik de privacy van mijn dochter had geschonden, bracht ik haar bureau snel weer terug in dezelfde rommelige staat en haastte me haar kamer uit.

En nu denk ik dus al de hele dag aan die apparaten. Op haar kamer. Onder die klep. Waarom heb ík eigenlijk niet zo'n ding? Ik durf dat v-woord zelfs niet als zoekwoord in te tikken, want dan gaat Google me straks misschien nog bestoken met advertenties.

Conclusie: ergens op het pad van mijn leven heb ik blokkades opgeworpen tegen dat vrije denken over seks uit de flowerpowerjaren van mam.

Pfff. Het is maar goed dat ik morgen naar de Bourgogne reis. Dan kan ik me richten op de schoonheid van kastelen en wijngaarden.

Maddy

Maandag 20 juli 2020

22.10 uur
Mindblowing! Voor het eerst sinds ik verliefd werd op Ronald heb ik weer onderbuikkriebels. Weliswaar achttien-plus-kriebels, maar toch. Ben ik nu volledig uit de put gekropen? Want ik wil die Griek écht hebben. Maar zonder dat de oudjes het doorkrijgen. Geen zin in adviezen van mijn oma of Bobbi. Heb daarom een plan bedacht.

Elke avond voeren oma en Bobbi een banaal sociaal schouwspel op. Tijdens het toetje begint de krachtmeting over wie de rekening mag betalen. Tante Jolein en ik houden ons dan wijselijk gedeisd.

De dames staan op, beiden rood aangelopen van de alcohol en opwinding en racen onvast naar de kassa. Wij, de paupers, drinken de wijnresten op. Ook vanavond was het weer zover. Precies zoals ik had gehoopt.

'Nee, ik betaal, Loetje!'

'Niets ervan, Bobs! Onder geen enkele voorwaarde!'

'Jullie zijn mijn gasten!'

'Je doet al te veel. Ik sta erop!'

'Je krijgt ruzie met mij hoor!

'Ik kan jou nog wel aan, Bobs!'

Et cetera, et cetera.

Dus toen zij kibbelend naar de kassa liepen, pakte ik de oude Nokia uit Bobbi's plastic tas.

'Wat doe je!' siste tante Jolein en ze keek verschrikt achterom.

'Ik moet het nummer van die tuinman hebben. Zo'n kans krijg ik niet meer.'

Mijn tante lachte samenzweerderig naar me. Er zat nog tzatziki op haar bovenlip.

'Verdomme, hoe werkt dit oude ding?!'

'Geef hier.'

Binnen een paar tikken had ze Spiro gevonden. Ik maakte snel een foto van het donkergrijze schermpje en smeet de Nokia terug in Bobbi's handtas (plastic zak). Tante Jolein schonk glunderend mijn glas vol.

'Op wilde eilandseks!' riep ze veel te hard.

Het Nederlandse gezin naast ons werd stil. Ik lachte breed en tikte haar glas aan.

'Yolo!'

23.20 uur

Normaal had ik *hard to get* gespeeld. Een leuk bericht sturen. Niet reageren. Foto's posten. Niet reageren. Iets flirterigs terugsturen. Weer niet reageren. Et cetera. Maar tijd is niet mijn kameraad, dus als ik actie wil, moet ik duidelijk zijn.

1.55 uur

Wat is er mis met die gast?! Ik heb nog net geen 🍑 + 🍆 = 💦-emoji's gestuurd. Ik bied mijn lijf aan op een presenteerblaadje. Of op het strand. Of op de achterbank van een oude Mercedes. Of waar dan ook. Ik ben de vleesgeworden definitie van gewilligheid.

DOE ER IETS MEE.

Roos

Maandag 20 juli 2020

Ik ben écht blij dat ik Corfu heb overgeslagen. Jolein plaatste net wat foto's van haar dag in de My Bitches-appgroep. Het waren shots van de dames bij het zwembad, genomen vanuit elk denkbaar perspectief. Die doen dus niks anders dan bakken in de zon en dippen in het water.

Hier is het beter! Ik ben na een voorspoedige reis in de late middag aangekomen in de Côte-d'Or en wauw: de boerderij van Adam is zo PRACHTIG. Hij had me wel al foto's laten zien, in april, toen de grenzen nog dicht waren. Hij sprak over zijn oude magnolia en dat hij de bloei voor het eerst in jaren zou missen. Hij toonde me vervolgens plaatjes van de kleurenpracht, met op de achtergrond een statig huis van beige natuursteen, met witte luiken en grijze dakpannen.

De werkelijkheid is zoveel mooier. Toen ik de laan met de eeuwenoude platanen op reed, groeide mijn verbazing over dat herenhuis aan het einde van die groene tunnel. Dat zou het toch niet zijn? Maar jawel hoor. Zijn woning en de stallen vormen een prachtig ensemble en bieden een weids uitzicht over bonte bossen en glooiende wijngaarden. En het is hier zo stil. Geen auto's, geen vliegtuigen, geen brommers en vooral geen muziek of geklets van buren. Alleen de vogels en de wind maken geluid. En ook het interieur van het huis is bijzonder. Het voelt alsof je de negentiende eeuw binnenwandelt.

Adam was zichtbaar verheugd over mijn enthousiasme. Toen we na het uitstekende diner buiten op het terras een Château Montifaud-cognac dronken, verhaalde hij over de aankoop in 1991. Het gebouw verkeerde destijds in een erbarmelijke staat, maar hij zag de potentie en kocht het domein in een impuls met geld uit een erfenis. In de jaren dat hij het pand opknapte, droomde hij over een groot gezin en een bestaan als wijnboer. Maar het liep anders.

En terwijl Adam praatte over zijn vervlogen dromen hief ik mijn hoofd en staarde naar de fonkelende sterren. Een waas van melancholie vormde zich voor mijn zicht. Hier zitten we dan, dacht ik. Twee mensen in de herfst van hun bestaan die filosoferen over de levens die ze niet leefden.

Maddy

Dinsdag 21 juli 2020

11.20 uur
Het zeiljacht ligt voor anker in een baai en oma en ik vertoeven samen op het deinende dek. Tante Jolein en Bobbi dobberen verderop in de zee. Die laatste heeft voor de verandering een bikini aan. Oma zit er keizerlijk bij, met haar brede franjehoed en gouden kaftan. Om elke vinger zit een ring en haar armbanden rinkelen als ze schrijft.

Bobbi gaf haar een notitieboek cadeau. De kaft heeft ze zelf geborduurd. Er staat met krulletters op: *Voor mijn Dolle Loetje. Schrijf het van je lijf!* Die twee zijn aandoenlijk. Om de zoveel tijd begint oma te gniffelen en noteert ze iets voor in haar Niet-Zo-Geheime-Dagboek.

Wat een figuur is het toch. Ben zo gek op haar. Ze moet eeuwig blijven leven. Iets anders trek ik niet...

13.20 uur
Oh Spiro, Spiro, wherefore art thou Spiro? Why da fuck appt gij niet terug, o Spiro?
#shakespeare #desperate

15.50 uur
Nog steeds op de boot. Onze privéschipper heeft rum-cola's gemaakt. Heeeeul lekker! Ondertussen best tipsy. Komt door de zon. En die rum-cola's, hihi. Oma en Bobbi doen de '*slow twist*' op het achterdek. Ziet er gevaarlijk uit. Tante Jolein heeft te veel van de champagne gesnoept. Ze ligt ko in het ruim. Iemand heeft een piemeltje op haar voorhoofd getekend. Ik vermoed Bobbi. Oma gebruikt geen oogpotlood. Hahaha! Die Bobbi!

IK BEN GELUKKIG! Ik ga ook dansen! Ahoi, dagboek! Ahoi!

17.20 uur
Heb een haiku bedacht:

Ik voel me vervuld
Ook al heeft Spiro mijn gleuf
Niet meer opgevuld

Hihihihi!

Roos

Dinsdag 21 juli 2020

Het was een topdag! En Adam is de perfecte gastheer!

Na een licht ontbijt gaf hij me een rondleiding over het terrein en door de wijngaarden. Hij vertelde enthousiast over de geschiedenis van het domein en over zijn wijnstokken, die in vroegere eeuwen de druiven voor topwijnen leverden. Maar de vorige eigenaar had geen affiniteit met de landbouw en stopte met wijn maken. Tegenwoordig exploiteert een oudere boer uit het dorp de wijngaarden en verwerkt een regionale coöperatie de druiven.

Het vervlogen verleden toonde zich vooral in de stallen. De installaties zijn verroest en de eikenhouten vaten in de kelders zijn leeg. Je ruikt de gemorste wijn nog wel. De ziel van driehonderd jaar wijn maken aaide mijn nek toen ik naar de spinnenwebben staarde die het gewelfde plafond met de stalen wijnrekken verbonden.

'Jammer dat je hier geen wijn maakt, Adam,' zei ik, toen we de stenen trappen weer op liepen.

'Wat niet is kan nog komen. Ik heb mijn advocatenkantoor overgedragen aan mijn zusje en ben van plan om de komende jaren vaker hier te zijn. En ik ben nog jong.'

Die opmerking kwam binnen: dus mijn lieve vriend is straks minder in Zeist? Veel tijd om over die vraag te piekeren had ik niet, want de potentie van het wijndomein greep me en was hét onderwerp van gesprek tijdens onze lunch. Die was in een dorpje bij Beaune, waar Adam een tafel had gereserveerd bij de chique Hostellerie de Levernois. Midden in het groen, langs een kabbelend beekje. Zo vredig.

Vol van het heerlijke eten en daas van de uitstekende wijn brachten we de rest van de middag door op een ligbed onder de eeuwenoude eik in zijn tuin en deden een dutje. Ons diner was sober: een salade met wat stokbrood. Daarna beklonken we de dag met een film (*Chocolat*).

Ik ben zo blij dat ik deze bloemetjes heb geplukt. Dank, Bobbi, voor de aanmoediging!

Maddy

Woensdag 22 juli 2020

'OMG! Kijk! Kijk!' riep ik hysterisch en ik trok aan mijn tantes arm.

'Potverdomme Madelief, mijn ijsje!'

Haar bolletjes lagen op de tegels van Kerkyra. Abrikoos en Kumquat.

'Aaah, aah! Zie je hem?!'

'Was zo'n lekker ijsje,' zei ze pips.

'Het is Dan Bilzerian! Dat is hem echt!'

'Bil wie?'

'Ga nu niet oud doen!' riep ik hijgerig en ik veegde in een reflex langs mijn mondhoeken. Daar zit altijd iets. 'Die playboy en pokerspeler. Hij is multimiljonair en wapengek en loopt met de lekkerste vrouwen rond. Elke man wil hem zijn. Dan Bilzerian is een Instagram-legende.'

Ik klonk als Wikipedia, maar dit was mijn eerste celebrity-in-het-wild-ervaring.

'Die met dat blauwe zwembroekje? Een rijke playboy?'

'Ja! En die twee kasten zijn de bodyguards!'

'Hij is zo... kort,' zei tante Jolein en ze wierp haar lege hoorntje weg.

'Ah nee, verdomme, kijk! Ze laten niemand door. Hij doet blijkbaar geen foto's vandaag. Heb ik weer. Wat een kutzooi,' zei ik beteuterd.

'Dus hij is beroemd?'

'Heul beroemd.' Ik slikte 'onder jonge mensen' net op tijd in.

'En jij wil een foto met hem?'

'Ja, duh... Maar kijk nou zelf, dat gaat nooit lukken.'

Tante Jolein duwde haar tieten omhoog en greep mijn pols vast.

'Kom, Madelief. Ik laat jou zien hoe dit werkt.'

Lief dagboek, ik ben de bloedverwant van een fucking legende. Heupwiegend. Zelfverzekerd. Berekenend. Ze liep op hem af en verwelkomde Dan Bilzerian op háár eiland. Yup. Mijn tante, die geen woord Grieks spreekt en op de Oostenrijkse Heidi van een Milka-reclame lijkt, stelde zich voor als de burgemeester van Corfu. Ze wilde een foto voor in het gemeentehuis en duwde haar mobiel in de knuist van de bodyguard.

Ik stond *starstruck* naast Dan en wilde iets gevats zeggen. Lukte niet. Tante Jolein klopte hem nog op zijn schouder alsof ze al jaren samen squashen en wenste het gezelschap een prettige voortzetting. Ik, het neurodiverse aanhangsel, probeerde '*Bye Dan*' te zeggen, maar maakte slechts een knorgeluid. Zo triest.

Daarna wilde de burgemeester van Corfu een nieuw ijsje. Drie bolletjes dit keer. En ik moest trakteren.

Terwijl we de rest van de avond door de straatjes slenterden, realiseerde ik me dat ik anders ben dan oma en tante Jolein. Ik mis overduidelijk hun assertiviteit en directheid. Ze zijn ongegeneerd zichzelf en hebben schijt aan alles. Ik niet. Ik heb geen punani van staal.

Ik lijk dus meer op mam dan me lief is. Meh.

Roos

Woensdag 22 juli 2020

Toen ik vanochtend wakker werd en mijn mobiel aanzette, verschenen er 87 (!) WhatsApp-berichtjes in de My Bitches-chat. De foto's tonen mam, Jolein en Madelief aan het zwembad of op de boot. Er wordt veel gelachen en getoost.

Terwijl mijn vingers over het scherm streken, voelde ik een zweem van jaloezie vanwege het gemak waarmee mijn 'bitches' genieten van het lummelen. Waarom kan ik dat niet? Gewoon maar wat dobberen op de golven van het leven? Zonder wroeging over het verleden en zonder zorgen over de toekomst? Waarom wil ik altijd controle houden en richting hebben? Ben ik zo geboren of ben ik zo gemaakt? Is de afwezigheid van regelmaat en structuur tijdens mijn 'hippiejeugd' soms de reden dat ik er als volwassene zo aan hecht? Mam was en is sowieso dominant in mijn leven. Als een tornado zoog zij altijd alle aandacht op met haar wervelende energie. Ook nu nog. Kijk maar naar haar Niet-Zo-Geheime-Dagboek. Allemaal werken we voor haar, of met haar, of we willen of niet.

Op de foto's van vanochtend heeft ze overigens opvallend vaak een laptop op haar schoot. Wat betekent dat ze dus ook op Corfu stug doorwerkt aan haar 'missie'. En volgens Madelief bemoeit Bobbi zich nu ook met de inhoud. Dat bericht maakt me onrustig. Mam is namelijk van het creëren, maar Bobbi is van het ordenen. Samen staan ze garant voor succes.

De laatste foto toont een lachende Madelief in een wit zomerjurkje naast een kleine man in een blauwe zwembroek. Ik schat hem rond de veertig. Hij lijkt op een onthaarde gorilla: een vierkante glanzende torso met stevige korte poten, en daarboven een kop met zwart krulhaar en een baard. Madelief schreef dat deze aapachtige verschijning de wereldberoemde Dan Bilzerian is. Ik had nog nooit van de illustere meneer gehoord en heb hem net gegoogeld. Hij is een gokker en een 'Instagram King' die op dat medium vrouwen presenteert als levend vlees.

Hoe bestaat het dat de kleindochter van een dolle mina op de foto wil met zo'n alfamannetje? Ik zie dat meer in de huidige samenleving. Dat de kleinkinderen figuren vereren tegen wie hun grootouders nog hebben gevochten: populisten en macho's.

Ben nu al de hele dag ongerust over Madelief. Hoe kón ze zo dicht tegen die coronaknaller aan gaan staan? Ook in de buitenlucht slaat dat virus toe. Heb haar net geappt dat ze de komende vijf dagen afstand moet houden van mam en Bobbi. Ik kreeg geen reactie terug.

😒

Lichtpuntje: vandaag met Adam gefietst langs wijndomeinen. Heuvel op, heuvel af. Voor het eerst op een elektrische fiets. Zoef, zoef... Proef, proef...

Maddy

Lijst met stomme dingen:

1. Dat die Spiro me negeert; stomme eunuch
2. Mondhoekophopingen
3. Altijd ‘aanstaan’
4. Dat je kanker krijgt van zonnen
5. En daar nog altijd geen medicijn voor is
6. Maar ze wel frappuccino’s gaan drinken op Mars
7. Dat alles dikker wordt, behalve mijn tieten
8. Mansplaining: 🙄
9. Dat ik de *pronouns* niet goed begrijp
10. Dat mijn teennagels sneller groeien dan mijn haar

Maddy

Vrijdag 24 juli 2020

Heb Tinder weer gedeletet. Wat een schamele vangst. Ik matchte alleen met roze Britten en gedragenslipjes.org-creeps. Wil niet voor tien jaar verdwijnen in een kelder.

Dear Lord, hoe moeilijk kan het zijn om mijn schoorsteen geveegd te krijgen???

20.15 uur
Spiro alwéér geappt. #nodignity

Roos

Vrijdag 24 juli 2020

Met Adam naar Dijon geweest! Een schitterende stad die we al wandelend hebben verkend.

Zoveel schoonheid verwacht je niet wanneer je Dijon passeert op weg naar de Zuid-Franse zon.

'Mensen zoeken het mooie vaak ver weg,' was de reactie van Adam toen ik mijn verbazing uitte over de pracht van Dijon.

Klopt. Dit had ik al eerder ervaren toen ik met Pinksteren onze jaarlijkse stedentrip met mam, Madelief en Jolein (dit keer naar Parijs) moest annuleren en uiteindelijk een huis met vier slaapkamers boekte buiten Winsum, in Groningen, of all places. Madelief en Jolein vonden mijn keuze 'waardeloos' en riepen dat ze daar nog niet dood gevonden wilden worden. Maar ik betaalde, dus stapten de dames alsnog in de auto. Ook mam klaagde en claimde de kamer met het bureau. Zij zou de tijd in dat gat doden met schrijven. Maar Groningen bleek onverwachts wel degelijk *instagrammable* volgens Madelief (ze maakte de ene foto na de andere).

Drama's zoals corona dwingen je tot het bewandelen van nieuwe paden, waarlangs zich vaak verrassende vergezichten ontvouwen.

PS Weinig nieuws van het Griekse front dezer dagen. De hitte en de drank werken kennelijk verlammend op de dames.

Roos

Zaterdag 25 juli 2020

'Wat vind je leuk om te doen?' vroeg Adam vanochtend.

'Thuisblijven en opruimen,' was mijn spontane reactie en ik wees richting zolder en de tweede verdieping, waar een drietal kamers nog vol staan met prullaria van de vorige eigenaar. Mijn handen jeukten al op dag één om daar eens wat orde in de chaos te scheppen. En het druilerige weer leende zich uitstekend voor een binnenactiviteit.

Adam lachte en noemde me 'een rare', maar mijn verzoek werd ingewilligd en na het ontbijt togen we naar het strijdtoneel, gewapend met vuilniszakken, een bezem, een stoffer en blik en een emmer met sop.

De bejaarde voorganger van Adam was bij zijn overlijden kinderloos. De erfgenaam was een achterneef van de overledene en woonde in Quebec. Hij besloot tot verkoop met achterlating van alle huisraad. Toen Adam het pand vervolgens kocht, bracht hij alles wat hij niet meteen nodig had naar de zolder en de tweede verdieping. En daar stond het vanochtend nog, versierd met stof en spinnenwebben. Maar we hebben doorgepakt. Eén kamer is al leeg. Er waren enkele mooie voorwerpen te vinden, zoals een kist met een compleet negentiende-eeuws servies, een manshoge spiegel, een schilderij (de lijst is mooier dan het landschap) en een antieke schommelstoel. De rest is zodanig aangevreten door schimmels en houtworm dat je er niks meer mee kan.

En terwijl we daar zo bezig waren, dwaalden mijn gedachten af naar de achterneef die dit plekje niet wilde en besloot tot verkoop en cashen. Hij was destijds even oud als Madelief nu. Wat zou zij doen als een verre oom haar zo'n wijndomein zou nalaten? Ik weet het niet.

Later belde mam. Alweer met de videofunctie. Ze zat aan de keukentafel van Bobbi met haar laptop opengeklapt. Ze was 'druk met schrijven' en fileerde 'het systeem' van de verzorgingstehuizen, waar ouderen volgens haar worden 'weggestopt'.

'Weet je, Roosje, ik ben medeverantwoordelijk voor die trieste oorden. Wij vochten voor de onafhankelijkheid van de vrouw, met als neveneffect dat onze dochters hun vrijheid niet meer opgeven om ons in huis te nemen.'

'Wil je dat ik jou in huis neem?' vroeg ik verbaasd.

'Tuurlijk niet. Ik kan goed voor mezelf zorgen. Bovendien zit jij al met je dochter opgescheept.'

Hierna was Madelief het onderwerp van gesprek. Voor het eerst toonde mam zich bezorgd over de toekomst van haar kleine meid.

'Madelief denkt dat ze nog in de generale repetitie leeft, Roosje, maar dat is niet zo. Dit is haar hoofdvoorstelling.'

'Ze heeft geen doel,' zei ik. 'Jouw streven was gelijke kansen voor vrouwen, dat dreef jou. Madelief heeft geen passies meer sinds de afwijzing van de kunstacademie. Praat anders eens met haar.'

'Passie alleen is niet genoeg. Je hebt vooral drive nodig. Kijk maar naar jou en je liefde voor de wijn. Jij hebt destijds ook niet doorgezet.'

Net op dat moment liepen Jolein en Madelief met veel kabaal de keuken binnen en zwaaiden vrolijk naar me. Madelief greep de mobiele telefoon en gaf het scherm een vlugge kus. Ik bevroor. Mobiele telefoons zijn dé grote besmettingshaarden! Ik schreeuwde tegen Madelief dat ze onmiddellijk haar lippen moest wassen. Er klonk een lachsalvo aan de andere kant van de lijn. De Griekse delegatie kwam niet meer bij.

Het was ‘einde gesprek’.
Zucht.

De opmerking van mam dat ik niks heb gedaan met mijn passie voor wijn zindert na. Is waar. Mijn vinologendiploma ligt in de kelder in een doos en ik heb al jaren niet meer gecheckt of ik nog ingeschreven sta in het KwaliteitsRegister Vinologen.

Ja, mijn interesse in koken en wijn zat er al vroeg in. Ik wilde op mijn achttiende naar de hotelschool, maar ik werd afgewezen en liet het erbij (= dus géén drive). Mam bood aan om een particuliere topopleiding in Genève te financieren, maar ik ging niet vanwege Peter. Ik was zó verliefd en kon niet zonder hem. Johan adviseerde daarom om ‘dan maar’ rechten te gaan studeren. Beter iets dan niets. Bovendien kon ik zo de emancipatiestrijd van mam als advocaat voortzetten. Met woorden, in plaats van met tomaten.

En hier sta ik dan, in het laatste bedrijf van het toneelstuk van mijn leven: zonder Peter en zonder een baan waar ik gepassioneerd over ben. Hoe was mijn leven gelopen als ik naar mam had geluisterd en wél naar Genève was gegaan? Of als ik hier was geboren, in de Bourgogne? In een streek waar alles draait om wijn? Waar vinologen en oenologen in hoog aanzien staan?

ANDERS.

Maddy

Zaterdag 25 juli 2020

Ik lag aan het zwembad Wordfeud te spelen met pap. Het is fijn om iets samen te doen, ook al is het zoiets sufs als online Scrabble. Ik had dus goede zin, totdat oma vroeg wat ik wilde doen met mijn leven. Was vast aardig bedoeld, maar het klonk cru. Doelloosheid is een nare ziekte en ik negeer mijn symptomen. In ieder geval tot na de vakantie.

‘Waar word je enthousiast van, schat? Waar ligt jouw passie?’

Toen viel het kwartje. Mam had haar hiertoe aangezet. Dus zelfs vanuit Frankrijk probeert ze me aan te sturen! Ongelofelijk!

‘Je moeder is inderdaad dwingend. Een eigenschap die ze van de Verwekker moet hebben, wie de beste man ook moge zijn,’ zei oma en ze sloeg haar notitieboek dicht.

‘Dwingend? Eerder neurotisch. Weet je nog hoe ze in april tegen me tekeerging? Dat was niet oké.’

‘Jouw moeder is een mens van gewoonte en regelmaat. Het was niet makkelijk voor haar om jou in huis te nemen en toch deed ze dat, schat. En dan waren er ook nog de onzekerheden rond dat virus en de problemen op haar werk. Het werd haar gewoon wat te veel.’

Oma bewoog haar wijsvinger over de rand van haar wijnglas. Het kristal zong.

‘Mam ziet het leven als corona: voortdurend op je hoede blijven, afstand houden en vooral niks aanraken. Ze komt nauwelijks haar huis uit, maar verwacht de wereld van mij. Het is niet eerlijk, oma.'

Ze stak haar hand uit en omsloot de mijne.

'Roos is een stille kracht, schat. Net als mijn lieve Johan is zij de basis waarop losse schroeven zoals jij en ik hun houvast vinden. Ze houdt van je en wil het beste voor je.'
'Dat weet ik ook wel, maar...'
'Niks maar, schat. Haar zorgen zijn terecht. Je staat stil sinds je ontslag. Het is tijd dat je jezelf herpakt. Er moet toch iets zijn wat je wil doen of waar je vreugde uit haalt?'
'Ja, Bobbi's tuinman.'

Oma lachte niet, terwijl seksgrapjes normaliter een slagingspercentage van 99,9 procent hebben.

'Wat maakt je gelukkig? Geld en meningen daargelaten.'

Wat maakt mij dan gelukkig? De hoop op een normale toekomst, waarin ik mijn eigen plek heb verdiend. Dat zou me gelukkig maken. Maar ik ben mijn vertrouwen kwijt. Niet alleen in mezelf, maar ook in mijn ouders, het land en in de godganse planeet.

Het ondenkbare is gebeurd. In april zaten bijna vier miljard mensen tegelijkertijd en onvrijwillig opgesloten. Dat is de helft van het menselijk ras. Als dit kan, kan alles en daarmee is de zekerheid die ik dacht te hebben weg.

Dus wat maakt het uit wat ik leuk vind? Misschien muteert het virus. Misschien smelten de polen nog rapper en komt het water. Of misschien ben ik niet sterk genoeg om mijn weg te vinden in een tijdperk dat de weg kwijt is. Ik ben stuurloos, omdat mijn boot zinkt. Ik ga kopje-onder. Kopje-onder in een plasticsoep.

Dus wat heeft het allemaal nog voor zin?

'Ik weet het niet, oma,' zei ik. 'Ik zal erover nadenken.'

Ik sprong in het zwembad om me onder water te verbergen voor deze mondiale clusterfuck (en alle bemoeizucht).

Roos

Zondag 26 juli 2020

Vanochtend ben ik aan mezelf blootgesteld. Letterlijk. Het gebeurde onbedoeld. Toen ik uit de douche stapte, passeerde ik de manshoge spiegel die we gisteren op zolder vonden en naar de lege muur van de badkamer hadden gesleept. Net op dat moment weken de wolken en bescheen de ochtendzon mijn lichaam. Ik stopte en staarde ontzet naar de mollige vrouw tegenover me en had het idee dat daar een vreemde stond.

Tuurlijk, ik wist wel dat ik de afgelopen jaren van maat 38 naar maat 42 ben gegaan en de passpiegel thuis vertelde me duidelijk dat ik inmiddels binnen de categorie 'volslank' val. Maar dít?! Het waren de details die me deden gruwen: slappe filetjes onder mijn armen, vel van mijn bovenbenen dat over mijn knieën hing, golvende lovehandles bij mijn heupen, maankraterachtige putten op mijn buik en gele levervlekken die ik nog niet eerder had gezien.

Eenmaal aangekleed vroeg ik Els en Lydia om adressen waar je een dergelijk verval kunt laten repareren. Binnen een paar minuten vulde de REL-chat zich met tips en met de link naar een topkliniek in Amsterdam. Hier kon ik me weer in model laten zuigen, snijden en spuiten. Ik stond al op het punt om een formulier in te vullen voor een intakegesprek toen er iets in me blokkeerde. Een afspraak maken voor een dergelijke restyling leek me ineens zo ingrijpend dat ik een second opinion wilde. Ik belde mam met de videofunctie van WhatsApp. Ze zat aan de keukentafel van Bobbi en was blij me te zien. Ze had een grijns van oor tot oor op haar gerimpelde gezicht.

'Roosje, hoe gaat het daar?'

Ik vertelde over mijn confrontatie met de spiegel en de strategie die Lydia en Els adviseerden om de zaak te herstellen.

'Dus het kan weer goed komen,' zei ik en ik bewoog de kipfilet onder mijn arm. 'Als ik wat vet laat afzuigen, wat plekjes laat laseren en wat vel laat wegsnijden. En als ik dat gedaan heb, moet ik op dieet en naar de fitness om in model te blijven.'

Mam barstte in lachen uit. Ze kwam niet meer bij.

'Maar Roosje, waarom dit alles? Waarom zou jij moeten lijnen? Je geniet zo van koken en lekker eten!'

Goede vraag. Voor wie of wat zou ik dat moeten doen?

'Voor een man misschien? Je vindt toch dat ik moet daten?' antwoordde ik.

'Onzin!' riep ze met stemverheffing. 'Je moet niks doen voor Een Man. Dit is jouw lichaam en een vent die dat niet weet te waarderen, is jou niet waard.'

'Dat klopt.' Ineens voelde ik het ook.

'Zeker klopt dat,' zei ze. 'Bovendien, het zijn de vrouwen die dit doen. Ze maken elkaar gek. Mannen zien helemaal geen details, die zien het geheel. De persoonlijkheid. De energie. Daar draait het om.'

'Zou je denken?'

'Absoluut! Misschien moet je Adam even naar binnen roepen en hem vragen wat hij van deze blote Roos vindt. Ik wed dat hij meteen op je duikt.'

'Mam!'

Hierna werd ze serieus en vertelde ze dat ze het verdrietig zou vinden als ik aan mijn gezonde lichaam ging prutsen voor Een Man. Had ik dan niks opgepikt van haar decennialange strijd voor de emancipatie van de vrouw?

'En die vrijheid van de vrouw begint bij haar besef van eigenwaarde,' stelde ze. 'Als jij aan je lijf gaat knutselen om het aan te passen aan de wensen van Een Man, ben je niet vrij.'

Dat was natuurlijk waar.

Conclusie: de kliniek krijgt mij niet als klant.

De rest van de dag met Adam gefietst langs wijngaarden en wijnboeren bezocht. ZO GENOTEN.

Net gegoogeld naar 'deeltijdopleiding oenologie'.
Ja, echt!

Maddy

Maandag 27 juli 2020

Dit is pas een interessante Wordfeudpuzzel. Gisteravond legde pap FEEKS voor 14 punten. Vanochtend FOLTERING voor 45 punten, daarna PIJN voor 9 punten en zojuist HELP, voor 6 punten.

Is dit een noodkreet? Van: 'Help, liefste dochter! SM wil SM.'

Als zij inderdaad van het sadomasochisme is, vrees ik dat mijn vader aan het kortste zweepje trekt. Hopelijk heeft hij een stopwoord.

Roos

Maandag 27 juli 2020

Madelief belde (ze had goede zin – alcohol?) en vertelde enthousiast over een 'zichtbaarheidstest' die mam vandaag met haar heeft gedaan. Mam wilde namelijk aantonen dat jongeren ouderen niet zien (zitten). Oftewel: dat je onzichtbaar bent als bejaarde.

De test ging als volgt: zij en mam togen in de namiddag in een nette witte jurk (dus zonder 'lokkend bloot') naar het centrum van Kerkyra en gingen telkens op een ander terras zitten; Madelief aan het ene tafeltje, mam aan het andere tafeltje. Op circa drie meter van elkaar. Vervolgens hieven ze allebei tegelijkertijd hun hand op als de ober of de serveerster hun kant op keek. Hierna werd geteld naar welk tafeltje de bediening als eerste toe snelde: dat van mam of dat van Madelief.

Ze deden de test op achttien (!!!) terrassen. Mam moest uiteraard betalen. Bij het laatste terras stonden ze nog vóór de bestelling weer op. Ze konden geen *freddo cappuccino* meer zien...

Uitkomst: allemaal liepen ze als eerste naar mam. Zij gaat het onderzoek overigens niet vermelden in haar boek. Griekse jongeren zijn volgens haar niet representatief. Die hebben blijkbaar nog respect voor ouderen. Ze gaat de test in Nederland herhalen.

Madelief was verrast over de aantrekkingskracht van mam. Ik niet.

Adam en ik hadden een productieve dag. We hebben de tweede verdieping onder handen genomen. Die was aan het einde van de middag helemaal opgeruimd en schoon.

En wat een ruimte! Hoge kamers met gipsen ornamenten en negentiende-eeuws sierpleister. Toen we de luiken eindelijk helemaal open konden duwen, moesten we even wennen aan het felle licht. De zon was ongemerkt doorgebroken.

Nu nog de zolder.

Apart moment: tijdens het opruimen vond Adam een oude transistorradio (jaren zestig?). Het ding bleek nog gewoon te werken. Toen Adam het snoer in het stopcontact deed, klonk ineens de krakende stem van een nieuwslezer door de kale ruimte. Hij vertelde dat Trump het dragen van een mondkapje inmiddels vaderlandslievend noemt (= een draai van 180 graden).

Ik moest even schakelen. O, ja. De rest van de wereld was er ook nog. Mijn gedachten fladderen al twee dagen rond de potentie van die prachtige kamers.

Er zit me iets niet lekker: mij viel op dat Adam tijdens het traplopen vaak moet stoppen en dan naar adem hapt. Dat is niet goed. Als hij terug is in Nederland stuur ik 'm naar de huisarts.

(Hoor mij eens. Alsof ik wat te zeggen heb over Adam.)

Maddy

Dinsdag 28 juli 2020

17.45 uur
Bobbi had ons aangemeld voor een pottenbakworkshop. Clementine, Bobbi's Britse vriendin, die dus pottenbakt, woont in een *Durrells*-achtig huis aan zee. Niet boven op een klif, maar letterlijk aan het strand. De patio was ingericht voor de workshop, met draaitafels, hompen klei, verf, penselen en meerdere kannen komkommerwater.

Na een korte uitleg begon het kleien. Tante Jolein klaagde al snel over haar nagels en oma's armbanden (die ze weigerde af te doen) raakten vervormd tot één grijze klomp. Oma kreeg het te warm en taaide af naar zee. Tante Jolein wilde haar 'arme bejaarde moeder niet alleen laten' en snelde met een fles retsina achter haar aan.

Maar ik niet. Ik bleef zitten. Het was een vreemde ervaring, dagboek. Terwijl mijn natte vingers de klei bewerkten, verstomde alles. Ik hoorde enkel nog het draaien van de plaat en hoe de zee de kiezels omwoelde bij elke golf. Het was... fantastisch!

'*You're truly talented, luv*,' zei Clementine toen ze langs mijn tafel liep.

Mijn vaas had een goede vorm gekregen. De euforie van dit compliment was te vergelijken met de 'Wat heeft Madelief een mooie poep gedaan' toen ik voor het eerst een flinke jongen in mijn potje had gedrukt. Dat zegt mam tenminste, de herinnering is vaag. Maar volgens haar gloeide ik die dag van trots en zo voelde dit ook.

Tegen de avond vertrokken we weer. Clementine, die ik toen al 'Clemmy' of 'Sensei' noemde, gaf me haar nummer en een zelfgemaakt theesetje. Van mij kreeg ze een luchtknuffel.

Ik heb volgens mij dus toch iets gevonden waar ik van ga kwispelen! Pottenbakken! Het is geen victoriaanse literatuur of sterrenkunde, maar ach. Zingeving all the way! Woehoe!

21.30 uur
Whoop whoop! Al 211 likes voor mijn Dan Bilzerian-foto! Waaronder een van Ronald. Vond het raar om zijn naam opeens in mijn feed te zien. De afgelopen maanden was het alsof we elkaar nooit hebben gekend en opeens was daar de erkenning van mijn bestaan. Heb expres niet op zijn profiel gekeken. Hij stikt er maar in.

Heb tante Jolein trouwens van de foto geknipt. Daar mag ze, *for obvious reasons*, nooit achter komen.

Roos

Woensdag 29 juli 2020

Peter belde kort voor het avondeten. Adam en ik waren net klaar met het opruimen van de zolder en schoven de resten van een groenteschotel in de oven. We hadden geen puf meer voor een restaurant.

Peter stak een onsamenhangend verhaal af over een fiscaal voordeel waar ik recht op had en of hij even naar Zeist kon komen om zaken te bespreken. Ik vertelde vervolgens dat ik bij een vriend in Frankrijk ben en dat hij me de informatie kon mailen.

'In Frankrijk. Bij een vriend?' vroeg Peter. 'Welke vriend?'

'Dat gaat jou niks aan,' was mijn reactie. 'Is er verder nog iets?'

Nee. Er was verder niks meer, zei hij, waarna ik de verbinding verbrak. Ik was totaal uit mijn doen.

'Peter?' vroeg Adam.

Ik knikte en vertelde happend naar adem dat dit zijn tweede poging was om het contact te herstellen. Mijn handen trilden en ik verhaalde voor het eerst sinds onze kennismaking over mijn scheiding en wat die breuk met mij heeft gedaan. Tijdens ons aperitief in maart had ik alleen verteld dat ik 'klaar' was met mannen en dat een grove schending van mijn vertrouwen in 'de mens' aan de basis lag van mijn besluit om single te blijven.

'Niet het stuklopen van mijn huwelijk heeft mij het meest gekwetst, Adam, maar het verliezen van mijn droombeeld ervan,' zei ik nu en ik beschreef de shock waarin ik verkeerde toen Peter de scheiding afkondigde en mij met een zakelijk pragmatisme mijn huis en mijn waardigheid afpakte.

'Niet alle mannen zijn zoals hij,' antwoordde Adam, toen we aan tafel gingen en hij me een glas wijn inschonk.

'O, nee? En hoe weet ik dat als er een man voor me staat?'

'Niet. Dat leer je door met die man te leven.'
En dat durf ik dus niet meer.

Ik heb net buiten naar de sterren gekeken. Doe ik hier elke avond voor het slapengaan. De sterren zijn zo goed zichtbaar. Dat staren naar boven ga ik missen.

En ik ga Adam missen. Met zijn rustige stem. Zijn nuchtere humor. Zijn scherpe geest. Zijn vriendelijke blik. Zijn kalme aard. Zijn bescheiden voorkomen. Bij Adam kan ik gewoon de eenvoudige Roos zijn. Hij oordeelt niet. Hij vindt me oké zoals ik ben.

Hoe anders was dat bij Peter. Bij hem voelde ik altijd de druk om te 'presteren': als huisvrouw, als gastvrouw, als moeder, als echtgenote, als minnares en als advocaat. Maar mijn inspanningen waren voor niets. Hij wees me toch af, want ik was niet goed genoeg.

En er waren momenten tijdens deze vakantie dat ik 's avonds naar de slaapkamer van Adam wilde gaan en tegen hem aan wilde kruipen, om dicht bij hem te zijn. Bij die lieve man met wie ik me zo verbonden voel. Maar ik deed het niet. Bang voor een volgende afwijzing. En bij Adam zou dat echt dramatisch zijn.

Maar goed. Morgen is mijn laatste dag in de Côte-d'Or en vrijdag rijd ik naar huis. Zo ben ik op tijd terug voor het verjaardagsfeestje van Lydia. En maandag moet ik weer gaan werken. Ik zie ertegen op. Tegen een terugkeer naar een leven dat zich weer vult met denken, researchen, praten, schrijven en pleiten, met 'wetten', 'bepalingen', 'onderzoeken' en 'uitspraken'.

Wat is er met me gebeurd?

Ik heb geproefd van een ander leven, denk ik. Een ander tempo (trager). Andere onderwerpen (wijn!). Een andere manier van eten (warm tussen de middag). Een andere omgeving (meer natuur, minder herrie). Andere omgangsvormen (beschaafder, met minder azijnpissen). Ander gedrag (meer bewegen).

En er is nog iets. Laat ik er maar eerlijk over zijn: ik zie ook op tegen weer samenwonen met Madelief. Vanwege haar dwingende aard, haar rommel, haar herrie, haar luiheid, haar drukte en haar voortdurende commentaar op alles wat ik doe... en omdat ik dat allemaal maar tolereer.

Als Madelief niet mijn dochter, maar mijn man was geweest, waren we allang gescheiden, want van een vent had ik dat niet meer gepikt.

Madelief stuurde me net een foto van een vaas die ze heeft gemaakt met pottenbakken. Echt mooi. Past perfect op mijn dressoir. Toevalstreffer?

Maddy

Woensdag 29 juli 2020

22.55 uur
We hebben de hele dag op een nudistenstrand doorgebracht. Ja, je leest het goed. Ik, Maddy Nugter, was naakt in het openbaar. Wat boeit het ook, toch? Het zijn maar lichamen. Slechts omhulsels, lappen huid, geconcentreerde celvorming. Ik heb me nog nooit zo vrij gevoeld als toen ik vanmiddag met mijn fladderende mus in zee lag.

Dus: heerlijke dag! We zwommen, lachten, sliepen en dronken cocktails. Vooral tante Jolein was weer teut.

Later op de middag maakten we onder Bobbi's begeleiding aquarellen van het uitzicht. Oma's zeezicht was goed gelukt. De aquarel van tante Jolein niet zo. Het was een stokpoppetje met een buitenproportioneel klokkenspel. Oftewel de man naast ons.

'Bedankt voor de zalige dag, Bobs,' zei oma toen ze in de auto stapte.

'Ja, mijn artistieke energie stroomt,' hikte tante Jolein met gesloten ogen.

Bobbi grimaste en startte de cabrio.

Oma en tante Jolein kregen zoals elke rit ruzie om de riem.

'Deze is van mij, Lein.'

'Nee, van mij! Je bent zat, mam.'

'Jij bent zelf zat!'

'Ja, ik ben jou zat!'

We negeerden die twee en ik vroeg Bobbi of zij me morgen weer bij Clementine kon afzetten. Ik wil nog een cursus volgen. Ze onderbrak me en schreeuwde '*Malaka!*' naar een dikke man op een scooter.

Bobbi toeterde en stak haar middelvinger op. Hij had geen voorrang verleend. Hij droeg geen helm, wel een mondkapje. Griekse logica.

'Ja, zeg het hem maar Bobs!' riep oma vanaf de achterbank. Ook zij probeerde een middelvinger op te steken, maar ja, ze heeft reuma. Hij kreeg een knokkel.

'Eat this, malaka!' gilde tante Jolein. Ze had de Slag Om De Riem verloren en kon haar tieten flashen. En deed dat.

Zijn mijn moeder en tante echt uit dezelfde baarmoeder gekropen?

De rest van de rit stond 'Stayin' Alive' op het maximale volume. Iedereen zong, maar de oudjes legden er meer emotie in.

Het was deels een ode aan gevallen kameraden. Maar ook een bezwering. Zo van: we gaan de kist niet in! Nog lange niet! Nog lange niet! En met elke *'Ah, ha, ha, ha, stayin' alive'* werden extra jaren besteld.

Mijn vriendinnen begrijpen niet waarom ik met mijn 'bejaarde oma' en 'oude tante' op vakantie ga. Nou, ze zijn hartstikke cool en ik zou ze voor niemand inruilen!

Ik ging rechtop in de auto staan en zong met mijn handen naar de hemel gericht. En op dat moment was ik dolgelukkig. Compleet, totaal, volslagen, volstrekt gelukkig.

23.10 uur
O, voor de volledigheid: 'malaka' betekent 'hij die mastrubeert'. Weet je dat ook weer.

Maddy

Donderdag 30 juli 2020

Lief dagboek,

Zoals gewoonlijk had oma gelijk. Grieks vlees is van topkwaliteit.

Yours truly,

Maddy de seksgodin

Roos

Vrijdag 31 juli 2020

18.00 uur
Ik ben weer veilig thuis. Ik had gelukkig geen files en heb 'maar' acht uur gereden (= één werkdag).

Toen ik zojuist mijn snikhete appartement luchtte en mijn kleren in de wasmachine propte, dacht ik weer aan mijn vertrek van vanochtend, uit die andere wereld. Adam zette mijn koffer in de auto en kwam toen bij me staan. Ik wiebelde wat heen en weer bij de chauffeurskant en bedankte hem voor de zoveelste keer voor de heerlijke vakantie en hij bedankte mij voor de zoveelste keer voor de hulp bij het opruimen. Voor het eerst sinds onze kennismaking in maart gaven we elkaar een knuffel. De wat onhandige omhelzing ging vergezeld van gelach en enkele klopjes op de rug.

'Dat was niet coronaproof,' zei Adam grinnikend toen hij me losliet.

'Dit ook niet,' grapte ik en ik gaf hem toen nog snel twee vluchtige Franse kusjes op zijn fris geschoren wangen.

'Rijd voorzichtig, Roosje,' zei hij en hij opende met een galante beweging het portier voor me.

'Doe ik en tot over een paar weken!'

Ik stapte in, startte de auto, zwaaide en reed de lange oprijlaan op. Ik zag in mijn achteruitkijkspiegel dat Adam me nakeek totdat ik de straat op draaide.

Tijdens de acht uur rijden naar het noorden moest ik mezelf positief 'coachen' om de tranen weg te houden, want hoe graag was ik wel niet gebleven en had ik de druivenoogst bijgewoond. Ik mompelde teksten zoals 'Je leven kan niet alleen maar bestaan uit genieten'.

En: 'Zwarte letters hebben het contrast van wit papier nodig, anders kun je ze niet lezen.'
En: 'Gelukkige momenten hebben het contrast van verdriet nodig, anders kun je ze niet voelen.'
En: 'Vrije tijd heeft het contrast van werk nodig, anders kun je die niet onderscheiden.'

En nu is het avond en ben ik nog steeds in mineur, want mijn leven hier is zo...? Ja, schrijf het eens op. Noem eens wat woorden! Monotoon? Passieloos? Inhoudsloos? Vol conflicten? Repetitief? Eenzaam? Stressvol? Niet-verbonden? Zinloos? Binnen (= niet in de buitenlucht)? Het enige wat me vreugde en houvast geeft zijn de Bitches en mijn maatje Adam.

En nu? Wat doe ik nu?

Adam belde om te vragen of ik goed was aangekomen. Binnen een paar minuten waren we weer 'ouderwets' aan de babbel over het wijndomein en alles wat nog moet gebeuren. Hem wachten nu drukke weken. De extreem vroege oogst is de reden dat hij nog een maand in de Bourgogne moet blijven. Het plukken begint naar verwachting al half augustus, een maand eerder dan gebruikelijk.

'Hier zie je dus het resultaat van de opwarming van de aarde,' zei hij gisteravond toen we na een buitensporig diner voor een laatste keer samen door de wijngaarden wandelden en hij me enkele druiven liet proeven.

Hij klonk verdrietig.

Madelief appte me net een foto van een jongeman en ze vroeg wat ik van hem vond.

'Aantrekkelijk,' appte ik naar waarheid.

Ze stuurde me vervolgens de icoontjes van een pruim, een Griekse vlag, een courgette en een = teken met daarachter een hartje.

Huh?

Die heeft SEKS gehad met een GRIEK!

Zojuist heb ik de coronacijfers van Corfu opgezocht. Die stijgen! Net als overal in Europa, trouwens. Meerdere landen kleuren alweer oranje en rood en toeristen vluchten in paniek naar huis. Wie gaat nou ook vliegen naar de zon tijdens een pandemie? Precies: mijn familie!

Moet ik mam, Madelief en Jolein nou verplichten om zo'n test te doen? Ik heb net even gegoogeld hoe dat werkt en lees dat je bij een positieve uitslag veertien dagen in thuisquarantaine moet, mét je gezinsleden! DUS IK OOK!

Dat is tenminste een voordeel van de ellende. Dan hoef ik niet terug naar die kantoortuin en kan ik thuiswerken. Áls ik al kan werken, want het is waarschijnlijk dat ik een psychische inzinking krijg als Madelief met corona besmet raakt.

Maddy

Vrijdag 31 juli 2020

Ik heb deze week weinig geschreven. Is Spiro's schuld. Yup, de tuinman die me dagenlang ghostte. Toen hij uiteindelijk iets stuurde, had ik hem moeten negeren (want: eigenwaarde, trots, onafhankelijkheid, ego, feminisme, et cetera).

Maar mijn vlees was zwak.

De afgelopen zes dagen waren topsport. Ik kan onze tijd samen het beste omschrijven als een gouden combi van *The Notebook* en PornHub:

- Picknicken op een klif voor pornowaardige seks
- Dutjes doen in een olijfgaard, want kapot na pornowaardige seks
- Uit eten bij kaarslicht, want hongerig na pornowaardige seks
- Zwemmen bij maanlicht na pornowaardige seks

Tien jaar geleden had ik nu al een bruidsjurk besteld en kindernamen uitgezocht. Maar ik ben geen tiener meer. Ik zou willen dat we elkaar beter konden begrijpen. Zijn Engels is om te janken en mijn Grieks bestaat uit zo'n vijf woorden. En toch gaat onze communicatie dieper dan gestaar en aanraking. Er is iets. Een chemie.

Hij is zich zo bewust van zijn omgeving. Zijn vader en hij hebben een hoveniersbedrijf en bij elke plek waar we komen, neemt hij de tijd om naar de bomen en planten te kijken. Hij wijst ze aan en vertelt kleurrijke verhalen (waar ik helaas geen bal van begrijp). Maakt niet uit. Ik zou de hele dag naar hem kunnen luisteren. En kijken.

Hoe anders is deze Griekse jongen dan Ronald, met zijn laatste PlayStation en glimmende velgen. Hoeveel echter.

Dus ja, dagboek. Hij is leuk en ik ben helemaal verslaafd aan zijn aanwezigheid. Al ziet mijn punani er de lol niet meer van in. Het is wellicht een te grote overgang. Het arme ding ging plotsklaps van Nationaal Historisch Museum naar Six Flags. Of Sex Flags, haha!

De rek is eruit en het zeewater vermindert de zwelling niet. Heb net een spiegel gepakt en mezelf bekeken. Het lijkt een slap broodje carpaccio. Dat was een helaasheid-der-dingen-momentje en ik realiseerde me dat ook ik ouder word.

The Dirty Thirty ligt op de loer...

Maar goed, morgen neem ik een rustdag. Spiro komt me na het ontbijt ophalen om te hiken bij het bergdorpje Old Perithia. Dus écht alleen wandelen en een koud biertje op een terras.

Meer gaat er bij mij niet in.

Roos

Zaterdag 1 augustus 2020

Vandaag was de vijftigste verjaardag van Lydia. Het tuinfeest begon om 17.00 uur en zou tot middernacht duren, maar zo lang ben ik niet gebleven.

Toen ik om 17.30 uur arriveerde, viel mijn mond open van verwondering, want Lydia had kosten noch moeite gespaard om haar domein om te bouwen tot een Hollywood-sprookje. De tuin en de villa waren versierd met pastelkleurige vlaggen en lampionnen. Het deed me denken aan zo'n Tibetaans klooster. Rondom het zwembad stonden bakken met zomerbloemen en verspreid over het gazon glansden witte designsofa's. Onder een namaakprieeltje zorgde een orkestje voor stemmige snaarmuziek.

Het in het zwart gestoken personeel liep af en aan met drankjes en hapjes en bediende toch zeker wel honderd gasten (en dus niet dertig!). De genodigden droegen chique zomertenues en dromden vanwege de hitte samen onder dennen en parasols.

Ik voelde een nare druk op mijn buik toen ik met mijn cadeau (twee flessen Meursault Premier Cru) het door twee bodyguards beveiligde hekwerk passeerde en de weelderige tuin in liep. Ik zat tijdens het kiezen van mijn outfit nog in de Franse modus en bleek underdressed. Mijn eenvoudige enkellange bruine jurk vloekte bij de bonte modeshow van de andere aanwezigen.

Lydia was niet te missen. Ze had haar blonde haren elegant opgestoken en droeg een strak knalrood jurkje met bijpassende stiletto's. Dat er buikvet was weggezogen was goed zichtbaar: ze had haar jeugdige taille terug.

'Schat, fijn dat je er bent,' riep ze toen ik mijn cadeau overhandigde en haar complimenteerde met haar mooie jurk en het prachtige decor. We deelden nog wat oppervlakkigheden, waarna ik naar de boom toog waaronder ik eerder Els had gesignaleerd.

Toen ik daar arriveerde, was Els weer weg. Ik verkende het terrein en zag nog maar één vrije zitplek in de schaduw, naast enkele mij onbekende gasten. Boeide niet. Ik tilde de stoel met een vriendelijke knik op en zette deze op twee meter van het gezelschap.

Ik beperkte me vervolgens tot luisteren. De bekende onderwerpen passeerden de revue: de staat van de economie (als gevolg van corona), de beleggingen (wel of niet in goud), de politiek (het 'gedoe' met de toeslagenaffaire), de autoraces (wel of niet een GP in Zandvoort) en natuurlijk boten, buren en borrels.

Niemand betrok me bij het gesprek of keek naar me. Ik bestond niet.

Ik keek de tuin rond en zag ineens een lange, slanke blondine: de Friezin! Ik rechtte mijn rug en ademde een paar keer diep in en uit. De Friezin schreed ondertussen naar de bar, waar ik Peter spotte.

Kennelijk had Lydia hen ook uitgenodigd voor haar verjaardag. Op zich logisch, want hij is al eeuwen hun accountant. Maar toch had ze mij dat mogen vertellen.

Peter en de Friezin hielden afstand tot elkaar en oogden eerder als collega's dan als een stel. Na een paar woorden te hebben gewisseld met mijn oud-buren voegde de Friezin zich weer bij een ander groepje. Mijn ogen bleven haar volgen. Haar elegante jurk, haar geaffecteerde bewegingen en haar statige houding: alles pastte. Ja, dit hier was háár biotoop. Hier hoorde zij thuis.

Het feest riep associaties op met een dierentuin, waar je ook verschillende 'zones' hebt met daarin afzonderlijke 'soorten'. En ineens drong de waarheid zich aan me op. Ik was een bruine eend die een kwarteeuw geleden per toeval tussen de fleurige flamingo's was beland en daarna dacht dat ze een van hen was. Maar dat klopte niet. Ik hoorde niet bij deze 'soort'.

Met een ruk stond ik op en vertrok.

Maddy

Zaterdag 1 augustus 2020

Nou, vandaag was interessant. Ik liep achter Spiro aan in Old Perithia. We volgden een pad waarvan ik dacht dat het een wandelpad was, totdat we opeens iemands moestuin binnenstapten. Er stond een klein vrouwtje aan een tomatenplant te trekken. Ze droeg een lange, zwarte jurk en had een omslagdoek om haar hoofd geknoopt. '*Spiro! Agapi mou!*' riep ze toen ze ons zag en ze opende haar armen.

Het kwartje viel direct. Dit was niet zomaar een dorp. Nee, verdomme. Dit was zijn dorp! Geniepig ventje! Hier had ik niet voor getekend! Casual seks betekent vooral géén familie ontmoeten!

Spiro duwde me enthousiast naar voren. Ik was drie koppen groter dan het vrouwtje. Ik stelde mezelf voor. Ze riep iets in het Grieks en lachte.

Ah fuck, het arme mens had geen tanden.

'Je moeder is niet goed geconserveerd.'

'*Sorry, what you say?*' vroeg Spiro.

'*Oh... uh... Nice mother.*' Hopelijk heeft zij een uitvaartverzekering en hij zijn vaders genen.

Hij schaterde het uit en zei dat dit zijn overgrootmoeder was. Spiro vertaalde mijn inschattingsfoutje, waarna de matriarch mijn handen begon te kussen. Dat voelde zacht, want geen tanden.

'*She very happy.*'

We liepen om het huis heen en troffen daar zijn echte moeder. Een prachtige, jonge vrouw met een bos zwarte krullen. Op de tafel stonden salades, *sofrito*, frietjes en een grote plaat met koteletjes. Dit allemaal vanwege mij? Ik voelde me bezwaard. En gevleid. En heel erg welkom.

Nadat ik mijn handen héél grondig had gewassen, gingen we aan tafel. Mijn bord werd helemaal volgeschept. Toen ik de koteletjes beleefd, maar ferm afsloeg, keek Spiro's moeder alsof ze de paus zag strippen. Ik probeerde uit te leggen dat ik vegetariër ben.

'Only vegetables,' herhaalde ik.

Met weidse gebaren en een dramatisch klinkend betoog flikkerde ze drie koteletten boven op mijn frieten. Eh…

'Sheep eat grass. Is vegetable. So, all good,' vertaalde Spiro.

Ik: 😩😩😩

Conclusie van de dag:

De punani is blij, want vandaag inderdaad geen seks gehad.

Uit pure wilskracht? Niet bepaald. Na negen jaar als vegetariër te hebben geleefd, heb ik vijf lamskoteletten gevreten. Daarna heb ik op de terugweg Spiro's auto ondergebarft. *Sidenote*: het was 40 graden in die bak.

Voel ik me schuldig? Nope. Boontje komt om zijn loontje.

Maddy

Zondag 2 augustus 2020

Vandaag is onze laatste dag op Corfu. Ik heb er vrede mee dat we morgen naar huis vliegen. Het was de beste vakantie die ik in jaren heb gehad, maar ik ben er ook aan toe om mijn leven thuis vorm te geven. Soms moet je afstand nemen om iets helder te krijgen. Net als bij fotografie: je zet een stap naar achter en stelt scherp.

Ik ga mijn leven omgooien. Ik wil geen ruzies en negativiteit. Geen constante damagecontrol. Ik wil gaan bouwen, niet afbreken. Dat slachtofferpak moet uit. Ik ga snuffelen aan wat mij energie geeft, zoals het pottenbakken. En wie weet, misschien is er iets waar ik van ga kwispelen...

Het is dus oké dat we morgen naar huis gaan, maar ik ga de zee, de zon, het eten en Bobbi absoluut missen.

En Spiro. Met zijn overgrootoma uit 1820 en *feeder*-moeder.

Vanochtend zat hij bij ons aan de ontbijttafel. Oma bleef maar grijnzen en tante Jolein maakte weinig subtiele vingergebaren. Ze hadden het door.

Voordat hij vertrok, gaf hij me een schaaltje van olijfhout.

'*For you. I made myself,*' zei hij en hij keek naar de grond.

Onze initialen stonden in het hout gegraveerd. Ik leunde naar voren en kuste hem. Zachter en liever dan ik tot nu toe had gedaan. Hij zei dat ik terug moest komen. Ik zei dat ik dat zou doen.

We meenden het allebei.

DEEL III

HERFST

Zondag 1 november 2020 tot en met zondag 22 november 2020

Roos:

'Iemand die de klink van de ene deur blijft vasthouden,
kan geen volgende deur openen.'

Maddy:

'Angst is als water, het vindt altijd een weg.'

Oma Loes:

'Met 80 denk je niet meer in jaren, maar in seizoenen.'

Roos

Zondag 1 november 2020

Tralalalala. Kreeg net de mail binnen met de cijfers van mijn oenologietoets:

Zes keer een 10
En één 9 (domme rekenfout bij het scheikundeonderdeel).

Knappe Roos!

Meteen gebeld met Adam en hij was ook blij. De verbinding haperde, want hij was in de stal bezig en ruimde de zooi op die de elektricien had achtergelaten. Ik baalde dat ik niet samen met hem stof kon happen. Hij appte me daarop foto's van zijn werk. De verbouwing van de wijnkelder vordert gestaag en de nieuwe installaties worden al over twee weken geplaatst.

Als de rigide lockdown die Macron afgelopen vrijdag heeft afgekondigd tenminste geen roet in het eten gooit. Adam weet nog steeds niet of de bouwvakkers de komende week wel mogen werken in een slecht geventileerde ondergrondse ruimte. De aannemer dacht van wel.

De maatregelen in Frankrijk zijn trouwens écht streng en worden gedwee gevolgd. Nederland is veel softer, maar Jolein ziet dat natuurlijk anders. Zij had zich weer voor het avondeten uitgenodigd. Nu de restaurants dicht zijn, is mijn woonkamer haar culinaire alternatief. Mam was er ook.

Meteen na binnenkomst startte Jolein een monoloog over 'de dictatuur' waarin we waren beland, waarop ik verhaalde over mijn telefoontje met Adam en de maatregelen in Frankrijk.

'Die Fransen zijn pussy's,' was haar commentaar.

'Zoiets zeggen we niet, Marjolein,' zei mam. 'Een pussy is niet zwak.'

Zucht.

Toch is Jolein een mooie spiegel om in te kijken. Door haar weet ik dat het karakter van een mens zijn of haar beleving van de lockdown kleurt. Jolein haalt haar vreugde uit activiteiten met mensen, terwijl ik mijn vreugde haal uit activiteiten zónder mensen. De maatregelen lijken haar dus meer te beperken dan mij.

Alhoewel?

Afgelopen vrijdag kon ik niet naar de Côte-d'Or afreizen. Alleen noodzakelijke reizen naar Frankrijk waren toegestaan en een weekje vakantieklussen bij een vriend valt daar niet onder.

Over Jolein gesproken: ze heeft een nieuwe (Tinder-)vriend, vertelde ze vanavond tijdens het eten. Ze doen 'het' al drie maanden met elkaar, maar sinds gisteren hebben ze de relatie 'aan' verklaard, omdat ze 'het' niet meer met anderen 'doen'. De naam van haar nieuwe vriend is Lucas. Hij is 35 jaar (tien jaar jonger dan Jolein!) en hij runt een supermarkt.

Jolein toonde ons foto's van een prachtige donkere man.

'Dit is mijn lekkere snoepje,' zei Jolein lachend.

'Wauw!' zei mam, terwijl ze een van de foto's met haar vingers vergrootte. 'Hij lijkt op Antonio Banderas in zijn jonge jaren.' (Mam is fan van Banderas.)

Madelief zat op haar kamer toen de foto's van Lucas rondgingen, maar zij vindt hem vast ook een 'lekker snoepje'.

Ik zweeg, want ik heb er geen behoefte aan om een review te plaatsen bij een seks-snack.

Nog iets anders:

Tijdens mijn wandeling passeerde ik de boerderij van Kramer. De koeien liepen de stal in en de bekende strontgeur waaide me tegemoet. Vroeger vond ik dat altijd een fijne lucht die ik associeerde met het platteland, maar vanmiddag rook ik stikstof en dacht ik aan de zitting van aanstaande donderdag.

Meer en meer voel ik me bezwaard om die mestverwerker te verdedigen. De man maakt handig gebruik van een slecht geweven regelgeving. Zijn papieren zijn formeel in orde en dus is hij niet schuldig aan de mestfraude die het Openbaar Ministerie hem ten laste legt. En dat zal ik ook aantonen, maar toch is hij een milieudelinquent.

Hier heb je dus dat dilemma tussen goed op papier en fout in de praktijk.

De rest van de dag heb ik het eerste volledige concept van het boek van mam gelezen en dat gaf me een ongemakkelijk gevoel, want Het-Niet-Zo-Geheime-Dagboek leest als een trein...

Maddy

Zondag 1 november 2020

11.15 uur
Ze zijn overal. Foto's van marshmallows in chocomel, voeten in zelfgebreide sokken en knapperende haardvuren omringd door kalebassen. Allemaal met zo'n oranje filter.

En dat terwijl ik op de bank vegeteer met een zak eierkoeken. Buiten is het zo grijs dat de prozac lonkt. Bah, ik haat de herfst! Ik meen het. Je krijgt maximaal drie mooie dagen met gekleurde blaadjes en kastanjes en zo, maar daarna is er alleen maar kale, natte treurigheid. Tot mei, of juni.

Ik trok het najaar altijd al slecht, maar door de maatregelen zie ik het helemaal niet meer zitten. Er is niets te doen. De sportscholen, bioscopen en andere vormen van vermaak zijn dicht. Ik kan niet op reis en ik ontmoet geen nieuwe mensen. Ik zit gevangen in mijn land en in dit huis. De zuurstoftoevoer naar mijn hoofd lijkt afgekneld door een gebrek aan *social life*. Ik kan niet meer helder denken. Meh.

Corona had allang voorbij moeten zijn! Wanneer krijgen wij ons leven terug? Ik kan niet geloven dat ik deze situatie ooit opwindend vond. Ik ben pandemoe.

Ik ga morgen wel weer naar Marit (die trouwens doordraait). Ze zit in mijn coronabubbel en we hebben allebei te veel vrije tijd. Zij omdat ze een mens bouwt en ik omdat ik werkloos ben.

Had ik maar een baan. Dan was er minder tijd om te piekeren. Ik heb nog één sollicitatie uitstaan, maar ik heb weinig hoop. Zelden krijg ik een ontvangstbevestiging of reactie. Mam heeft het over 'een verloedering van de samenleving' en is ondertussen al even *emotionally invested* als ik. Zucht...

Ach ja, ik ga maar thee zetten en een podcast luisteren. Alweer.

15.55 uur
Haha, kijk dit dan!

Leeg jezelf, zodat het universum jou kan vullen.

I kid you not, dit staat op het labeltje van mijn theezakje. Er zitten een paar gefrustreerde marketeers bij YOGI TEA. Freud zou hier zijn vingertjes bij aflikken.

16.00 uur
Je weet dat je écht geen leven hebt als je de quote van een theezakje in je dagboek gaat becommentariëren en daar een voldaan gevoel van krijgt. *FML*.

Roos

Maandag 2 november 2020

2.00 uur
Ik kan niet slapen, want ik blijf maar malen over de slechte ventilatie in de wijnkelder. Als de bouwvakkers straks komen, móét Adam daar wegblijven. Immers, als een van die mannen toevallig besmet is, stoot deze onzichtbare druppeltjes uit en die blijven een tijdje zweven in zo'n koele ondergrondse ruimte. En Adam ademt die virusdeeltjes vervolgens in.

En dan?!

Ik moet er niet aan denken dat ik mijn maatje verlies, want Adam is mijn beste vriend. Eigenlijk is hij mijn enige vriend, want met Els en Lydia 'praat' ik sinds de zomer alleen nog maar via onze REL-chatgroep.

Zal ik Adam appen dat hij weg moet blijven uit die kelder? Nee, dat is belachelijk. Het is midden in de nacht. Wat hij daar doet, gaat mij niks aan.

Ik heb me door de dag gesleept. Zo moe. En ik voel zoveel druk op mijn werk. Elke ochtend wanneer ik aan de tafel ga zitten en inlog op de server van Pixa & Partners is het alsof iemand een korset rond mijn buik plaatst. En met elke juridische zin die ik componeer en met elk gesprek dat ik voer, is het alsof de touwtjes vaster en vaster worden aangetrokken, waardoor ik minder en minder vrij kan ademen.

Gelukkig hebben we herfstvakantie op de oenologieopleiding, want ook daarvoor heb ik geen puf meer. Wanneer ik 's avonds klaar ben met mijn werk, is alle energie opgevreten door weerzin en stress.

Het is stil in huis. Madelief is naar Marit. Die is voor eind volgende week uitgeteld. Ik blijf het een raar idee vinden dat een vriendin van Madelief moeder wordt. Marit is zelf nog een kind. Was ik ook toen Madelief werd geboren.

Wat weet ik eigenlijk nog van die laatste dagen voor de bevalling? Niet veel. Fragmenten. Beelden.

Dat ik in de douche stond en naar beneden keek en mijn voeten niet meer kon zien vanwege die enorme buik. Zelfs niet toen ik me vooroverboog en toen bijna uitgleed.

Dat Madelief onrustig was en me schopte (ook toen al).

Dat ik daarom slecht sliep en doodmoe was (er is dus niks veranderd).

O, ja! En mijn vreetbuien! Vooral die ijshoorntjes met chocolade. Ik herinner me nog precies de kartonachtige geur die vrijkwam bij het verwijderen van het papier rond de papperige hoorntjes, die ik midden in de nacht oplikte.

Na de bevalling heb ik nog maar één keer zo'n verpakt ijsje gegeten. Ik vond het zo klef en vies dat ik ervan moest overgeven. En ik vind ze nog steeds goor. Telkens wanneer ik in het vriesvak van de supermarkt de dozen met de hoorntjes zie, draait mijn maag zich om.

Een trauma?

Misschien, want met haar geboorte kwam mijn liefde voor haar en veroverde Madelief het centrum van mijn bestaan. De opgewekte Roos die ik daarvoor was, raakte bedolven onder dagelijkse zorgen.

Pas na de scheiding, toen ik zonder kind en zonder man dit appartement betrok, ging ik weer op zoek naar de vrolijke vrouw die ik ooit was, voordat het huwelijk en het moederschap haar overwoekerden.

Ik vond een verlepte Roos.

Maddy

Maandag 2 november 2020

‘Ik wil je iets krachtigs laten zien,’ zei Marit en ze scrolde door het account van @badassmotherbirther. Ze tikte op een filmpje met ‘gevoelige inhoud’. Er verscheen een vrouw die naakt en met wijd gespreide benen op bed lag.

Ah, nee toch... De camera zoomde in, terwijl ze een baby uit haar arme, arme punani duwde. Zoveel slijm. Zoveel bloed.

‘Wtf Marit! Wat is dit nou weer?’

‘De natuur,’ zei ze, terwijl de vrouw krijsend een mensenhoofd uit haar *Ring of Fire* perste.

De partner kwam in beeld. Hij zag zo bleek als het witte geboortespul dat overal op zat.

‘Dit is onmenselijk.’

‘Menselijker kan juist niet, gekkie.’

Nu begrijp ik waarom baby’s zo lastig zijn. Je ligt lekker te chillen in je waterbed. Het leven is goed, maar dan... AAAH! De apocalyps! Je wordt opeens door een bloederige schacht geperst. Je zit klem, met je hoofd in de kille buitenwereld en de rest van je lijf nog in je oude huis. Je opent je ogen en het eerste wat je van dit leven ziet, is een gescheurd perineum. Daar is geen weg van terug. PTSS vanaf het eerste uur.

‘Kom op! Je kunt het! Persen!’ schreeuwde Marit, alsof we de Champions League keken.

‘Hoe kun je dit kijken zonder bang te worden?’ Ik klemde mijn benen strak tegen elkaar en reikte naar de waterkan. Er dreef een stuk houtskool in om het water ‘te ontgiften’.

Marit staat op knappen. Ik heb haar buik al een paar keer aangeraakt en het voelde raar. Als een ballon die te hard is opgeblazen. Haar navel staat als een bolhoedje naar buiten en ik kan nog altijd niet geloven dat zij moeder wordt. Een alleenstaande moeder zelfs, want het is uit met haar vriend. Janine en ik probeerden op haar in te praten, maar ze wilde niets meer van hem weten. Sindsdien is ze... anders.

21.25 uur
Vroeg net aan mam hoe haar bevalling was gegaan. 'Drieëndertig uur weeën en een totaalruptuur,' zei ze zonder met haar ogen te knipperen.

Ik heb hernieuwd respect voor mijn moeder.

Roos

Dinsdag 3 november 2020

In het kader van het terugveroveren van mijn eigen leven, heb ik zojuist een tv-verbod in de woonkamer afgekondigd. Ik ergerde me al weken mateloos aan die meningenparade in talkshows. Niet alleen over covid, maar ook over die gevaarlijke Trump in de USA.

Madelief volgt de verkiezingen op de voet. Ik ben daarmee gestopt, want telkens als ik dat hoofd zie, word ik onpasselijk. Die man vertegenwoordigt echt alles waar ik van gruwel: een arrogante kop, een schreeuwerige stem, nul moraal, nul beschaving en een diarree aan pocherige praat. Het is maar te hopen dat de toch al verhitte planeet een tweede ronde van die narcist bespaard blijft.

En ook de koppen van al die virusdeskundigen kan ik niet meer zien of horen. En hoe langer corona duurt, hoe meer ik de urgentie voel om de berichtgeving daarover buiten te sluiten. Madelief wil juist niets missen. Ze heeft fomo (= *fear of missing out*). Nou, ze gaat haar tv-fomo maar uitzieken in haar hok.

Ik voel me niet schuldig over mijn nieuwe beperkende maatregel. De 2000 euro die ik investeerde in de op maat gemaakte hoogslaper met ingebouwde kast en bureau creëerde een zee aan ruimte in haar kamer. Er is zelfs nog plek voor het maken van keramiek. Het enige wat ze dan wel consequent moet doen is opruimen. Blijkt lastig.

Maar goed, ik ga nu eerst even het bos in en dan eten koken. De zonsondergang is spectaculair. Die wil ik live ervaren tijdens een wandeling.

Zojuist had ik een bijzonder moment. Een gelukkig moment. Met Madelief. Ik had haar het hok uit gelokt met haar favoriete ravioli met truffelsaus, alle geluid gedempt, kaarsjes aangestoken en een optimale sfeer geschapen voor een serieuze gedachtewisseling over haar fomo.

Het werkte, want we spraken al snel over haar leven en de vele uren die ze laat wegvloeien met liggen op haar bed, terwijl ze via een scherm de levens van anderen consumeert.

'Je kunt toch ook zelf gaan leven en creëren,' zei ik en ik wees naar haar prachtige keramiek op het dressoir.

'Met pottenbakken verdien ik niks.'

'Sinds wanneer moet iets wat je vreugde geeft, geld opbrengen?' vroeg ik.

Ze sloeg haar ogen naar me op. De opmerking zette haar aan het denken.

'Daar zit wat in.'

'Bovendien,' zei ik. 'Vele kunstenaars begonnen klein, vaak met een baan ernaast.'

'Je vindt mij een kunstenaar?'

'Uiteraard.'

Ze glimlachte, stond op en kwam bij me op schoot zitten. Ik sloeg mijn armen om haar heen, bracht mijn lippen naar haar krullen en begon haar te wiegen, op en neer, zoals ik haar wiegde als kind, telkens als ze huilde of onrustig was.

'Je hebt gelijk, mam,' zei ze toen ik kramp kreeg in mijn linkerbeen en ons intieme samenzijn moest afbreken. 'Ik ga in actie komen.'

En nu afwachten of haar woorden ook daden worden.

O jee. Lydia plaatste zojuist een bericht in onze REL-chatgroep. Ze heeft ontdekt dat haar man vreemdgaat en vraagt Els en mij om advies. Ik probeerde haar meteen te bellen, want dan wil je toch wat meer informatie, maar ze nam niet op, terwijl ze haar mobiel dus in haar hand heeft!

Dat gebeurt de laatste maanden dus vaker tijdens mijn 'gesprekken' met Els en Lydia: dat belangrijke vraagstukken uitsluitend via WhatsApp worden besproken. Maar dat werkt voor mij niet. Ik weiger om in een oneliner richting te geven aan een huwelijk.

Els doet dat wel. Haar reactie was: 'Negeren.' Lydia antwoordde met: 'Oké.'

Maddy

Dinsdag 3 november 2020

14.30 uur
SM heeft me toegevoegd aan haar Headspace Family Plan. Ze stuurde: 'Om te mediteren in je vrije tijd', met een knipoogemoji.

Ik heb alleen maar vrije tijd en dat weet ze.

Pap is bij dag 18 van de cursus Mindful Eten. Toen ik dit tijdens de lunch aan mam vertelde, kwam ze niet meer bij van het lachen.

21.30 uur
Mam vindt mij een kunstenaar!!!!!!

Roos

Woensdag 4 november 2020

18.00 uur
Nou, mam is gisteravond weer eens uit de bocht gevlogen. Ze belde me toen ik net had uitgelogd op het werk en biechtte haar daad op.

'Schat, ik had een intiem feestje,' zo begon ze. 'En die trut van het zorgcomplex maakt weer eens stampei om niks.'

'Een FEESTJE?!' riep ik geschokt. 'Met hoeveel? Je mag wettelijk maar drie bezoekers ontvangen.'

'Hou toch op met je regeltjes, Roos,' antwoordde mam geïrriteerd. 'We vierden het vijftigjarig jubileum van onze regionale afdeling van de Dolle Mina. We komen elke vijf jaar op 4 november bij elkaar. Dat weet je toch.'

Dat is me inderdaad bekend, want de laatste bijeenkomst was een halfjaar na het overlijden van Johan. Ik moest haar toen helpen, want ze was tot niks in staat.

Ik telde in 2015 toch zeker twintig vrouwen. TWINTIG!

'Met hoeveel waren jullie?' vroeg ik.

'Dertien.'

'O. Dat zijn er fors minder dan in 2015. Had je veel afmeldingen?'

'Nee, we sterven uit. Letterlijk. Dat is ook de reden dat we het door lieten gaan. Van de 24 zijn er nog 14 over. En twee hebben beginnende alzheimer en eentje heeft uitgezaaide kanker. Het was gisteren of nooit.'

'Wat een onzin, mam. Je had tot het voorjaar kunnen wachten.'

‘Nee, Roos. Met tachtig denk je niet meer in jaren, maar in seizoenen.’

‘En Bobbi, was zij er ook?’

‘Nee, zij kon er als enige niet bij zijn. Vanwege een dreigende lockdown in Griekenland.’

‘En terecht,’ zei ik en ik stelde me de dertien vrouwen voor in haar appartement. Die 1,5 meter konden ze onmogelijk bewaken.

‘Nou, met wat pech zijn jullie volgende maand nog maar met zeven.’ Ik hoorde zelf hoe bang ik klonk.

‘Nee joh,’ stelde mam ferm. ‘Het raam stond open, we droegen de hele tijd mondkapjes en geen van ons had verkoudheidsklachten.’

‘En dat moet ik geloven?’

Mam giechelde. Nee dus.

Na wat heen en weer praten kwam vervolgens de aap uit de mouw. De politie had na een klacht van een bewoner om twee uur ’s nachts het feest beëindigd. De fuivende dames kregen gelukkig alleen maar een berisping en geen proces-verbaal. De agenten wisten zich duidelijk geen raad met de ‘zielige’ omaatjes.

Maar het akkefietje was Jolanda ter ore gekomen en zij wil nu een gesprek over de onhoudbare positie van mam in het zorgcomplex. En uiteraard delegeert mam de kwestie weer aan mij. Ik moet de discussie afwikkelen.

Ik heb Jolanda inmiddels een mail gestuurd met de vraag of we morgenvroeg vóór 9.00 uur even kunnen overleggen. Dat geeft me de tijd om vanavond – opnieuw – de juridische positie van mam te checken. Ik ben daar niet gerust op, want ze heeft inmiddels enkele klachten inzake ‘overlast’ op haar adres geregistreerd.

En of dat nog niet genoeg is, deelde mam vorige week ook nog zonder afstemming met Jolanda een enquête uit onder de bewoners met vragen over hun hobby's. Wat doen ze het liefste en wat doen ze omdat 'de activiteitenbegeleiding' dit voor hen bedenkt? De vragenlijst diende als onderbouwing voor enkele uitspraken in haar boek. Mam vond binnen twee dagen 35 anoniem ingevulde formulieren in haar brievenbus. Dat is een giga respons.

Madelief heeft de enquêtes inmiddels in een spreadsheet verwerkt en noemt de uitkomsten 'verdrietig'.

'Ik ga met Jolanda praten,' zei ik. 'Onder één voorwaarde.'
'En die is?'
'Je gaat nu tien dagen in zelfisolatie.'
'Doe ik,' zei ze zonder te aarzelen. 'Maar alleen als jij resultaat boekt bij Jolanda.'

Mam is dus bezorgd. Heeft ze soms nog meer uitgehaald waar ik niets van weet?

20.00 uur
Adam appte me net de foto's van de renovatie van de wijnkelder. Schiet goed op. Een paar minuten eerder had hij nog geprobeerd om me via videobellen mee te nemen naar de kelder, maar de verbinding viel weg op de trappen.

Hij heeft er goed aan gedaan om in Frankrijk te blijven en zelf de bouw te begeleiden. Ook de afgelopen dagen waren er meerdere momenten dat hij aanpassingen moest accorderen die niet op de bouwtekening staan. En zoiets valt niet te beoordelen op afstand.

Maar toch mis ik hem en ik mis onze gesprekken en onze etentjes, want ik ben nu de enige die kookt. Toen hij nog in zijn appartement woonde, kon ik me zo lekker verheugen op zijn culinaire hoogstandjes.

Gelukkig plant hij nu in de derde week van november een weekje Nederland. Ik tel de dagen. Nog zestien!

21.00 uur
Lydia neemt de telefoon niet op en belt ook niet terug. Ze is wel online. Wat moet ik dáár nou mee?

En Jolein blijft me maar stalken met filmpjes en artikelen met de wildste complottheorieën. Ik heb haar geadviseerd om eens een tijdje weg te blijven van Twitter, Facebook en Instagram en zich te concentreren op haar snoepje Lucas.

Maddy

Woensdag 4 november 2020

13.10 uur
Vanochtend heb ik een elektrische draaischijf opgehaald. Nu is mijn hok pas echt een multifunctionele ruimte. Het dient als slaapkamer, thuiswerkkantoor (manifesteren) én pottenbakkersstudio.

Ik heb mijn pottenbakbedrijf Hot Pots genoemd. *Catchy*, toch? Vandaag ga ik een Etsy-winkel aanmaken en ik denk er ook over om een website te bouwen. O, en ik moet een logo, visitekaartjes en stickers hebben! Is wel zo professioneel. Maar ja, dit kost allemaal geld en ik ben blutter dan blut. Maar mam wil me vast sponseren. Of pap. Of oma. Komt goed.

Idealiter werk ik drie dagen in loondienst en heb ik twee dagen per week over om Hot Pots te bouwen. Maar ja, op een baan heb ik weinig hoop. Er loopt nog één sollicitatie bij de gemeente Utrecht en die zal vast ook niets worden. Ik krijg uiterlijk volgende week maandag bericht (dus waarschijnlijk hoor ik nooit meer iets).

16.20 uur
THANK YOU, UNIVERSE!

Bobbi heeft net twintig bodypositivityvaasjes besteld!!! Ik ga allemaal naakte onderlichamen maken: volslanke vaasjes, dunne vaasjes, manspreading-vaasjes, barende vaasjes, behaarde vaasjes, kale vaasjes, geamputeerde vaasjes, verzakkingsvaasjes, et cetera, et cetera.

Ik heb dus MIJN EERSTE HOT POTS-KLANT!!! Snel mam vertellen!!! Wat zal ze trots zijn!!!

Maddy

Lijst met stomme dingen:

1. Werkloos zijn op je 25e
2. Mensen die 'zo heerlijk kunnen relaxen' in een *downword facing dog*
3. Alle bit/shitcoins die ik niet gekocht heb
4. YouTube-advertenties
5. Dat er wel 5G is, maar HBO Max nog altijd niet in Nederland beschikbaar is. Wtf
6. Drive-by-verjaardagen
7. Dat avocado's pitten hebben
8. Havermoutbakje niet direct schoonspoelen = later cement schrapen
9. Mensen die 'o jemig' zeggen
10. '*Home Sweet Home*'-decoratie van de Action

Roos

Donderdag 5 november 2020

Jolanda van het zorgcomplex is weer gekalmeerd. Ik bood via Teams mijn uitvoerige excuses aan voor het gedrag van mijn moeder. Ik moest slijmen en zielig doen, want na de vele incidenten is de juridische positie van mam niet meer 100 procent.

Gelukkig kon Jolanda er de humor wel van inzien. Toevallig had ze van de week een paar afleveringen van *Absolutely Fabulous* gekeken en zo gelachen om die twee feestende vriendinnen van middelbare leeftijd die door de dochter van een van beiden in het gareel worden gehouden. Ik deed haar denken aan die arme meid, zei Jolanda.

(Ik schreef meteen '*Absolutely Fabulous*' op een blaadje. Die serie ga ik kijken.)

Daarna hadden we het een tijdje over mam en haar opmerking dat je met tachtig niet meer denkt in jaren, maar in seizoenen. We kwamen tot de conclusie dat wij als vijftigers nog perspectief hebben op een leuk leven (na corona) met feestjes en uitjes. Er lonken voor ons nog een paar gezonde jaren, wat maakt dat het zich voor ons nog loont om nu tijdelijk voorzichtig te zijn.

Maar een tachtigplusser heeft dat perspectief niet. Die kan maar twee dingen doen: ofwel corona vergeten en doorleven zoals vanouds en het risico op besmetting en dood accepteren, ofwel de coronaregels strak volgen, in de wetenschap dat hij of zij die laatste periode van zijn of haar leven doorbrengt in zelfgekozen gevangenschap.

'Wat zou jij doen?' vroeg ik Jolanda.

Het werd even stil aan de andere kant van de lijn.
'Misschien corona vergeten en doorleven? En jij?'
Ik keek naar buiten en zag hoe de zon de prachtige herfstkleuren oplichtte. Ja, inderdaad. Hoe is het om op een dusdanig hoge leeftijd te zijn dat je weet dat deze herfst misschien wel je laatste is? Dat je weet dat er een kans is dat je de volgende al in de kist ligt, met of zonder pandemie? Gewoon, omdat je lichaam opgeleefd is. Wat doe je dan? Ga je naar buiten, waar de virussen zijn, en wandel je gewoon door die bonte bossen of blijf je veilig binnen en wacht je op een volgende herfst? Ja, ik zou waarschijnlijk ook de natuur in lopen en genieten...
'Ja. Ik ook,' zei ik.
'Eigenlijk is jouw moeder een wijze vrouw,' zei Jolanda. 'Levenswijs, bedoel ik.'
'Ja,' zei ik en ik glimlachte.

Mam is levenswijs. Ze leeft voluit.

En ik? Ik niet. Ik leef beperkt.

Waarom is dat?

Omdat de dood nog niet naar me lonkt?
Omdat er nog tijd genoeg is voor Het Echte Leven?
Omdat Het Systeem me blokkeert?
Of omdat ik mezelf blokkeer?

Een combi.

En nu? Ja, wat nu...

Madelief heeft een elektrische draaischijf voor het pottenbakken gekocht. Het ding is al de hele dag in bedrijf en vult het huis met een repeterend geluid, alsof de vaatwasser aanstaat. Het maakt me dol! Maar ik zeg er niks van, omdat ik zo blij ben dat ze eindelijk 'werk' heeft. Dank, Bobbi!

4.00 uur, na mijn tweede nachtelijke plasje

En alweer lig ik wakker. Ik denk aan de woorden van mam, van vanavond, toen we belden over het bericht dat Jolanda niks ging ondernemen. We kwamen opnieuw te spreken over het verschil in het perspectief op het leven van een oudere versus een jongere.

'Weet je, Roosje, jonge mensen vinden ons ouderen zielig. Ze vinden ons bestáán zielig. Maar ze weten nog niet dat je dagen juist meer diepte krijgen als het licht van de dood op je leven valt.'

Maddy

Donderdag 5 november 2020

17.10 uur
Janine appte dat we moeten praten. Of ik naar Amsterdam kon komen, want ze heeft het druk. Ik wilde tikken dat mijn agenda vol zit, maar ik heb geen agenda meer. Heb overwogen om de trein te pakken, maar een vriendin bezoeken valt niet onder 'hoogstnoodzakelijk reizen'. Ga dus mijn maatschappelijke verantwoordelijkheid nemen en mams Clio jatten (oftewel het netjes vragen).

23.10 uur
Oké, nou. Net terug van Janine en ik weet niet wat ik ervan moet vinden. Het begon prima. Ze gaf me een 0 procent-IPA'tje en we kletsten over de Amerikaanse verkiezingen.

Ze had haar werkkleding nog aan: een strakke kokerrok met stiletto's eronder. Ze kon zo op de cover van de *Quote*, terwijl ook zij gewoon thuiswerkt. Ooit, in het neolithicum, zat ik zoals elke normale loonslaaf in mijn pyjama achter Zoom. Maar Janine niet. Zij is in alles perfect. Ze is knap, succesvol en heeft een koophuis met een visgraatvloer.

Enfin, na ons tweede biertje begon het.

'Marit gaan binnenkort bevallen.'

Nee, goh, Sherlock.

‘En aangezien haar ouders in Spanje zitten en zij *what’s his face* niet meer wil zien, is het aan ons om haar te helpen bij de bevalling.’

Ik was dat verschrikkelijke filmpje nog niet vergeten.

‘O… uh… natuurlijk. Maar is dat wel veilig? Je weet wel, corona en zo. En wat kunnen wij daar überhaupt doen?’ Behalve een spermafobie ontwikkelen, dacht ik nog.

‘Luister Mads, in het ziekenhuis bevallen is nu geen pretje. Marit wil een thuisbevalling, dus die krijgt ze. Er komt een voedvrouw, dus wij zijn vooral daar voor *moral support*. Maar goed, ik heb een Google Docs gemaakt met actiepunten. Ik zal je een link inschieten, dus kijk daarnaar. Het is zaak dat we nu kort op de bal spelen,’ zei Janine op haar bankierstoon. ‘O ja, we moeten de bevalling ook filmen. Heb jij die GoPro nog? Dan kun jij dat op je nemen.’

Als Marit verwacht dat ik haar scheurende spleet met een *action cam* ga filmen, is ze nog gekker dan ik dacht. Er zijn grenzen. Hier trek ik die van mij.

‘Die ben ik kwijt. Echt heel jammer.’

‘Oké, dan geef ik je mijn Nikon,’ zei Janine en ze zette een vinkje bij ‘filmen’.

Ik knikte, want Janine is gevaarlijk als ze *to do lists* maakt. Ik trek mijn grens later wel. Morgen of zo.

23.20 uur

Mijn adonis appte net weer. Dit keer stuurde hij een filmpje van de zonsondergang bij Canal d’Amour met ‘*Miss you, Agapi*’. Spiro is lief, superknap én romantisch. En zijn Engels wordt steeds beter. Soms krijg ik minutenlange spraakberichten, waar ik steeds meer van begrijp. Gisteren stuurde hij een gepassioneerd betoog over de 'olijfbomenpest' (vermoed ik) die de driehonderdjarige olijfboom van zijn vader had geveld. Ik voelde zijn dramatische armgebaren door het scherm. *So cute.* Ja, Spiro is echt perfect, daar kan geen kaaskop-Ronald tegenop.

Dus waarom woont juist hij zo ver weg??? Met de auto is het 28 uur als je non-stop rijdt (dus zestig uur op mijn tempo) en no way dat ik de Clio meekrijg. Het is een wonder dat ik hem überhaupt nog mag lenen na het milkshake-debacle.

Ik moet realistisch zijn. Onze vakantieliefde was leuk, maar helaas niet meer dan dat. Langeafstandsrelaties werken niet.

Roos

Vrijdag 6 november 2020

De zitting over de mestfraude ging geweldig. Of beter: ík was geweldig. En dat zit me niet lekker, want dat hele dossier STINKT.

Ik praat mijn inzet goed door mezelf voor te houden dat ik een advocateneed heb afgelegd. Ik moet dus mijn cliënt naar mijn beste vermogen verdedigen. Juridisch doet die mestverwerker immers niks fout, want volgens de Nederlandse wet mag hij het milieu verzieken.

Nog meer leuk (= waardeloos) nieuws:

Mam belde toen ik aan het koken was. Via haar oude Dolle Mina-makker Nellie heeft ze het voor elkaar gekregen dat een uitgever (ben de naam vergeten) haar boek gaat lezen. Ze heeft vanmiddag al een eerste gesprek met een acquirerend redacteur gehad via Teams (en mij daar dus niks over gezegd). 🤨

Nellie vindt mam een heldin die een belangrijke discussie opstart over ons perspectief op 'de oudere'. Madelief en Jolein zijn al even enthousiast. Waarom ben ik dat niet?

Waarschijnlijk omdat ik al mijn hele leven de wind opvang van de stormen die mam doet oplaaien.

DAAROM!

Maddy

Vrijdag 6 november 2020

16.50 uur
We zaten op twee Tibetaanse poefjes in Marits woonkamer. De ooit strakke ruimte leek nu het onderduikadres van Charles Manson. Overal hingen yogadoeken en het stonk naar kerk. In de keuken had ze een mandala geschilderd en een altaar gemaakt voor 'De Moeder'.

'Maar wat betekent die dan?' vroeg ik ongeduldig en ik wees naar de bovenste tarotkaart. Het was een zwarte toren, met bliksem en vallende poppetjes.

'Krijg ik die baan? Gaan ze mij aannemen?'

Marit omarmde haar gigantische buik.

'De *Tower* is de krachtigste kaart uit het dek en staat voor verandering, bevrijding en...'

Ze stopte een zeewierkoekje in haar mond.

'Ja? En?'

'In een toekomstpositie, zoals hier bij jou, kan de Tower verlies betekenen.'

'Verlies als in een potje Rummikub?'

'Als in de dood.'

'What the fuck Marit! Niet cool dit!'

'Ik ben maar een spreekbuis van het universum, Mads!'

Ik keek van Marit naar de tarotkaart en weer terug naar Marit.

'Dat wil natuurlijk niet zeggen dat jíj doodgaat, gekkie.'

Ze raakte haar ketting aan. De maansteen *channelt* haar moederenergie naar de baby, zo had ze me kort hiervoor verteld.

'O, gelukkig, ik...'
'Het kan ook een dierbare zijn.'

Een dierbare... zoals mijn oma? Het koude zweet brak me uit, maar ik herpakte me snel. Het was mijn gekke vriendin Marit maar die kaarten legt. Ik ging me toch niet druk maken om beschilderd karton?!

'*Alrighty*, we zullen zien,' zei ik en raapte de tarotkaarten bij elkaar.

Ik ga deze tarotshit cancelen.

22.20 uur
Waarom blijft de verjaardag van een ex parate kennis? Kenny van de brugklas: 12 februari. Jason van tennis: 31 mei. Ronald... 6 november. Het zijn net van die systeemupdates die ik telkens wegklik (en die maar terugkomen).

Moet ik hem feliciteren? Ik kan altijd een neutrale: '*Happy B-day*, ik wens je alle goeds' sturen. Lekker dubbelzinnig. Er is tijd, ik heb nog 1,5 uur tot middernacht.

23.55 uur
No way dat ik die eikel een fijne verjaardag wens. Hoop dat-ie stikt in een cupcake.

Roos

Zaterdag 7 november 2020

Ik heb beroerd geslapen. Ik was (en ben) ongelukkig en ik heb vannacht ook gehuild. En het is niet de gebruikelijke melancholie die me sinds de overgang weleens overvalt.

Dit is anders.

Ik zie al een tijdje het beeld voor me van een uitgebloeide roze roos in een glazen vaas. Haar groene stengel is week en beige geworden. Haar bloemen krijgen bruine randjes en haar blaadjes laten geleidelijk los en dwarrelen op de tafel. Blad na blad. En wanneer je aan de bloem ruikt, stijgt de stank van verrotting op uit de vaas.

Mijn zweet verzuurt. Mijn urine druppelt in mijn onderbroek en de spiegel toont me een verlepte Roos. Eentje die niet meer aantrekkelijk genoeg is om in een vaas te zetten. Een Roos die stinkt.

Daarom ook lopen mijn sollicitaties op niks uit. Er is geen advocatenkantoor dat een uitgebloeide Roos wil. En dus moet ik dat brakke water van Pixa & Partners blijven opzuigen en doorgaan met het verdedigen van milieudelinquenten, terwijl ik ze eigenlijk de bak in wil procederen.

Enfin, ik ga me maar eens door deze zaterdag slepen. Met boodschappen doen, de administratie bijwerken, het huis (= de zooi van Madelief) opruimen en – als ik nog tijd overheb – leren voor mijn opleiding oenologie.

OEF!

Lydia meldde vanavond in de groepschat dat het oké is dat haar man vreemdgaat, zolang hij het maar 'discreet' doet. 😲

Zij kiest dus een andere strategie dan ik destijds. Is Lydia nou slim of dom?

Ik weet het niet (meer), want toen ik nog met Peter getrouwd was, hoefde ik geen milieudelinquenten te verdedigen en leefde ik mijn passie (= wijnworkshops, wijnreizen, wijninkoop...).

Lichtpuntje!

Biden heeft gewonnen van Trump. Met z'n 78 jaar!

En zijn vicepresident Kamala Harris is 56.

Die twee zijn dus kerstrozen. Die bloeien pas in de winter.

Maddy

Zaterdag 7 november 2020

12.10 uur
Angst is als water, het vindt altijd een weg. Heb shit geslapen. Ik wil die stomme kaarten van Marit geen platform geven, maar wat als die pilaar gelijk krijgt? Dan moet ik iets doen! Corona lust oudjes rauw.

Oma ís oud, ook al houdt ze vol van niet. Ik heb het net gecheckt en er zijn vandaag weer 118 mensen overleden! Ik moet haar spreken, maar na ons laatste telefoontje neemt ze niet meer op.

'Blijf uit de buurt van je medebewoners. En ga niet naar de bingo!' riep ik.

'Ik doe niet aan graftakactiviteiten, schat.'

'En ook geen afspraakjes! Je blijft binnen!'

'Nou, hoor eens, Madelief...'

'Nee, ik meen het, oma! Het is niet veilig!'

'Ik bepaal nog altijd zelf...'

'Nee, oma! Bejaarden vallen om als fucking dominostenen!'

Daarna drukte ze me weg. Ik had het b-woord gebruikt. Grove, grove fout. Zit nu te twijfelen of ik mam moet vertellen van de tarotlegging. Misschien kan zij op haar inpraten.

Nee, dom idee. Alsof dat ooit heeft gewerkt. Maar ik moet iets doen! Ik draai nog door!

Ik heb Marit net gebeld en geëist dat ze direct een legging voor oma doet.

'Zo werkt het niet, Madsy. Oma Loes moet haar eigen energie met de kaarten verbinden.'

Ik trek dit niet meer. Ik moet Marit ontvrienden.

'Wat bedoel je?'
'Ze moet ze zelf schudden.'
'O,' zei ik en ik kneep in mijn neusbrug. 'Waar ben je nu?'
'Thuis. Ik speel ASMR-geluiden voor de baby.'

Ik sloeg mijn hoofd tegen de koelkast. Wat heeft deze salievreter met mijn beste vriendin gedaan?

'Verroer je niet. We komen nu naar je toe!'
'Naar jullie,' zei Marit.
'Wat?'
'Ik ben twee mensen.'

17.20 uur
Opluchting. Oma gaat niet dood. Marit legde de *King of Swords*, de *Page of Cups* en de *Star* voor haar toekomstpositie. Oftewel: hernieuwd gevonden creatieve energie die zich zal omzetten in materieel succes.

'U schrijft een boek, toch?' vroeg Marit en ze nam nog een slok brandnetelthee. 'Want dan is dit een zeer sterke legging.'

Oma glimlachte zo breed dat haar gebit er haast uit floepte. Ze maakte een foto van de kaarten en stuurde die naar de My Bitches-chat. Tante Jolein reageerde als eerste.

Tante Jolein: 'Casino's weer open???'

Ik: 'Zijn tarotkaarten. Volgens deze legging wordt oma's boek een succes!'

Tante Jolein: 'O! Daar moeten we op drinken!!!'

Oma Loes: 'Hartelijk dank, Lein. De Aperol staat al koud. Zie je snel.'

Mam: 'Nee, niet snel!! Mam moet nog zeven dagen in zelfisolatie!! Dit is niet volgens afspraak!'

Tante Jolein: 'Blablabla. Vanavond = party time 🍾🍾🍾

Tijdens de rit naar huis moest 'Don't Stop Me Now' van Queen op repeat.

'Ik weet niet of Marit er klaar voor is,' zei ik toen we voor het stoplicht stonden. 'Om moeder te worden.'

'Niemand is daar klaar voor,' zei oma. 'Was ik ook niet.'

'Omdat je niet wist wie mams vader was?'

'Ook, maar vooral vanwege de zware verantwoordelijkheid. Vanaf het moment dat Roosje was geboren, stond ikzelf op de tweede plaats. En dat was nieuw en doodeng, want ik was jong en op mezelf gericht.'

'Maar je hebt er geen spijt van gehad?'

'Van jouw moeder? Nee, geen seconde. Ik hou meer van haar dan het leven zelf, en dat zegt wat in mijn geval.'

Mijn hart bolde op. Ik kom voort uit zoveel liefde. Ik raakte haar knie aan, maar moest snel het stuur weer pakken om af te slaan.

'Maar waar ik niet van hou is haar controlerende gedrag. Dus als ze je iets vraagt, dan was die tarotlegging digitaal, oké? Je hebt me niet gezien. Ik zit braaf in quarantaine.'

'Ik kan niet goed liegen,' loog ik.

'Je doet je best maar.'

'Oké, oma.'

'Je bent een schat.'

Toen ik bij de zorgflat parkeerde, bleven we daar even zitten. Hand in hand. We spraken niet, maar zeiden veel.

'Die tarot bevalt me wel. Moeten we vaker doen,' zei oma ter afscheid en ze stapte neuriënd de auto uit. Bij de deur zwaaide ze naar me en ze deed een dansje voordat ze naar binnen ging.

Die ziet zichzelf al in de boekhandels liggen. Mijn oma is *wholesome* en ik hou van haar.

Roos

Zondag 8 november 2020

Mooi herfstweer vandaag. Ik heb urenlang gewandeld door het bos en dat deed me goed, maar niet goed genoeg.

Miezerige gedachten hangen nog steeds als een grauwe sluier voor mijn gemoed.

WANT: ik begin mijn leven te zien tegen de achtergrond van zijn begrenzing.

Maddy

Zondag 8 november 2020

Zojuist twee Aleve Feminax ingenomen, maar ik ga nog steeds kapot van de pijn. Zo shit dit.

Volgens Google zijn vrouwen in hun leven gemiddeld 3500 dagen ongesteld. Dat is tien jaar ongemak. TIEN JAAR. En ze noemen ons het zwakkere geslacht? Ga toch fietsen, man.

Stel, kerels zouden menstrueren. Dan zou de wereld er zo uitzien:

1. Ze trekken de pijn niet (bewijs: RTL *Late Night* met Humberto Tan).
2. Causaal verband: menstruatieverlof en giga begrotingen voor hormoonresearch.
3. Ze scheppen op over wie het beste ongesteld is. 'Die van mij bloedt echt veel, bro.'
4. Piemelverbandjes worden in supermarkten op A-locaties gepositioneerd met slogans als: 'Alleen voor echte mannen!'
5. Plotsklaps drukt de VVD er een menstruatie-toeslag doorheen, want 'we kijken naar je kansen, niet naar je beperkingen'.
6. 'Ben je ongesteld, of zo?' wordt discriminatie op basis van geslacht (artikel 1 in de grondwet).
7. Een goede schipper bevaart niet langer de Rode Zee.

14.45 uur
Ben opgestaan en heb een bloedend vaasje gekleid. De kramp heb ik genegeerd.

#periodpower #menstruationmatters #fucktoxicmasculinity

18.30 uur
Janine appte dat ze het stellig oneens is met mijn Instagram-schreeuw om menstruatieverlof. Ze zegt dat ongesteldheid doorgaans niet voor arbeidsongeschiktheid zorgt (endometriose et cetera daargelaten) en dat de stigmatisering en stereotypering van zo'n verlof een diepere kloof zou scheppen tussen werknemers die wel en niet menstrueren.

Ben in de war.

Roos

Maandag 9 november 2020

Het succes van Pixa & Partners met de mestverwerker heeft een aanzuigende werking op milieuvernielers. De officemanager heeft twee nieuwe afspraken in mijn agenda gezet: eentje met een varkensboer met uitbreidingsplannen en eentje met een transportbedrijf met groeiambities.

ZUCHT.

Trouwens: noch Pixa noch Monsieur heeft gereageerd op mijn succes in dit dossier. Die denken dus dat Dennis dit nog heeft voorbereid en dat ik alleen de zitting deed. Ik overweeg om een brief te schrijven waarin ik ze attendeer op mijn inbreng.

Nee, toch maar niet. Dat is verraad van een zieke collega.

Verder heb ik klusjes gedaan die achterop waren geraakt, zoals reageren op mails, mijn uren invoeren en stukken archiveren.

GAAP GAAP.

Gelukkig heb ik vanaf 20 november een week vrij.

Ik hou mezelf voor dat ik blij mag zijn dat ik werk heb (ben ik ook). Madelief solliciteert immers al sinds maart en heeft nog steeds niks fatsoenlijks gevonden (werken in de logistiek of bij een GGD-callcenter wil ze niet). Haar laatste strohalm is die beleidsfunctie bij de gemeente Utrecht. Ik duim, want een baan voor Madelief betekent minder druk op mij.

In de My Bitches-chat wordt nog steeds lol getrapt over die kaartlegging van eergisteren.

Ik heb Madelief niet gevraagd of mam mee is geweest naar Marit, omdat ik haar het liegen voor mam wil besparen. Ik ken mijn moeder. Groot liegen doet ze nooit. Klein liegen doet ze vaak.

De oenologieles was weer TOP. Het ging over schimmels (= actueel) en toen de les om tien uur was afgelopen, tolde mijn hoofd. Ik videobelde meteen met Adam om hem te vertellen dat de schimmel van de valse meeldauw overwintert in het afgevallen blad. Dat moet dus weg!

Ik zag gelijk aan zijn blik dat er iets was. En inderdaad. Adam had net een triest bericht gekregen. Claude, zijn vriend en de boer die al decennia zijn wijngaard beheert, was in de namiddag overleden aan een hartstilstand.

'Dit betekent dat ik niet naar Nederland kan rijden, Roos,' zei hij duidelijk aangeslagen. 'Ik kan hier niet weg, want ik heb niemand anders die toezicht houdt op de verbouwing. Om nog maar te zwijgen van het wijndomein. Over drie weken begint het snoeien. Ik moet nu veel zelf doen.'

Die boodschap hakte erin, want ik had me zo verheugd op ons weekje samen in Zeist. De rest van ons gesprek probeerde ik hem te troosten met de oneliners die mam vaak gebruikt als verdriet ons leven binnenwaait.

Ik kan niet slapen van dat bericht van Adam. Die krijgt het nu echt voor de kiezen. Wat nou als ík 20 november naar de Bourgogne reis?

Ja, IK ga naar Adam! De Nederlandse regering kan me wat met haar coronaregels. Ik mag toch ook eens stout zijn?

Bijkomend voordeel: ik breng mijn les in de praktijk en controleer zelf die bladeren op schimmels! 😀

Maddy

Maandag 9 november 2020

13.20 uur
Verdomme, nog steeds geen bericht. Ik zou vandaag iets horen van de gemeente Utrecht. DUURT LANG.

14.10 uur
Nog altijd niets. Ik ga Bobbi's onderlichamen maar glazuren. Het rolstoelvaasje zal nu wel droog zijn.

15.40 uur
Heb stressdiarree. En niet zo zuinig. Ik spuit het soort dat stinkt naar wanhopig mens. Met een intensiteit die je verwacht na het schoonlikken van een schoenzool in Delhi.

Zojuist in paniek de dagelijks aanbevolen hoeveelheid Norit overschreden. Meteen gegoogeld wat de gevolgen kunnen zijn: darmverstopping, maagpijn en nog meer nare dingen. Dit is niet zo best.

Misschien moet ik deze baan niet eens willen. Ik ga niet goed op stress.

16.15 uur
Lola net opnieuw geappt en gevraagd of ze iets heeft opgevangen op het werk. Ze stuurde een doodskopemoji terug. Hopelijk betekent dat: 'Nee nog niet, maar ik maak ze allemaal van kant als ze jou niet kiezen.'

Adem rustig door. In, uit, in, uit.

Geduld is bitter, maar zijn vrucht smaakt zoet (mits baan).

Roos

Dinsdag 10 november 2020

Ik had een giga drukke dag en ben bekaf. En ik heb ook weinig nieuws te melden. Behalve misschien dat de farmaceuten vorderen met de ontwikkeling van een vaccin tegen corona. Dat was vandaag op het nieuws. Dus corona is binnenkort voorbij? En dan?

Ja, dan moet ik weer gaan werken in die gehorige kantoortuin.
BAH!
En dan moet ik weer naar die saaie netwerkborrels en daar leuk doen.
BAH!
En dan moet ik al die lui ter begroeting weer drie kusjes geven.
BAH! BAH! BAH!

Die gedachte drukt op me, want terugkeren naar het oude normaal gaat me zwaar vallen. Het nieuwe normaal past beter bij me.

Ik heb met Adam gebeld en hij is uiteraard nog steeds verdrietig, maar zijn positivisme klonk alweer door. Claude was 82 geworden, zo memoreerde hij, en had een topleven gehad. En wat een mooie dood! Wie wil dat nou niet? Voor eeuwig inslapen tijdens het middagdutje? Zonder pijn, zonder zorgen? En hij (Adam) zou het vast wel redden. Claude was een goede leermeester geweest.

Zo waar.

3.00 uur
Ben net wakker gepiept door mijn telefoon. Ik had de *flight mode* niet aangezet na mijn telefoontje met Adam (= dom). Op het scherm verscheen een bericht van Peter.

Roos, mijn allerliefste Roos. De Heer straft me, omdat ik jou liet gaan.

Huh? Wat is dit? Speelt zijn reformatorische opvoeding weer op? Is hij dronken? En hoezo 'mij liet gaan'? Mij de afgrond in trapte, zal hij bedoelen! Wat moet ik hiermee?

NIKS!

Maddy

Dinsdag 10 november 2020

Je bent wat je eet, zegt men. Ik ben een voordeelzak eierkoeken.

PS Nog steeds niets gehoord van de gemeente Utrecht. Onbetrouwbare honden! Ze zijn al één dag te laat.

Zie je wel, niemand wil me.

Maddy

Lijst met rustgevende dingen:

1. De stem van David Attenborough
2. Kijken naar mee-eters die worden uitgedrukt
3. Opstijvende karamelsaus
4. Zo'n hoofdmassagespin
5. Een filmpje van een schildpad die eieren legt
6. Mams kersenlikeur (in gepaste hoeveelheden)
7. Eierkoeken dippen in valeriaanthee
8. Voor- en na-foto's van crystal-methgebruikers (bevestiging dat het altijd erger kan)
9. De geur van vochtig mos
10. Spiro's profielfoto

Roos

Woensdag 11 november 2020

Ik heb na dat appje van Peter toch nog redelijk geslapen. Toen ik mijn telefoon aanzette en de tekst opnieuw wilde lezen, bleek het bericht verwijderd! Maar mijn verwarring blijft en verergerde vanwege 29 (!) meldingen van Lydia in onze REL-chatgroep. Haar laatste appje was van 4.32 uur. Haar teksten waren opgewekt van toon, want ze was de hele nacht bezig geweest met Avatar.

Ik moest opzoeken wat dat was. Ik dacht eerst aan die film over dat blauwe wezen, maar Avatar is dus een esoterische stroming (zegt Wiki). Snappen doe ik er niks van. Haar app-betoog handelt over een kosmische orde die hersteld zou worden via tussenkomst van de een of andere godheid. Et cetera. Ze stuurde ook meerdere links met informatie over 'de waarheid'.

Nadat haar man dus koos voor de aardse geneugten met andere vrouwtjes, koos Lydia voor het spirituele geluk met Aziatische opperwezens.

POEH POEH.

We hebben nu dus een Peter die (weer) over de Heer praat, een Jolein die complotten aanhangt, een Marit die tarotkaarten legt en een Lydia die gelooft in een aanstaande 'goddelijke manifestatie'.

Is dit het effect van corona? Dat willen verkennen van hogere werelden? Om zo vat te krijgen op de angst over onze basale aardse wereld?

Ik had na mijn lunch een gesprek met twee cliënten van Dennis. Het betrof een wethouder en een ambtenaar uit een niet nader te noemen gemeente (mijn advocateneed vraagt zelfs in mijn dagboek om discretie). De dame en heer vroegen me hoe de gemeente de uitbreiding van een camping bij een Natura 2000-gebied mogelijk kon maken.

Ik moest ook adviseren over hoe 'we' de omwonenden en de milieurakkers het beste monddood konden maken. Of er nog 'juridische trucjes' waren? Mij werd dus gevraagd om als advocaat medewerking te verlenen aan een lokale variant op de vier **B**'s van de toeslagenaffaire: **B**urgers **B**ewust **B**enadelen en **B**edriegen.

Mijn maag rebelleerde. Letterlijk zelfs. De tomatensoep die ik een halfuur eerder had opgelepeld, kwam omhoog. Ik verbrak daarop mijn advocateneed en meldde dat ik geen juridische mogelijkheden zag om het stikstofprobleem te omzeilen. Ik zweeg over een mogelijke maas in de wet.

Hoelang kan ik dit werk nog doen?

17.15 uur
Historisch moment! Madelief heeft weer een BAAN!!! Knappe meid! Ik ben zo blij voor haar (en ook voor mij).

Beleidsmedewerker Gelijke Kansen en Inclusiviteit bij de gemeente Utrecht.

Is een nieuwe functie. Echt iets van deze tijd. Madelief gaat werk maken van gelijke kansen voor alle inwoners en dat wordt vast een succes. Ze is immers de kleindochter van een dolle mina en die boekten ook succes. In wettelijke zin dan. In de koppen van veel mannen is de vrouw nog steeds 'minder geschikt'.

Zie Roos bij Pixa.

Maddy

Woensdag 11 november 2020

Ik vulde Lola's glas snel bij zodat we konden proosten.

'Op collega's 2.0!' riep ze door de woonkamer.

Ik nam giechelend een slok chardonnay. Mijn kaken deden pijn van het lachen, maar ik kon niet stoppen. En terecht! Per 1 december heb ik een baan voor drie dagen per week! Het heeft potverdorie een tijd geduurd, maar ik ben de Apenheul ontstegen! Ik doe weer mee!

'Het was niet oké geweest als die *basic bitch* van hr een ander had gekozen,' zei Lola en ze duwde een handvol chips in haar mond.
'Niet oké,' beaamde ik.
'Nee, echt. Ik had haar helemaal kapotgemaakt.'
Aha! Ik had die doodskopemoji dus goed ingeschat.
'Ja,' zei ze. 'Gewoon tegen de muur gezet. Of een 9/11'tje!'
'O. Wat eh... lief van je.' *Note to self*: Lola nooit boos maken. Ze heeft Ted Bundy-trekjes.
'Geen punt. Daar heb je vrienden voor.' Ze knipoogde. 'Maar echt super dat we weer collega's zijn! Jij manifesteerde die shit gewoon. Ben trots op je, *babes*.'

Ja, ik ook. Dat mag soms: trots zijn op jezelf.

22.30 uur
WHOOP WHOOP!!! Een baan en ook nog vier nieuwe bestellingen via Etsy!!!

Ik ga hard! Ik ga lekker! Ik ga los!
#queen #stayhumble

Roos

Donderdag 12 november 2020

Ik ben zo verdrietig, want Adam gaat zijn appartement verkopen. Hij gaat definitief in Frankrijk wonen. Hij belde kort voor het avondeten om het me persoonlijk te vertellen. Zijn redenen zijn legitiem: hij was een paar jaar geleden al klaar met zijn werk als advocaat (nou, anders ik wel) en nu wil hij alsnog zijn droom najagen en wijnboer worden.

'Ik merk dat mijn energie minder wordt, Roosje,' zei hij. Zijn stem sloeg over. 'Ik moet het nú doen, vóór mijn zestigste, anders doe ik het nooit meer.'

Tja, en om dat te bereiken, moet hij investeren in nieuwe installaties en in een opslagschuur. En dat kost fors meer dan hij oorspronkelijk had begroot! Zijn spaarcenten zijn inmiddels op. Bovendien is zijn appartement hier in Zeist een financieel blok aan zijn been met de maandelijkse servicekosten en de ozb en met het geld dat hij krijgt uit de verkoop kan hij de verbouwing betalen.

De trigger tot zijn besluit was het overlijden van Claude. Hij heeft geen beheerder op wie hij terug kan vallen. En de kans dat hij een tweede Claude vindt, is nihil.

'Maar ik ga jou zo missen, Roosje.' Zijn stem trilde.

'Ik jou ook. Heel erg,' zei ik naar waarheid. De tranen prikten achter mijn ogen.

'Je komt me toch bezoeken, hè?'

'Jazeker,' zei ik en ik vertelde dat ik 20 november afreis naar de Côte-d'Or en de corona-adviezen ga negeren.

Zijn ogen lichtten op en hij lachte. Ik ook, maar zonder vreugde. Mijn maatje vertrekt.

Tijdens de oenologieles kon ik me niet concentreren. Nu ik weet dat Adam zich voorgoed in Frankrijk vestigt, mis ik hem meer dan in de weken dat ik dacht dat het maar tijdelijk was.

Iets wat voorbij is, heeft dus meer impact dan iets wat nog gaande is?

Maddy

Donderdag 12 november 2020

Vandaag was het soort dag waar psychologen graag in wroeten. SM deed open toen ik aanbelde. Ze leek weer langer. Groeien alle Friezen door tot in het graf?

'Hoi Madelief, wat een aangename verrassing,' zei SM en ze keek erbij alsof ze azijn gorgelde. Ze was duidelijk niet op de hoogte van mijn komst.

'Pap en ik zouden samen lunchen.'

'Aha. Nou, hij zit daar,' zei ze en ze wees naar het tuinhuis.

Ik wilde haar nog vertellen dat ik een baan heb, maar de deur viel al dicht. Ik draaide me om en liep over het grindpad naar het tuinhuis, dat jaren geleden tot gastenverblijf is verbouwd. Mam wilde er indertijd een mantelzorgwoning van maken. Toen oma daar lucht van kreeg, dreigde ze de boel in de fik te steken. Met zichzelf erin. Wat een dramaqueen.

'Pap?'

Ik stapte naar binnen en trof mijn vader languit op de bank aan. Ik keek verbaasd naar zijn bevlekte pyjama. Mijn vader zag eruit als Tom Hanks in *Cast Away*, maar dan een die te veel eet. Hij probeerde ongezien de gedeukte bierblikjes onder de bank te vegen. Onder de bank die niet op pootjes staat.

'Alles kits hiero.'

Er hing een zure lucht in de kamer en ik zag gekreukelde overhemden in de leesstoel. Toen viel het kwartje. Er was niets kits.

'Woon jij hier?!'

'O, nou, ja tijdelijk. We hebben een pauze ingelast om te reflecteren op onze relationele verwachtingen.'

'Wat bedoel je?'

Hij mompelde iets onverstaanbaars.

'Wat?'

'Ze gaat bij me weg,' fluisterde pap en hij keek naar zijn voeten. Zijn grote teen stak door de sok. 'Ik zit hier tot ze verhuist.'

SM gaat bij hem weg??? Tja, karma is een bitch. Had hij mam maar niet moeten bezeiken. Ik moest aan stervende zeehondjes denken om niet te glimlachen.

'Wil je pizza? Ik heb salami of *funghi*,' vroeg pap en hij klom van de bank.

'Ik ben al negen jaar vegetariër.'

'O, ja. De planeet, toch?'

'En dierenleed.'

'Juist.'

Daarna bleef het even stil. Superawkward. Hij schraapte zijn keel en liep naar de keuken en ik volgde. Pap legde een pizza funghi in de oven en draaide met trillende vingers aan de knop.

'Weet je onze Italiaanse familieavonden nog?' verzuchtte hij en leunde met zijn hoofd tegen de koelkast.

'What the flying fuck.'

'Jouw moeder maakte de beste pizza's. Met handgerold desemdeeg en die zalige tomatensaus. En ze koos altijd de perfecte wijn erbij. Wat kon ze dat goed.'

Mijn god, wat was dit nu weer?! Het was ruimschoots te laat voor de Roos-loftrompet.

'En ze wist zoveel sfeer te creëren. Ja, Roosje kon van een huis een thuis maken. Ze was altijd geduldig en attent. Je hebt het maar getroffen met zo'n vrouw... eh, moeder. Doe haar vooral de lieve groetjes van me.'

'Eh... oké.'

Hij keek op, met ogen groot als zo'n robotstofzuiger.

'O, ja? Wil je dan alsjeblieft een goed woordje voor me doen?'

Ik zette mijn handen in mijn zij.

'Dus nu dat mens weggaat, is mam opeens weer interessant? Dacht het niet.'

'Nee, lieverd. Zo zit het helemaal niet,' stamelde pap. 'Ik heb veel tijd gehad om na te denken en ik vind het verschrikkelijk hoe het is gelopen tussen jouw moeder en mij. Het is allemaal mijn schuld en ik wil het goedmaken.'

En toen zag ik het. De spijt. Deze droop in liters van hem af en vormde zich tot een grote plas. Een plas waar ik nu ook in stond. Dus hoewel ik van dat moment wilde genieten (ben namelijk 100 procent team mam en vind dat hij zijn tuinhuis-retreat verdient), vond ik mijn vader ontzettend zielig. En medelijden is geen emotie die je graag voelt bij een ouder. Daar ga je niet lekker op.

Gevolg: je wilt de boel fixen, zodat de ouder niet langer menselijke blubber is, maar een *rock-solid* fundament waar je op kunt bouwen.

'Nou, oké dan. Ik ga met haar praten, maar ik beloof niets. Je hebt er een behoorlijke *shit show* van gemaakt.'

Hij knikte gretig. Daar waren we het tenminste over eens.

Roos

Vrijdag 13 november 2020

07.00 uur
IK BEN PERPLEX! Peter en de Friezin gaan uit elkaar?! Madelief was gisteren bij haar pa op bezoek en hij bleek verkast naar het tuinhuis.

NAAR HET TUINHUIS!!!!!

Ik moest echt even schakelen, want toen hij destijds de scheiding afkondigde, was ík degene die naar het gastenverblijf verhuisde. Immers, het hoofdhuis was zijn geboortehuis en daarmee van hem. Deze jurist herkende de feiten, pakte haar spullen, stak het gazon over en woonde vervolgens enkele maanden tussen de dennen.
Madelief zag de ernst van onze huwelijkscrisis pas echt toen de rechter de scheiding uitsprak en de Friezin zich meldde als haar stiefmoeder... Zij, die Peter inmiddels naar het TUINHUIS heeft verbannen...

Hoe doet ze dat?

Ik had vanochtend mijn zoveelste aanvaring met Monsieur. Was tijdens een reguliere werkbespreking. We begonnen al ongemakkelijk, omdat ik via Teams wilde vergaderen en hij fysiek. Maar als baas had hij natuurlijk het laatste woord.

Hij ging meteen over tot de aanval. Ik had een belangrijke klant (= die 4-b-wethouder van de Natura 2000-camping) fout geadviseerd over een stikstofprobleem en daarmee de reputatie van het kantoor geschaad. Ik hield me van de domme en antwoordde dat deze *slip of the pen* het resultaat was van te veel werk. Maar Monsieur geloofde me niet (= dus slimmer dan ik dacht).

En nu hangt me wat boven het hoofd. Ik voel het, want toen ik even later in de lift stapte, kwam ik Pixa tegen. Die is normaal heel joviaal, maar zei nu amper goedendag.

Eenmaal in de auto wilde ik Adam bellen en tegen hem ouwehoeren over mijn problemen op het werk, maar ik deed het niet. Iemand die met een gebroken pink klaagt tegen iemand met een gebroken been is pas echt zielig.

Na mijn werkbespreking met Monsieur had ik een lunchwandeling met Lydia. Het was heerlijk weer: zonnig, droog en warm.

Lydia was opgewekt en vertelde al wandelend dat ze geen consequenties gaat verbinden aan het slippertje van haar man. Ze is allang niet meer verliefd op hem, zo vertelde ze, maar ze mag hem graag en is gehecht aan zijn geld en zijn status. En ze hebben een vriendelijke relatie. Zonder geschreeuw en zonder geweld.

Bovendien heeft ze geen baat bij een scheiding, want dan zou ze uit haar huis moeten vertrekken, waarna ze net als ik een 'loonslaaf' zou worden en 'op een flatje' zou wonen. (Immers, van die magere alimentatie uit de ooit getekende huwelijkse voorwaarden kan ze niet rondkomen.) Áls ze al werk krijgt, want niemand zit te wachten op een tandartsassistente die in 1991 voor het laatst een patiënt in de mond heeft gekeken.

En haar man heeft al evenmin baat bij een scheiding, want hij wil geen afkeuring van de kerk(gemeenschap) of van hun zoon (= opvolger in de zaak). Dus beiden hebben een afspraak gemaakt. Zij gaan op de oude voet door en zij zal eventuele toekomstige avontuurtjes negeren, mits hij discreet is. Er moet geen geklets van komen. En ondertussen heeft zij, Lydia, alle tijd voor haar hobby's, waaronder meer leren over Avatar.

'En de seks dan?' vroeg ik, terwijl ik huiverde bij het idee 'het' te moeten doen met die kille man van Lydia. 'Ga je nog met hem naar bed?'

'Zeker,' zei ze en ze draaide zich naar me toe. 'Circa één keer per maand gaan de benen wijd. Ik zie het als werk, Roos, en het duurt maar een halfuur. Korter dan de tijd die jij dagelijks moet besteden aan het invullen van je urenregistratie. Dat is volgens jou toch ook "een saaie, maar noodzakelijke verplichting"?'

Ik knikte en was met stomheid geslagen.

Toen de wandeling was afgelopen en zij me op haar oprit uitzwaaide, bekroop mij het unheimische gevoel dat Lydia deze kwestie slimmer heeft aangepakt dan ik destijds. Peter had nooit om een scheiding gevraagd als ik zijn affaire met de Friezin had gedoogd. Hij wilde toentertijd niks meer en niks minder dan 'spannende seks' naast een 'stabiel huwelijk'.

Zo is de logica van dat type man. Maar ik zag die logica niet. Lydia wel. Als ik dezelfde zakelijke redenering als Lydia had gevolgd, woonde ik waarschijnlijk nog in de villa en genoot ik elke dag weer van mijn prachtige tuin met die weelderige bloemenzee. Dat is toch wat anders dan kijken naar een zestal geraniums op een balkon. Bovendien leed ik dan niet onder gewetensbezwaren over mijn juridische steun aan natuurvernielers. En *last but not least* had ik dan alle tijd gehad om CARRIÈRE te maken als vinoloog!

Is Lydia nou slim en was ik dom? Of omgedraaid?

Over die vraag denk ik dus al de hele dag na.

Maddy

Vrijdag 13 november 2020

We zaten al aan het toetje toen ik eindelijk de moed had verzameld.

'Zeg mam,' begon ik voorzichtig. 'Zou je het oké vinden als pap een keer langskomt?'

Ik schoof mijn *apple crumble* nerveus heen en weer. Ik snap heel goed dat ze hem niet meer wil zien. Wat hij heeft geflikt is onvergefelijk, maar misschien kan woede en verdriet plaatsmaken voor berusting?

Ik zeg niet dat mam hem moet terugnemen, *hell no*. Ze verdient beter. Maar het kind in mij zou het fijn vinden om weer eens met de Drie Musketiers op de bank te zitten, zonder Aramis en Porthos te hoeven knevelen. Is dat dan zo verkeerd?

'Pap heeft spijt, mam. Echt. Je had hem moeten zien met zijn lege bierblikjes. Het was zo sneu. Hij wil het goedmaken, vrienden zijn.'

Mam schoof haar bord van zich af.

'Ik zal erover nadenken,' zei ze zacht.

Ik stond op van tafel en klom voor de tweede keer deze maand bij haar op schoot. Was vergeten hoe veilig het daar is.

‘Pap is hier alleen welkom als jij er helemaal achter staat. Ik ben een diehard supporter van team mam. Vergeet dat niet.’

Ze greep me stevig vast. We bleven samen zo zitten tot ze kramp kreeg.

Roos

Zaterdag 14 november 2020

Mijn zoveelste waardeloze nacht. Ik had moeite met in slaap vallen. Sinds woensdag pieker ik over de problemen op mijn werk, en daar kwam vanavond dan ook nog de vraag van Madelief bij. Moet ik Peter wel of niet op bezoek laten komen?

En toen ik eindelijk sliep, schoot ik wakker van iets. Geen idee van wat. Ik deed vervolgens mijn plasje, ging weer liggen, maar kreeg out of the blue hartkloppingen en begon te hyperventileren. Ik moest het terras op om lucht te krijgen. Het was denk ik een paniekaanval. Die heb ik één keer eerder gehad, kort na de scheiding.

Waarvoor ben ik ZO BANG?

Geen idee. Dat mam ziek wordt? Dat Jolein ontspoort? Dat Madelief domme dingen doet (en haar baan weer verliest)? Dat Pixa me ontslaat? Dat Adam een ongeluk krijgt op de bouw? Dat ik mijn geur en smaak verlies? Ik weet het niet. Vast een combi.

Zal ik Adam bellen en hem vragen om advies? Praten met hem doet me altijd goed. Nee, nee, nee, hij heeft zijn eigen sores.

En mam? Nee, die zegt vast weer 'Stel je niet aan! Je bent een grote meid'. Daarin heeft ze natuurlijk wel gelijk.

IK BEN EEN GROTE MEID.

Verder volgde ik mijn vaste zaterdagroutine: boodschappen doen, het huis poetsen, wassen en strijken en de administratie. Toen ik daarmee klaar was en mijn oenologiehuiswerk wilde maken, was ik zo moe dat ik boven mijn boeken begon te knikkebollen. Zelfs na twee dubbele espresso's lukte het me niet om die Latijnse schimmelwoorden te onthouden.

ZO FRUSTREREND!

Maddy

Zaterdag 14 november 2020

Ik heb oma beloofd om vandaag Het-Niet-Zo-Geheime-Dagboek te voorzien van constructieve kritiek. Ze heeft het uiterlijk maandag nodig, maar wilde niet zeggen waarom. Ze giechelde wat en hing op.

Ik ga thee zetten, mezelf inwikkelen in een deken en aan de slag! Voel me erg filantropisch dit weekend.

13.20 uur
Oké, check dit:

Er is sprake van identiteitsdiefstal. Op een dag bent u niet langer een maatschappelijk relevant individu, maar wordt u onvrijwillig gekoppeld aan bijvoeglijke naamwoorden zoals 'traag', 'kwetsbaar' en 'lastig'. Men betitelt u als 'dor hout' en 'een kostenpost'. Ja, beste lezer, er komt een moment dat een snotjoch van Tele2 u op een Annie M.G. Schmidt-toon zal uitleggen wat 'het internet' is.

En pikken wij dit ageism? Helaas wel.

Ik zie mijn kameraden een voor een afglijden naar het Dal der Graftakken. Ze geven op. 'Het gaat te snel', 'Ik ben moe' en 'Het is goed geweest'.

Wat een lariekoek! Mensen, ik roep u op: leef! Wees geen kamerplant, laat die appelsap staan! Onttrek u aan de stigma's en verdwijn met twee opgestoken middelvingers onder de zoden. Onze generatie heeft dit land vooruitgebracht. Wij braken met God en gebod. Wij zijn strijders, geen puddingvreters! Leef, mensen, leef! Dood bent u nog lang genoeg.

Woehoe! Hulde! Staande ovatie voor oma!

20.10 uur
Omg! Marit heeft weeën! Shit, hoe open ik dat Google Docs-document van Janine?! Ik mag niets vergeten! Aaah! Het gaat nu echt gebeuren!

Oké, rustig blijven, Maddy. Jij bent niet degene die vanavond EEN MENS DOOR JE VAGINA MOET PERSEN. Doe gewoon je taken en VOORAL NIET IN PANIEK RAKEN.

Roos

Zondag 15 november 2020

SPANNEND!

De weeën van Marit zijn gisteravond rond tien uur begonnen. Madelief is bij haar en zou me bellen als de baby is geboren. Zal nog wel even duren. Marit is pas elf uur bezig.

Het is trouwens zo heerlijk stil in huis zonder die ratelende draaischijf van Madelief. Een ideale biotoop dus om te leren over ziektes en plagen van druivenplanten.

Yes! Net de digitale proeftoets gedaan en ik had NUL FOUTEN!

KNAPPE ROOS!

Ik wist álle ziektes/bedreigingen, met hun kenmerken en (mogelijke) oplossingen! Zoals: dopluis, druifluis, galmijt, fruitvlieg, *Rebzikade*, lamsteligheid, magnesiumgebrek, *Epidermis Perldrüse*, kaliumgebrek, druivenbladroller, gegroefde lapsnuitkever, *glassy-winged sharpshooter*, trips, *Metcalfa pruinosa*, et cetera…

Eén ding is zeker: iemand die dit kan onthouden, heeft géén alzheimer! 😉

En nu even Adam uitleggen waar hij op moet letten als hij gaat snoeien.

Ik heb net gebeld met mam, om haar te vertellen dat haar quarantaine voorbij is.

Ze barstte in lachen uit.

Dus ze was niet in isolatie?

‘Waar ben je nu?’ vroeg ik als een soort controlevraag.
‘Thuis, ik werk aan mijn manuscript, Roosje. Bobbi heeft nog wat suggesties gedaan om het boek beter te maken.’

Nóg beter?

OMG (oh my God).

Maddy

Zondag 15 november 2020

IK BEN PEETTANTE!!! Kan niet schrijven. Te emotioneel.

Roos

Maandag 16 november 2020

Marit heeft een gezonde baby! Een jongetje! Madelief is helemaal kapot en slaapt. Ze was anders toen ze thuiskwam. Ik kan niet goed duiden op welke manier anders, maar anders. Die bevalling heeft haar geraakt. Ik hoop maar dat ze deze ervaring een plek geeft, anders word ik geen oma.

Ik kreeg net een mail van Peter. Mijn eerste gedachte was: wegklikken! Ik was immers aan het werk. Maar ja, ik ben nieuwsgierig, hè? Dus de brief in de bijlage toch geopend en gelezen.

In wollig proza dat vier (!) kantjes beslaat (met een klein lettertype) gaat Peter allereerst in op 'dat moment van verstandsverbijstering' van vier jaar geleden toen hij zijn geval in de Friezin parkeerde. (Hij schrijft: 'onze huwelijksbelofte schond'.) Hierna noemt hij de factoren die tot zijn daad leidden: werkdruk en groepsdruk, oftewel slechte voorbeelden van andere mannen in zijn directe omgeving. (O, ja? Wie dan??? Vast ook de man van Lydia, want 'kerels onder elkaar'!)

Op driekwart presenteert hij een spijtbetuiging over 'de grootste fout van zijn leven' en vertelt hij hoe geweldig ik ben en waarom (bij deze passage moest ik glimlachen. Mijn ego speelde op. Sorry.). Vervolgens meldt hij inderdaad dat de Friezin hem heeft gedumpt. (Hij schrijft: 'Als vrienden vervolgen wij onze eigen weg.')

En in de laatste alinea vraagt hij of hij een keer op bezoek mag komen voor 'een goed gesprek'. Of een wandeling misschien?

Daar is de vraag dus opnieuw! Eerst via Madelief en nu van hemzelf. 'Graag wil ik onze relatie normaliseren, lieve Roos', zo schrijft hij.

Ja, ja, nu het uit is met de Friezin en meneer in het tuinhuis hokt.

Even mam de mail doorsturen en haar om advies vragen. Al weet ik haar antwoord al: afkappen!

Ik kan me niet concentreren op mijn werk. Ik denk al de hele tijd aan de Friezin en Peter. Wie inspireerde wie niet meer? Zij hem of hij haar?

Mam reageerde net. Haar antwoord was NIET zoals verwacht:

Ik zou dat gesprek doen, Roosje. Het is een uitstekende emotionele zelftest, want na afloop weet je of je 'klaar' bent met die man. Of (nog) niet.

Daar zit wat in.

Dit is de mail die ik net heb gestuurd. Ben een uur bezig geweest om deze tekst te componeren. Een repliek schrijf ik sneller.

ABSURD.

Dag Peter,
Bedankt voor je brief.
Ik zal je verzoek in overweging nemen.
Ik bericht je binnenkort.
Roos

En nu ga ik eten en daarna netflixen. Wat kies ik? Romantiek? Comedy? Spanning? Documentaire? Of weer *Restaurants on the Edge*?

PS Die dvd van Harry en Sally heeft pootjes gekregen (= kwijt).

Maddy

Maandag 16 november 2020

De afgelopen dagen waren intens!!!

We arriveerden tegelijkertijd bij Marit. Ik had mijn deel van de lijst: gedroogde vijgen, etherische sandelhoutolie, een kruik met zo'n sokje erom en een zoutlamp. Janine bracht de Nikon, helaas.

Marit droeg een ma Flodder-jurk en liep rondjes door het huis. Toen stond ze er nog positief in. Na een paar uur begon ze frequenter te vloeken en moest de verloskundige komen. Een kleine, vierkante mevrouw voegde zich bij ons. Ze had kort opgeschoren haar en zo'n 'met mij moe je nie sollen nie'-look.

De verloskundige, wier naam ik ben vergeten en die ik voor het gemak Rubiks noem, controleerde haar bloeddruk en checkte de ontsluiting. Ze had 8 cm. De weeën werden intenser en volgden elkaar snel op. Bij elke golf vloekte Marit als vanouds. Dat deed me goed.

'Zal ik je rug masseren of moet ik die *hypnobirthing*-playlist voor je opzetten?' vroeg Janine en ze probeerde haar telefoon met de JBL-box te verbinden.

'KAKVIOOL!'

Rubiks keek verbaasd op.

'O, dat vloeken is normaal, hoor. Ze heeft er een eremedaille van haar studentenvereniging voor gekregen,' verklaarde ik. 'Ze is op haar gemakje.'

Rubiks negeerde me en richtte zich tot haar cliënt.

'Probeer rustig te blijven, Marit. Focus op je ademhaling. Adem in door je neus, en drie pufjes uit je mond. In door de neus en...'

'SLIKHEKS!'

Ik kon niet anders dan glimlachen. Hoezee! De echte Marit was naar ons wedergekeerd! Ik zette het statief klaar en richtte de Nikon op het naderende slagveld. De visuele nalatenschap van deze dag was mijn verantwoordelijkheid en ik zou mijn beste vriendin niet teleurstellen! Ik drukte op *record*.

De rest van de nacht is een waas: pers, schreeuw, vloek, pers, schreeuw, gejammer, pers, bloed, schreeuw, hoofdje, scheur, nog meer hoofdje, scheu...

En toen werd alles zwart.

Tegen de tijd dat ik bijkwam lag de baby op Marits borst. Een jongetje.

Roos

Dinsdag 17 november 2020

Ik had vandaag de ene Zoom-meeting na de andere en had tussendoor zelfs geen tijd om wat te eten of naar de wc te gaan. Ik ben kapot en mijn rug en nek doen zeer.

De rest van de week heb ik net zo'n volle agenda, met als enig beweegmoment een werkbespreking met Monsieur donderdagochtend, die dus alweer in zijn niet-geventileerde glazen hok plaatsvindt. Ik heb er nu al zorgen van.

Vanavond stond Jolein onaangekondigd voor de deur ('om lekker te eten'). Ze heeft promotie gemaakt. Ze is benoemd tot *full channel* Art Director en geeft nu leiding aan een team van acht medewerkers. Met de creativiteit en de carrière van mijn zusje is niks mis.

Maar toch was Jolein vanavond in een melancholieke bui. Ze was aan het einde van de middag bij de gynaecoloog geweest vanwege haar menstruatie, die steeds heftiger wordt en steeds langer duurt (en dat is natuurlijk lastig met een Lucas die vier keer per week op je klimt).

De gynaecoloog kwam tot de conclusie dat haar eitjes waren opgedroogd en dat ze nu in de overgang kwam.

'Ik ben pas 45, Roos!'

De bloedingen kon de gynaecoloog verhelpen door haar de Nuva-

Ring voor te schrijven, maar de verschrompelde eierstokken kon hij niet repareren.

'Ik kan geen kinderen meer krijgen!' Jolein huilde toen ze het vertelde. Haar lichaam schokte.

'Maar je wilde toch geen kinderen, Lein?' Haar laatste relaties liepen allemaal stuk op de kinderwens van haar partners.

'Toen niet. Nu wel!' zei ze snikkend.

Ik vergat daarop welke regel dan ook en pakte mijn kleine zusje vast en begon haar te wiegen. Hierna spraken we over het ouder worden en de pro's en de contra's van het moederschap. Uiteindelijk kwamen we tot de conclusie dat niet de kinderloosheid haar verdrietig maakt, maar de angst voor het alleen zijn. Nu haar sociale leven is stilgevallen, ziet ze een leegte in haar leven en mist ze een wezen dat onvoorwaardelijk van haar houdt, om wie ze werkelijk is.

'Maar mam en ik houden toch onvoorwaardelijk van je, Lein,' zei ik. 'En Madelief ook.'

'Weet ik,' zei ze, maar ze bleef huilen.

Haar onbedaarlijke geschrei maakte Madelief wakker. Die kwam uit haar kamer, keek me aan, herkende klaarblijkelijk wat er loos was en voegde zich zonder te praten bij me, waarna we Jolein een groepsknuffel gaven.

'MY BITCHES,' zei Jolein hikkend, terwijl ze haar tranen wegveegde.

Maddy

Dinsdag 17 november 2020

Vergeten het klepje van de lens te halen. Drie uur en tweeëntwintig minuten aan zwart beeld en lugubere achtergrondgeluiden. Ik vrees oprecht voor mijn leven.

Roos

Woensdag 18 november 2020

Madelief heeft een fout gemaakt bij het filmen van de geboorte. Er is geen beeld, alleen geluid. En dát komt binnen. Iemand die niet weet dat dit een bevalling is, denkt aan het martelen van een vrouw. Het gekrijs van Marit gaat door merg en been.

En zelden heb ik Madelief zo in paniek gezien. Voelt ze zich schuldig? Of vreest ze dat Marit De Dood uit haar tarotset trekt?

Ik vond het sowieso een onzalig idee om de geboorte te filmen.

Ik kon me vandaag slecht concentreren op mijn werk door die mail van Peter. Ik weet immers dat ik moet reageren, maar ik twijfel of ik dat vóór of ná mijn vakantie moet doen.

Net een kort antwoord naar Peter verstuurd:

Ik stel een wandeling voor. Morgen tijdens mijn lunchpauze. Ik heb max. één uur. Vertrek om 12.00 uur vanaf de ingang van mijn appartementencomplex.

Ik ga met hem het bos in, want al lopend kan ik makkelijker mijn emoties beheersen. Die zijn er nog steeds: woede, vernedering, verdriet, onzekerheid. En ik doe dit vóór mijn vakantie, want dan ben ik ervanaf.

Nou, nou. Het zou me niet verbazen als die 'emotionele zelftest' waar mam over sprak positief blijkt.

Ik heb net nog met Adam gebeld over de voortgang van de verbouwing. Hij had me een hele rits foto's en filmpjes gestuurd. Wat wordt het mooi! We hebben zeker een uur gefantaseerd over de wijnen die hij wil maken. ZO LEUK.

Toen we bezig waren met afsluiten (want morgen vroeg op) heb ik hem verteld over het stuklopen van de relatie van Peter en de Friezin, de excuusmail van Peter en mijn besluit om in te stemmen met een gesprek (= mijn wandeling van morgen). Adam was even stil en zei toen:

'Weet je, Roos, iemand die de klink van de ene deur blijft vasthouden, kan geen volgende deur openen.'

Ik kan alwéér niet in slaap komen. Doelde Adam nou op mij of op Peter met die opmerking over de klink vasthouden?

Maddy

Woensdag 18 november 2020

Mam vindt dat ik eerlijk moet zijn. Zo'n stressfout is menselijk. Ikzelf opteer voor zwijgen en hopen dat Marit er nooit meer aan denkt. Want wat kan ik zeggen?

'Sorry Marit, technisch foutje. Kun je het nog eens overdoen?'

Tijd. Ik moet tijdrekken. Voorlopig wil ze dat trauma niet opnieuw beleven, toch? Ik bedoel, ze draagt pampers. En haar onderkant lijkt een kapotgereten entrecote. Ja, die verschrikkelijke ervaring wil ze vast uit haar geheugen bannen.

Er is voorlopig niets aan de hand. Als ze er over een paar jaar naar vraagt, is de SD-kaart 'helaas kwijt'. Shit happens. Ik moet me niet gek maken.

Roos

Donderdag 19 november 2020

Vandaag waren er twee events: een nare werkbespreking met Monsieur en de wandeling met Peter.

Ik begin met de werkbespreking. Dit keer had ik geen ruzie met Monsieur over de inhoud van het werk, maar over de setting. Ons gesprek was op zijn verzoek weer live in zijn glazen kooi. Echter, hij bleek verkouden, maar stelde dat het hooikoorts was (in november!?). Ik kon me niet concentreren, want ik voelde de virussen op me af zweven in die afgesloten ruimte.

Monsieur praatte en praatte en ik ging nergens op in en knikte bij alles ja, want ik had maar één doel: zo snel mogelijk wegkomen uit zijn aquarium.

En de straf voor mijn meegaande zwijgen = in Frankrijk nog dossiers afwerken.

En dan de wandeling met Peter. Hij was op tijd (= opmerkelijk) en had een prachtige bos herfstbloemen voor me meegebracht (die ik aannam – want hij laat ze toch maar verpieteren). Vervolgens putte hij zich uit in het geven van complimenten. Hoe goed ik eruitzag, hoe blij hij was om me te zien en dat hij me toch zo had gemist. Ik sprak weinig, want de spanning kneep mijn keel dicht. Peter compenseerde mijn zwijgen met een uitvoerige herhaling van de inhoud van zijn brief en maakte me één ding meer dan duidelijk: hij wil me terug!

Conclusie: ik heb genoeg stof tot nadenken tijdens mijn vakantie.

Na de wandeling ging ik weer aan het werk, maar ik kon mijn gedachten er niet bij houden en was pas om 19.00 uur klaar. Gelukkig had Madelief voor ons tweetjes gekookt (neppe-soja-kip pilav met perziken) en al de was gevouwen en in de kast gelegd. Ze wordt steeds liever.

Daarna heb ik mijn koffer gepakt en alles gereedgemaakt voor een vroeg vertrek.

Ik zal zo blij zijn wanneer ik morgen bij Adam ben!

Maddy

Donderdag 19 november 2020

11.10 uur
Ik belde Marit en las ontzet de bovenste regel van de geboortekaart aan haar voor:

‘Met zonneschijn in mijn hart verwelkom ik mijn zoon... LEEUW.’
‘Een krachtige naam.’
‘Ja, voor een maine coon! Niet voor een jongetje!’

Ze had de naam geheimgehouden. Nu begreep ik ook waarom.

‘Waar heb je het over? Leon of Lion is toch ook normaal. Zoals die zanger. Lion Ritsy.’
‘Lionel Richie, bedoel je.’
‘*Potayto, potahto*. De leeuw is mijn totemdier. Het zal hem een overwinningsgeest geven.’
‘Marit, luister naar me. Je hebt jouw kind Leeuw van Leeuwen genoemd. Hij zal nooit iets winnen.’
‘Het is de naam van een leider.’
‘De peuterspeelzaal heeft minigoelags voor kinderen met namen zoals hij! Als peettante moet ik hem daarvoor behoeden! Dit is kindermishandeling!’

Marit zuchtte aan de telefoon. Ik kon horen dat ze me ergens neerlegde en wegliep.

‘Je hebt negatieve blokkades. Geef het ruimte,’ klonk het van ver.

Geef het ruimte? Marit verdient de ruimte die in een dwangbuis past! Arme Simba heeft haar niet gekozen, dit overkomt hem gewoon. Ze kan duizend gelukspoppetjes in zijn wieg leggen, maar met haar als moeder wordt hij sowieso als laatste gekozen met trefbal. En vanaf dan is het alleen maar bergafwaarts...

'Trouwens,' riep ze net voordat ik haar kon wegdrukken. 'Ik ben zo dankbaar dat jij de geboorte van Leeuwtje hebt gefilmd. Het was de mooiste dag van mijn leven. Je moet het me nog toesturen! Het is toch wel een RAW-bestand, hè? Janine zei van wel.'

O o.

22.10 uur
Mam vertrekt morgen naar Frankrijk voor twee weken. Ik zou blij moeten zijn (want ongegeneerd rotzooi maken en weer tv-kijken in de woonkamer), maar dat ben ik niet. Ik zie ertegen op om alleen te zijn.

22.30 uur
Ik heb een topidee! IK GA MEE NAAR FRANKRIJK! Waarom niet, toch? Ik verdien ook vakantie (want nieuwe baan). En het is niet dat ik hier iets beters te doen heb, Bobbi's vaasjes zijn immers af. Bovendien kan ik zo Marit en Janine ontvluchten, mochten ze een inquisitie instellen.

Ik zocht mam om het heugelijke nieuws te delen. Ik vond haar in de badkamer. Ze plamuurde haar gezicht met vette nachtcrème en zei: 'Ik zal het met Adam overleggen', maar ze leek niet enthousiast. Heeft ze soms een hotsevotsvakantie gepland? Ik kan prima doen alsof ik niets hoor. *No biggie.*

22.32 uur
Realisatie: ik ben een hond. Een die gaat janken/piepen als de *human* het huis verlaat. Hoe de fuck ga ik ooit weer op mezelf wonen?

Roos

Vrijdag 20 november 2020

PANIEK.

Madelief en ik zitten in quarantaine. In Zeist. Niks vakantie in de Côte-d'Or. Niks bezoek aan Adam, want Monsieur heeft corona. Zijn vrouw belde toen we bij Maastricht de Belgische grens naderden.

'Jean-Philippe is erg ziek, Roos,' vertelde ze met een hijgerige stem. 'Vandaar dat ik al zijn afspraken informeer. Het is immers waarschijnlijk dat hij jou besmet heeft tijdens jullie bespreking gisteren op kantoor.'

Mijn eerste actie was de ramen opendraaien en tegen Madelief schreeuwen dat ze onze mondkapjes moest pakken. Mijn tweede actie was de vluchtstrook op draaien en uit de auto schieten om lucht te happen.

En daarna kwam de woede. Als Jean-Philippe in de buurt was geweest, had ik hem vast met al mijn kracht tegen de schenen geschopt. Baas of geen baas. Nu moesten de banden van mijn Renault Clio het ontgelden.

KARMA. Dat is het woord dat domineert, want deze verplichte isolatie is vast mijn straf voor het overtreden van de coronaregels (= naar Frankrijk reizen zonder een dwingende reden). Immers, het telefoontje van de vrouw van Monsieur kwam letterlijk één minuut voordat we de grens zouden passeren!

Mam is langs geweest, getooid met mondkapje, zag ik toen ze uit de auto stapte (ze neemt dit dus héél serieus). Ze bracht ons eten en twee geprinte exemplaren van Het-Niet-Zo-Geheime-Dagboek.

'Kritisch lezen, bitches!' zei ze. 'Dit is mijn laatste versie. Dus belangrijk. Jullie hebben er de komende week alle tijd voor.'

'En wiens schuld is dat!?' klonk het smalend uit het hok van Madelief.

'En voor jouw deur ligt nog iets extra's, Roosje,' fluisterde mam na een korte klop op mijn deur. 'Kijk straks maar, als ik weg ben.'

Toen ze naar huis was, kwam ik uit mijn slaapkamer en vond een doos met jointjes.

'Helpt tegen de angst', stond op het briefje.

We gaan het zien (= ervaren!).

Maddy

Vrijdag 20 november 2020

20.20 uur
Ter info:
Hypocrisie of huichelarij is het voorwenden van geloof, gevoelens, moraal of deugden (mijn moeder de covidnazi) *zonder daar volledig achter te staan of de daaraan verbonden normen en waarden zelf in praktijk te brengen* (toch naar kantoor), *in het bijzonder bij het bekritiseren van anderen* (arme, arme Maddy).

Onze vakantie is naar de klote en misschien zijn we besmet. Bedankt moeder, fantastisch werk geleverd! Echt top dit!

PS Heb haar trouwens niet meer zo hysterisch gezien sinds die klimaattop in Madrid.

21.35 uur
Het moet niet gekker worden. Mam is *high as a kite*. I kid you not. Mijn moeder, de vrouw die terrasrokers beschouwt als een 'gevaar voor de publieke gezondheid', is zo stoned als een kanarie. De hele gang meurt naar wiet en ik kan haar tot hier horen. Ze zingt jarentachtigmeuk en had zojuist een intense dialoog (met zichzelf) over hoe pap haar vroeger verleidde. Zal je de smerige details besparen.

Door haar zit ik vast en dan deelt ze ook nog eens d'r geheime stash niet?! Heb zojuist op de deur gebonkt en geëist dat ze mij ook wat geeft.

'Alles is voor Bassie,' zong mam en ze deed niet open.

Ongelofelijk.

23.55 uur
Silver lining: ik kan de hele dag ongegeneerd met Spiro appen. Normaal zou ik opdringerig of wanhopig zijn, maar door de opsluiting ben ik zielig. En zielig is goed. Zielig is fantastisch, want zielig betekent lekker veel aandacht.

Ik stuurde net een foto van mij en Simba en weet je wat hij zei?

That baby looks good on you, Agapi.

In plaats van direct een pittige nou-dan-maak-je-er-toch-lekker-zelf-één-opmerking te willen maken, kreeg ik kriebels. Yep, ik kreeg kriebels en stuurde een hartje... #imfucked

Maddy

Zaterdag 21 november 2020

10.05 uur
Dag twee in quarantaine. Ik haat mijn leven.

15.55 uur
Verbazingwekkend mooie buste gekleid. Ben stikjaloers op haar tieten. Maar kan dus geen klei meer zien. Wtf ga ik nu doen? Puzzel? Podcast?

18.30 uur
'Al die keren dat ik in een politiecel vastzat, kreeg ik geweldige inzichten,' appte oma toen ik vanochtend klaagde over mam en mijn onvrijwillige hechtenis. Ook zij moest weten wie hier *accountable* voor is: Roos Janssen. 😠😠😠

'En je hebt nu ook alle tijd om te kleien,' zei oma nog. Is waar. Nu ik hok in m'n hok, heb ik alle tijd om te creëren en om te reflecteren op... ja, het leven. En laten we eerlijk zijn, dagboek, ik kan wel wat contemplatie gebruiken.

Denkt hard na

Ik ben nog jong, maar niet jóng. Ergens heb ik die grens overschreden, al weet ik niet wanneer. Er is geen fysiek verschil. Ik zie er hetzelfde uit als toen ik twintig was, maar ik ben het niet meer. De onbevangenheid is weg. Ik zag het leven als een festival van onbegrensde mogelijkheden. Alles kon. Maar dat is niet zo. Volwassen worden, betekent keuzes maken. Het is doen en laten. Het doen van belastingaangifte en het laten van een tweede lepel mayo.

Dezelfde mensen met wie ik strippoker speelde, vragen nu naar mijn pensioenopbouw: 'Wel doen hoor, is belangrijk.' Ze trouwen, kopen huizen en baren kinderen met angstaanjagend gemak. Rouwen zij niet om hun jeugd? Vrezen zij niet voor die levenslange verantwoordelijkheid? Voor de finaliteit van dit alles?

En waarom lijk alleen ik niet bestand tegen het gewicht van volwassenheid? Ik breek onder de tijdsdruk van mijn vruchtbaarheid. De noodzaak van een koophuis. De eis van een zonneklaar carrièrepad. Ik krak, barst en scheur vanwege de roep om spaargeld. De verheerlijking van een soulmate.

Ik kan dit niet.

Het is alsof iedereen al in de trein naar de toekomst zit, terwijl ik ze nakijk op het perron van de achterblijvers, niet wetend welk reisdoel het juiste is. En of er überhaupt wel een trein stopt die naar mijn bestemming gaat. Ik ben nog jong, maar niet jóng. Ik sta op een kruispunt.

Maar ja, zoals ik zei: de weg naar volwassenheid dwingt tot het maken van keuzes en ik kies ervoor om dit keer mijn verantwoordelijkheid te nemen. Dus ja, ik ga Marit bellen en eerlijk zijn over die film. Een kleine stap voor de mensheid, maar een *huge step* voor mij.

Steek een kaarsje voor me aan. Ik ga het nodig hebben.

Roos

Maandag 23 november 2020

Ik ruik en proef nog steeds goed en ik heb geen klachten. Ook Madelief is oké (afgezien van haar rothumeur).

Maar... ik heb toch slecht nieuws. Pixa belde een uur geleden. Ik dacht in eerste instantie dat hij wilde informeren naar hoe het met me gaat, nu ik mogelijk besmet ben door een partner die zich niet aan de regels hield. Maar nee hoor, hij vroeg niet naar mijn gezondheid, maar deed slechts een mededeling, kort en zakelijk: mijn contract wordt niet omgezet in een vast dienstverband. Dus per 1 januari 2021 ben ik exit en werkloos.

De reden? Ik pas niet in het team! De boodschap was nog niet gebracht of Dennis mailde me het verzoek om mijn dossiers over te dragen aan een nieuwe collega, zijnde Lieke de Jong. Ik ken de jongedame goed en heb vorig jaar aardig wat pagina's in mijn dagboek gevuld met die irritante griet, toen ze stage liep binnen ons team. Ze heeft weinig juridische kennis, maar heeft wel twee andere kwaliteiten die dat klaarblijkelijk compenseren: een meedogenloze ambitie en een wonderschoon voorkomen. Ze lijkt op Erin Brockovich, maar dan in een decent mantelpak en met de perfecte maniertjes.

Ik draai nu rondjes in mijn slaapkamer, als een leeuwin in een kooi. Ik ben misschien besmet geraakt met een dodelijke ziekte omdat ik naar kantoor MOEST komen, en datzelfde kantoor geeft me nu ontslag. Emoties van frustratie, woede, vernedering, verdriet en angst geven me bij toerbeurt een stomp in mijn maag. En opnieuw vond een man mij niet goed genoeg. En opnieuw zette een man mij als oud vuil buiten de deur.

En wat nog het ALLERERGSTE is: ik moet na afloop van de ww bij Peter aankloppen voor alimentatie. Of ik kies voor de bijstand. Dat kan natuurlijk ook. Of wat?

DEEL IV

WINTER

maandag 21 december 2020 tot en met vrijdag 1 januari 2021

Roos:

'Zelfs verwende mensen kunnen geluk vinden in "kleine" dingen als de "grote" buiten bereik vallen.'

Maddy:

'Ik eet nooit meer. Mijn aders huilen dikke tranen van vet.'

Oma Loes:

'Onze huidige 2.0-samenleving adoreert pochers en performers en negeert de rustige werkers. Pas tijdens een crisis worden deze stille onmisbaren opgemerkt.'

Roos

Maandag 21 december 2020

Vandaag is formeel mijn laatste werkdag bij Pixa & Partners, maar er valt niks meer te doen, omdat ik vrijdag al mijn laptop en telefoon moest inleveren. Er was niemand op kantoor, behalve de nieuwe officemanager. De aardige jongedame en ik hebben in vijf minuten zowel kennis gemaakt als afscheid genomen. Het enige wat ik meekreeg was een getuigschrift. De tekst was standaard: 'Mevr. mr. R. Janssen heeft de haar opgedragen werkzaamheden naar tevredenheid uitgevoerd', et cetera. Niks over mijn vele overwinningen. Niks over mijn vele overwerk.

En géén van mijn teamgenoten heeft me de afgelopen weken bedankt of succes gewenst met mijn 'verdere leven'. En dat raakt me, want ik dacht dat ik in die drie jaar een band had opgebouwd met mijn collega's. Ik was altijd geïnteresseerd (= ik luisterde naar geklaag), ik stond altijd klaar (= ik nam werk over) en ik stuurde altijd felicitaties bij bijzondere gebeurtenissen of wenste sterkte bij ellende.

Toen ik mam vanuit de auto belde over mijn teleurstelling was ze weer eens opvallend scherp in haar analyse:

'Onze huidige 2.0-samenleving adoreert pochers en performers, Roosje, en negeert de rustige werkers zoals jij. Pas tijdens een crisis worden deze stille onmisbaren opgemerkt, zoals dit jaar gebeurde met het zorgpersoneel.'

Overigens blijft mam maar jubelen over mijn ontslag. Zij ziet het als een 'geweldige kans'.

‘Nu er brand is uitgebroken in jouw veilige haven, moet je wel koers zetten naar een nieuwe bestemming. Je moet nu wel de ruige zee op.’ Ze grinnikte zelfs, alsof ze het een goeie grap vond.

Ik heb vanmiddag het appartement van Adam gepoetst, de verwarming aangezet, zijn bed opgemaakt met frisgewassen linnengoed, kerstversiering opgehangen en zijn lievelingsontbijt in de koelkast klaargezet (inclusief een een uitstekende La Côte Blanche-chardonnay uit 2018 van de Cave de Lugny).

Ik wil dat hij zich snel thuis voelt als hij straks na zeven maanden eindelijk weer (even) in Nederland is. En ik wil vooral dat er nergens restanten liggen van Hot Pots, ofschoon hij het prima vond dat Madelief tijdelijk haar kerstbestellingen bij hem stalde.

Het huis moet vanaf zondag hoe dan ook in orde zijn, want het tekenen van de voorlopige koopovereenkomst voor de verkoop van zijn appartement is maandag om 10.00 uur (de akte passeert op 1 maart). Adam vertelde dat de kopers daarvoor nog even een tweede bezichtiging willen.

Gisteravond heeft Madelief de spullen samen met Peter naar mijn appartement gesleept toen ik bij mam de achterstallige boekhouding deed (waarom kan ze dat nog steeds niet zelf?). Het was zijn eerste bezoek aan mijn woning. Madelief had me vooraf toestemming gevraagd. Ze had in haar lastminutezoektocht naar een sterke man maar één gewillige kandidaat gevonden: haar pa.

’s Avonds appte Peter me complimenten over de ‘gezellige inrichting’. ‘Jij kunt zelfs een gevangenis omtoveren tot een sfeervol thuis’, was de letterlijke tekst.

Het zweet stond in mijn handen, waaruit blijkt dat mijn ex-man nog steeds heftige emoties bij me oproept. En toch kan ik de aard van mijn gevoelens niet zo goed duiden. Welke van de vier b's overheerst? Bang? Blij? Boos? Bedroefd? Hier moet ik over nadenken. In stilte. Na de feestdagen.

Overal in huis staat rommel, vanwege de laatste opdracht van Madelief (bonte coffee-to-go-bekers). Dozen. Linten. Inpakvellen. Papierwol. Hooi. Hoe krijg ik dat ooit nog uit de vloerbedekking?!

Zelfs in de badkamer staan haar materialen. 'Lekker chillen in bad' (citaat Madelief) is al een week niet meer mogelijk. Alleen douchen kan nog, want de badkuip is tot aan het plafond volgestouwd met dozen.

Ik ben blij met de bestelling, want die geeft Madelief vertrouwen. Maar de timing is waardeloos, DRIE DAGEN VOOR KERSTAVOND!

Goddank! Adam is veilig aangekomen! We hebben elkaar stevig en lang geknuffeld. We wilden elkaar niet loslaten en spraken euforische woorden van vreugde over ons weerzien. O, wat ben ik toch dol op hem!

Maar, ik moet iets kwijt. Ik heb zorgen. Adam is afgevallen. En dat niet alleen: hij had donkere wallen onder zijn ogen en diepe groeven in zijn gezicht. Ik vertel mezelf dat dit komt door de overstap van bureauwerk naar fysiek werk (snoeien, verbouwen), maar ik ben niet gerust. De b van bang krabt aan mijn hart.

Maddy

Maandag 21 december 2020

Vandaag was mijn laatste werkdag van het jaar! Ik heb niks meer geschreven sinds ik op 1 december gestart ben bij de gemeente. Sorry dagboek! Het was ook zo druk. Niet alleen met mijn nieuwe baan, maar ook met de kerstbestellingen voor Hot Pots. Dus, *recap*:

Nou, ik had nooit gedacht dat ik het zou zeggen, maar het ambtenarenbestaan is dope! Drie dagen per week tackel ik het roze-ouderendossier. Roze oudjes zijn LHBTQ+'ers op leeftijd. Ik ben verantwoordelijk voor het schrijven van de visie 2021 en de voorbereidingen voor Nationale Roze Ouderendag op 23 augustus.

Vooral in coronatijd blijkt deze groep kwetsbaar. Roze ouderen hebben vaak geen partner of kinderen, worden gepest door andere bejaarden en kruipen soms van ellende terug in de kast. Ze zijn contactarm en dat raakt me. Ik werk aan een killervisie en ben in gesprek met verschillende zorginstellingen. Lola vindt me een *overachiever*, iets waar ik nooit eerder van beschuldigd ben. Maar ja, ik heb dan ook nooit eerder werk gehad dat ertoe doet. Ik help mensen en dat geeft energie!

En oma is mijn personal assistant. Ze heeft een enquête rondgestuurd in haar complex met vragen als: 'Stel, uw buurman is homoseksueel, vindt u dat vervelend?'

Ze konden anoniem reageren en helaas antwoordde een meerderheid met 'ja'.

'Kleinburgerlijke graftakken!' riep oma kwaad toen de reacties binnenstroomden. 'Dit pikken we niet, schat!' Daarna fixte ze een gesprek met de directeur.

Ik sprak Jolanda vanochtend via Zoom en stelde concrete stappen voor, zoals het behalen van het Roze Loper-keurmerk, het organiseren van een jaarlijkse *grey pride* en het instellen van een buddysysteem.

'Het pesten komt door onbegrip en angst. Hier moeten wij een eind aan maken!'

'Ik kan zien dat jullie familie zijn,' zei Jolanda lachend. 'Drie generaties ambitieuze en sterke vrouwen.'

Ik, ambitieus? Sterk? Gloei nu nog na. 😳

Anyhow, nu snel aan de slag met mijn eerste zakelijke Hot Pots-bestelling! Ik moet vanavond minstens twintig bekers inpakken om op schema te blijven. #shemeansbusiness

22.45 uur
Nog elf te gaan vandaag. Komt goed! Ik kan dit! PMA: *positive mental attitude*!!!

Roos

Dinsdag 22 december 2020

Ik heb weinig tijd om te schrijven, want ik moet Madelief meehelpen met een lastminuteopdracht voor Hot Pots.

Ik wil alleen voor de annalen noteren dat ik rond middernacht twee rare (intieme) appjes van Peter kreeg. Zit hij soms aan de drank? Ik durf ze niemand te tonen. Te gênant. Dat soort teksten schreef hij vroeger ook. Hij stopte op school stiekem briefjes met erotische zinnen in mijn jas. Destijds vond ik die frasen leuk en opwindend, nu vind ik ze pijnlijk (= vies).

Mijn eerste impuls was dan ook om hem te sommeren mij in de toekomst te vrijwaren van zijn gedachtegoed, maar ik zweeg. Gezien mijn toekomstige zwakke financiële positie en de kans dat ik weer aanspraak moet maken op de alimentatie, kan ik maar beter geen ruzie met hem maken (tot zover mijn economische zelfstandigheid waar mam altijd voor pleitte). Ik zal hem tijdens onze volgende wandeling wel duidelijk melden dat het oké is om onze relatie te normaliseren, maar (nog) niet op deze manier.

Peter heeft de twee appjes verwijderd. Zou hij zich schamen?

Ik ga nu even bij Adam langs om samen te ontbijten. Ook hij heeft een drukke dag, met onder andere afspraken voor het regelen van zijn emigratie, de verkoop van zijn huis, de overdracht van zijn advocatenkantoor en de verhuizing van zijn spullen.

Zijn vertrek drukt loodzwaar op mijn gemoed.

Maddy

Dinsdag 22 december 2020

10.10 uur
WAAROM HEB IK MEZELF DIT AANGEDAAN? HET KOMT HELEMAAL NIET GOED!

12.45 uur
'Mam, serieus! Als ik dat deuntje nog één keer hoor verhang ik me aan de deurpost! Zet a.u.b. iets anders op.'

'It's beginning to look a lot like Christmas...'

'Zet verdomme die strontherrie af!' schreeuwde ik ditmaal door de woonkamer. Er kwam stoom uit mijn oren.

'Michael Bublé heeft een engelenstem!' riep mam terug, maar ze haalde de naald toch van de lp.

Oma klopte op mijn knie. 'Rustig maar. We redden het wel, schat. Geen stress.'

Geen stress? Ik keek ontredderd naar de 51 dozen die ik nog moest inpakken en kon wel janken.

'Ik had je nog zo gezegd die bestelling niet aan te nemen. Maar luisteren? Ben je mal. Mijn huis lijkt al een week op een DHL-servicepoint! En overmorgen is het kerst, Madelief! Kerst!' riep mam kwaad en ze trapte tegen een doos papierwol.

Ze had een punt. Ik wist dat het kleien, bakken, drogen, verven, glazuren, bakken, inpakken en afleveren van die 95 coffee-to-go-bekers krap zou worden. Maar ja, voor 2185 euro zou ik zelfs mijn kat prostitueren. Als ik een kat had. #hustler #entrepreneurlife

18.20 uur
Nog 37 te gaan en het zweet loopt tot in mijn bilspleet.

21.50 uur
Paniekaanval. Moest in een zakje ademen.

Roos

Woensdag 23 december 2020

Ik had weinig tijd om te schrijven, want ik moest samen met mam en Adam de Hot Pots-bestelling van Madelief de deur uit doen en ga nu een start maken met het kerstdiner (= veel te laat!).

Adam is extreem kortademig, merkte ik toen hij die dozen in de auto tilde. Ik heb hem opnieuw laten beloven dat hij nu toch écht naar de huisarts gaat als hij terug is in Frankrijk. Ik maak me zorgen.

Lydia plaatste net tientallen foto's van Drenthe in de REL-chatgroep. Zij en haar gezin zijn daar op vakantie en verblijven in een luxe woning midden op de heide, met sauna en bubbelbad. Ze is lyrisch.

'Nederland is toch ZO MOOI!!!' appte ze.

Els ook. Zij toog met haar man naar Zuid-Limburg.

'Het is hier net de Bourgogne!' meldde ze en ze voegde foto's van glooiende wijngaarden toe. (Inderdaad, markante gelijkenis. Ik ga eens wat Limburgse wijnen bestellen.)

Hun gejubel zet me aan het denken, want in het precoronatijdperk vlogen beiden met kerst standaard naar de zon en lagen daar twee weken voor cocktailpampus onder een vijfsterrenpalmboom. Zelfs verwende mensen kunnen dus geluk vinden in 'kleine' dingen als de 'grote' buiten bereik vallen. Dit betekent dat ik vast ook gelukkig kan zijn wanneer ik in een worstcasescenario mijn appartement moet opeten en terugval naar de bijstand! PFFFFFF.

Maddy

Woensdag 23 december 2020

9.15 uur
Als ik een koe was, gaf ik geen melk meer. Het is maar nét gelukt om de kerstbestelling op tijd de deur uit te krijgen.

Toen ik lag bij te komen van mijn zenuwinzinking, hebben mam en oma de laatste negen dozen ingepakt. Daarna werd Adam opgetrommeld, waarna hij samen met mam alle 95 pakketten heeft weggebracht. Wat een goeie kloot. Moet nu snel een kerstcadeau voor hem regelen! Wat wil een zestigjarige man? Naja, ik weet wel wat hij wil: mijn moeder. Naakt in een doos, met een strik erom. Maar goed, dat moet hij toch echt zelf fixen. Hij krijgt sokken.

Ik ga nu beginnen met schoonmaken. Moet het hele appartement doen.

16.20 uur
Mam heeft een lachje dat me niet bevalt. Ze wijst steeds plekjes aan die nog niet 'schoon genoeg' zijn.

'Maar dit zijn de haren van Cinti,' riep ik. Mam zeurt over de 'rotzooi' van Hot Pots, maar lijkt blind voor de haren van tante Joleins coronahond. Hyacint kan bij haar niks fout doen.

19.35 uur
Ik kreeg net een appje van Ronald. Hij wenst me '*Happy Holidays*' en stuurde een foto mee van de plastic kerstboom die we elk jaar samen opzetten. Bij de aanblik van de boom, realiseerde ik me dat ik bijna

was vergeten dat mijn ex bestond. Waar ik overigens dankbaar voor ben, want nu zie ik onze relatie voor wat die voor mij was: comfy, maar zonder passie, en zonder respect van zijn kant.

Ik heb dus alleen een duimpje teruggestuurd. Boodschap: je bent oud nieuws, tief lekker op.

Roos

Donderdag 24 december 2020

We zijn vanavond met de vier Bitches (Adam is naar zijn zusje). Plus natuurlijk onze kleine Hyacint. Cinti droeg een halsband met flikkerende lichtjes toen ze net binnenkwam en op me afstormde. Zo schattig.

Tijdens de voorbereidingen voor het kerstdiner heb ik veel over Jolein en Cinti nagedacht en over mijn waarschuwing om vooral géén pup te nemen om zo de eenzaamheid van de lockdown te verlichten.

'Een pup kun je niet zomaar wegdoen, Jolein, als dat dier je gaat irriteren, zoals je deed met Lucas,' zei ik toen ze naar het asiel toog. 'En weet: ik sta niet toe dat jij dat beest bij mij dumpt als je het beu bent.'

Maar Jolein luisterde – uiteraard – niet en haalde Hyacint wel op. En – uiteraard – wordt ze wél vaak bij mij gedumpt, tot mijn grote vreugde!

Met de week ga je beter zien dat die lieve Cinti inderdaad een kruising is tussen een staffordshire-bulterrier en een buldog. En met de week wordt ze leuker, maar ook lelijker. Dat is vast de reden dat ze te vondeling is gelegd voor de deur van het asiel. En natuurlijk heb ik ook voor mijn kleine Cinti een cadeautje gekocht: een nieuw bot waar mijn schatje vanavond op kan knagen.

Want... vandaag is het precies één maand geleden dat Jolein ons nieuwe familielid heeft opgehaald en dat vieren we. Volgens de dierenarts die haar eergisteren de rabiësspuit gaf, is ze met vier maanden geen baby meer, maar een kleuter. En zo gedraagt ze zich ook.

Onze hummel heeft al een autoriteitsprobleem 'opgebouwd', wist de puppycoach Jolein te melden. Afgelopen zaterdag hadden we samen een voortgangsgesprek en deden wat oefeningen met Cinti. Jolein bleek een ramp. Mijn zusje is niet consequent genoeg volgens de instructeur. Daarin moet ze veranderen. Dat is ijdele hoop. Want het motto van Jolein is: vrijheid = blijheid.

Ik scoorde top. Ook de talloze keren dat ik inmiddels op Hyacint paste, reageerde ze goed. Bij mij gaat ze dan ook na één keer niet gehoorzamen meteen de bench in, met het deurtje dicht. Het is bij Roos luisteren of hokken.

Ja, ja, ik heb wel degelijk geleerd van mijn fouten tijdens de opvoeding van Madelief.

Enfin, ik ben doorweekt. Kerstdiners koken is topsport. Ik ga me nu even omkleden en dan kan het feest (= eten) beginnen. Ik kies die wijdvallende damasten marineblauwe jurk. Die is mooi, maar zit toch gemakkelijk. Ik wil niet zoals Jolein de hele avond verplicht rechtop moeten zitten uit angst dat de rits knapt. Bovendien ben ik vast degene die straks nog nuchter genoeg is om Cinti uit te laten.

Trouwens: Peter probeerde zich vanochtend uit te nodigen voor het kerstdiner, want 'Ach Roos, je kookt toch zo heerlijk!'. Ik heb resoluut geweigerd, onder het voorwendsel dat de regering adviseert om maximaal drie personen thuis te ontvangen. Maar dat is natuurlijk niet de echte reden. Ik had twee argumenten om hem niet aan tafel te willen.

Allereerst gaat hij me veel te snel met zijn avances. We hebben drie keer gewandeld en na elke wandeling had ik plakken zweet onder mijn oksels van de spanning. Zo wil ik niet aan de kerstdis zitten, met stress in mijn lijf.

En ten tweede vrees ik voor incidenten met mam. Peter komt namelijk voor in een hoofdstuk over ethiekverschillen tussen generaties (weet hij al van Madelief). Uiteraard anoniem en dus zonder juridisch risico (want gecheckt door mij). Maar onze kring in het Gooi weet straks precies wie mam bedoelt wanneer ze 'de penopauzespijtoptant' fileert.

Maddy

Donderdag 24 december 2020

16.55 uur
Tante Jolein lijkt op een AH Excellent-rollade. Ze heeft zich in een gouden kokerjurk geperst. Maatje 36, zei ze trots. Het vet probeert via haar knieën te ontsnappen.

18.20 uur
We gaan zo aan tafel, maar moest jou even updaten. Ik heb net toch zo gelachen.

Oma zat met tante Jolein op de bank, koninklijk ogend in haar bordeauxrode broekpak met zwarte lakschoentjes. Om de zoveel tijd hief ze majesteitelijk haar hand voor een *refill*. Ik heb liters glühwein gemaakt en die vloeide rijkelijk.

Op een gegeven moment tilde tante Jolein haar coronahond op schoot.
'Wat ben je toch braaf, Cinti. Zwaai eens naar mams,' zei ze, en ze tilde het pootje van Cinti op en bewoog ermee. De pup keek verveeld om zich heen. Oma zwaaide niet terug. Honden zijn verboden in het zorgcomplex, waardoor zij en tante Jolein elkaar minder zien. Ik verdenk haar voor het eerst van jaloezie.
'Jolein, heb je Cinti al uitgelaten?' klonk het uit de keuken. 'Elke twee uur met haar naar buiten, was de afspraak.'

Mam werd genegeerd.

'En wat deed je het deze zaterdag fantastisch op de puppycursus, hè Cinti? Je wordt al een echte dame.'

De pup sprong van schoot en ik zweer dat ik haar zag grijnzen. Ze had een blik in haar ogen van: 'Let op, dit wordt lachen.' Even was het stil en toen begon tante Jolein hysterisch te schreeuwen. 'NEE! Stoute Hyacint! Niet op het tapijt kakken!'

Hyacint werd direct in de reisbench geparkeerd en we staarden naar de bruine smurrie op mams vicuñawol.

'O, shit. Ik ben er geweest...' fluisterde tante Jolein.

Oma en ik knikten. Dit was menens.

Mijn tante hinkte ongemakkelijk naar de keuken en ik had niet met haar willen ruilen.

'Zeg Roosje, mijn allerliefste zussss! Niet in paniek raken, maar er was sprake van een ieniemienie-incidentje op h...' klonk het nog voordat er iets hard in de gootsteen werd gesmeten.

Oma en ik keken nog steeds naar de natte strontplas, waar me toch een *nasty* lucht vanaf kwam.

'Nou, die Cinti is een dame naar mijn hart. Ze heeft schijt aan de gevestigde orde,' zei ik, terwijl ik een servet tegen mijn neus hield.

'En ik heb schijt aan die hond,' reageerde oma droogjes.

Ik moest zo hard lachen dat de glühwein uit mijn neus droop.

20.25 uur

De kokerjurk scheurde net voor het toetje. Kassa! Mam is me 35 euro schuldig.

0.10

Jingle bells! Jingle bells! Jingle all the waaaaay! Die *pornstar martini* is echt *nom nom nom*!

Roos

Vrijdag 25 december 2020

Ik weet al sinds mijn zestiende dat cocktails slecht bij mij vallen. Dus hoe kón ik zo stom zijn en dat goedje aannemen? Ik ben toch geen puber meer? Ik kon toch 'nee' zeggen?

Kortom: ik heb een kater. Dus geen lange verhalen vandaag. Behalve dit: mijn eerste vegan *beef Wellington* is perfect gelukt! Ondanks koppijn.

Maddy

Vrijdag 25 december 2020

10.20 uur
Zo brak... Werd net wakker van het geblaf van Cinti. Ik lag weer ouderwets naast mam, die half uit bed hing met haar jurk nog aan. Op haar witte kussensloop zat mascara en vegen rode lippenstift. De pornstar heeft haar de das omgedaan. Ons allemaal trouwens. Ben net gaan kijken en oma ligt knock-out in mijn bed en tante Jolein ronkt in de woonkamer. Die moesten we isoleren.

Boh, nu eerst Cinti uitlaten en dan koffie. Heel veel koffie.

13.50 uur
'Van wie is deze?' vroeg ik en ik hield een klein pakje omhoog met mijn naam erop.
'Maak maar open,' zei oma met een vette grijns.

Er kwamen prachtige houten oorbellen tevoorschijn. Twee madeliefjes. Ik wilde oma net om de hals vliegen toen ik het kaartje zag.

Merry Christmas, Agapi. I tried to capture your beauty in the olive wood, but it was not possible. I miss you, Spiro.

Mijn wangen kleurden kreeftrood, althans zo voelde het. *Damn, boy.* Had hij nou echt al die moeite gedaan om deze bloempjes uit hout te snijden en ze via Bobbi bij oma te krijgen? Speciaal voor mij???

Op de achtergrond hoorde ik hoe oma semiberispend werd toegesproken door mam.

'Je verwent haar te veel.'
'O, maar die heeft ze niet van mij hoor.'
'Van wie dan?' vroeg mam en ze griste het kaartje uit mijn handen. 'Spiro? Je Griekse courgette!'
'Tijd voor mijn cadeau,' riep tante Jolein, voordat ik kon reageren. Nog steeds beduusd opende ik haar kaart en las.

Allerliefste lievelingsnicht, hierbij een jaarabonnement voor de taalapp Duolingo. Zodat je voortaan zelf telefoonnummers in het Grieks kunt vragen i.p.v. ze te jatten. Ga maar mooie kindjes maken. Dikke pakkerd, jouw tante Lein.

Iedereen lachte, behalve mam.
'Mijn beurt,' zei ze toen en ze wees naar de gigantische doos die onder de boom stond. Er zat een rode strik omheen. Ik stond op en rende erop af.
'O MIJN GOD,' schreeuwde ik toen het papier eraf was. 'OOOO MIJN GOD!'

Ik begon te stuiteren van blijdschap.

'Voor mijn kunstenaar!'

Ik maakte een hoog piepgeluid en omarmde MIJN EIGEN KERAMIEKOVEN. O, de euforie! De vreugde!

Ik streelde de doos en gaf mijn beste Gollum-imitatie.

'*My precioussss,*' sliste ik en trok mijn bovenlip op.

Mam grijnsde en ik pakte haar stevig beet. Haar wervelkolom maakte een knakkend geluid.

‘Je bent de allerbeste moeder, weet je dat?’

Ze aaide mijn hoofd en oma riep: ‘En wie verwent haar nou te veel?’

‘Ik vond dat een extra groot cadeau dit jaar op z’n plaats was. Fijne kerst lieverd, jaag je dromen achterna.’

Lief dagboek, opeens voel ik overal liefde…

20.20 uur
Ik eet nooit meer. Mijn aders huilen dikke tranen van vet.

23.30 uur
Het spelen van 30 Seconds is traditie. Twee teams. Geen genade. Dit jaar:

DOLLE LOETJE & MADDY NIET MEER NUGTER (MNMN)
versus
ROSÉ & VAGIJN

Dolle Loetje en MNMN stonden vijf tegels voor. De druk liep hoog op bij de tegenstanders!

Rosé: ‘Avontuurlijk televisieprogramma waarbij 20 tot 26 kandida…’
Vagijn: ‘*Expeditie Robinson*!’
Rosé: ‘Correct!’
Rosé: ‘Eh… ehhh. Hoe zeg ik dit netjes.’
Vagijn: ‘GEWOON ZEGGEN!’
Rosé: ‘Een seksuele aandoening bij een man waarbij de… eh…’
Vagijn: ‘DE WAT, ROOS?! DE WAT?!’
Rosé: ‘De fallus een vervelende afscheiding…’
Vagijn: ‘DRUIPER!’
Rosé: ‘Correct!’
Rosé: ‘Hoofdstad van Bangladesh.’

Vagijn: 'Calcutta! Nee! Eh... VOLGENDE VRAAG!'
Rosé: 'Eh... eh...'
Vagijn: 'VOLGENDE VRAAG, ROOS!'
Rosé: 'Eh... Een bedrijf. Nee, een organisatie die... eh. Nee... een bestuursorgaan dat...'
Vagijn: 'SCHIET GODVERDOMME OP ROOS!'
Dolle Loetje: 'Tijd is om!'

De verliezers moesten de afwas doen. De gemoederen waren nog niet bedaard. Arme mam werd tijdens het afdrogen uitgescholden voor 'familiebevlekker'.

Beste kerst ooit!!!

0.45 uur
Ik stuurde Spiro net een selfie met de oorbellen en drie hartjes. Hij stuurde een familiefoto terug. Zijn moeder hield een vleesspies vast.

Het is officieel: ik ben verliefd.

Roos

Zaterdag 26 december 2020

Even alleen. Mam, Jolein en Cinti zijn zojuist naar huis vertrokken en Madelief is naar Peter. Hij heeft kerst in zijn uppie gevierd.

Ik herinner me die eerste kerst als single nog precies. Ik woonde hier net drie dagen. De verhuisdozen stonden nog tegen de muren gestapeld en aan het plafond hingen peertjes.

Mam had de boel wat opgeleukt met hulst en dennentakken. Jolein had eten (met borden en bestek) van een cateraar geregeld en Madelief (die een excuus had om de moeder van Ronald te ontlopen) had spelletjes meegebracht.

Zelf was ik compleet gedesoriënteerd, want kerst was (en is!) mijn lievelingsfeest en was voor mij synoniem met het uitbundig decoreren van de villa (waar ik op 6 december al mee begon), met sfeervolle kerstborrels bij de buren, met urenlang chic dineren in een exclusief restaurant, met aansluitend uitbuiken voor de tv en dan vroeg naar bed gaan.

Het waren 'gezapige' dagen...

Hoeveel anders is onze nieuwe traditie, met de Bitches. Hoeveel LEUKER!

Ondanks de BONKENDE koppijn na afloop.

Slecht weer buiten. Regen en wind. En toch ga ik een wandeling maken, want ik moet mijn hoofd ventileren.

Om zes uur komt Adam. We gaan de 'restjes' eten, maar wel vergezeld van een elegante chablis van Vincent Dauvissat (uit 2014) en een uitstekende pinot noir van het Domaine de la Vougeraie (uit 2017). Uiteraard met mate, want ik ben nog steeds herstellende van die pornstar martini's…

Maddy

Zaterdag 26 december 2020

11.05 uur
Arme pap. Het singleleven gaat hem niet goed af. SM en de bloedzuigers zijn een maand geleden naar Friesland vertrokken. Mag het natuurlijk niet zeggen maar: FUCK YEAH! Ik ben dolblij dat die koekoek is opgetieft, maar natuurlijk vind ik het zielig voor mijn vader.

Mam en ik zouden vanavond samen met Adam eten, maar ik kan pap nu niet alleen laten. Ik rij zo naar hem toe.

15.15 uur
Ik krijg hem niet van de bank. Hij ligt in foetushouding en drinkt chocomel met een rietje. Het is erger dan ik dacht.

23.45 uur
Ben terug. Wat een ellende.

Rond etenstijd stond Tel Sell op. Pap staarde naar de gestoomde broccoli die uit de WonderCooker kwam. Hij had gezopen, zoveel was duidelijk.

'Beetgaar en met behoud van vitaminen,' zei de Tel Sell-man.

'Beetgare vitaminen,' lispelde pap.

'Kom, pap. Dit kan zo niet meer,' zei ik en ik klopte op zijn bovenbeen. 'Laten we iets leuks doen.'

Hij mompelde wat in de zin van: 'Mijn Roosje. Zo'n spijt. Zo dom. Ben alleen. Oud vuil.'

'Hé, luister naar me, het is kerst! Spring onder de douche en kleed je om. Dan dek ik de tafel alvast.'

‘Zij heeft me bedrogen,’ jammerde pap.

Tja, wat kon ik zeggen? Hij heeft mam bezeikt met SM en nu heeft SM op haar beurt van een andere boterham gehapt. Mmm, ik denk dat het universum de humor ervan inzag, zo van: even het cirkeltje rond maken.

‘Kom, sta op. Genoeg melodramatisch gedoe. We gaan er een mooie avond van maken.’

‘En Roos wil me niet meer. Ik mocht niet eens langskomen met kerst,’ zei pap snikkend en hij veegde zijn neus af.

Daar gaan we weer. Was ik ook zo wanhopig/triest na Ronald? Uhhhhh.

‘Jezus pap, vind je dat zo gek, gezien jouw acties? Mam is geen horloge dat je verpandt en terugkoopt.’

Hij zei niets meer.

‘Kom, sta op, we gaan het gezellig maken.’

Pap negeerde mijn uitgestrekte hand.

‘Er ligt iets onder de kerstboom voor jou, wil je niet weten wat? Heb er erg mijn best op gedaan.’

Hij negeerde me opnieuw. Wat een treurneuzerij.

‘We kunnen ook *Love Actually* kijken. Die vond je altijd leuk.’

Weer niets. Ik keek hem verbouwereerd aan. Wtf moest dit voorstellen? Toen ik er een halfjaar geleden zo bij lag, belde hij niet eens. En kijk mij nu? Ik verneuk mijn kerstfeest voor deze sneue vertoning.

‘Waar was jij eigenlijk toen Ronald het uitmaakte?’

Hij keek me voor het eerst aan. Ik werd nog kwader.

‘Ik mocht hier niet eens logeren, want ik kwam niet gelegen,’ riep ik. ‘Weet je hoe *fucked-up* dat is? En mam. Haar heb je zoveel verdriet gedaan! Jij hebt ons gezin naar de tering geholpen en ja, nu betaal je de rekening! Dat heet karma, pap! Dus raap je ballen van het tapijt en DEAL ERMEE. Zo niet, ook prima. Maar dan ga ik nu naar huis!’

Ik had nog nooit zo tegen hem geschreeuwd. Het was vreemd genoeg bevrijdend. Voor ons allebei geloof ik, want hij zette de tv uit, stond op en drukte een kus op mijn kruin. Daarna liep hij naar boven. Even later hoorde ik de douche stromen.

Ik plofte vermoeid neer op de bank en realiseerde me iets belangrijks. Ik had gedreigd om 'naar huis' te gaan. Ik was hier opgegroeid, maar dit was blijkbaar mijn thuis niet meer.

Bij mam ben ik thuis.

Roos

Zondag 27 december 2020

Madelief was gisteren naar Peter. Die zit in een dip.

Van Lydia begreep ik dat de Friezin tijdens een reünie van de lagere school een paar maanden geleden hernieuwd kennis had gemaakt met een vroegere vlam (= haar zandbakspeeltje?). De hartstocht uit haar kinderjaren laaide weer hevig op en is inmiddels blijkbaar een brandende liefde, want ze is met haar tweeling naar een afgelegen boerderij bij Koehool verhuisd. Ik verzin de naam niet. Dit Koegat bestaat echt en ligt aan de Waddenzee. In the middle of nowhere.

Dus een boer in Friesland 'inspireerde' meer dan een accountant in het Gooi.

Aha.

Nu ze weg is, ga ik de Friezin pas waarderen. Ik vind het best stoer dat ze haar glansrijke carrière in Amsterdam inruilt voor een bestaan op die desolate vlakte.

Peter stelt ondertussen in het Gooise circuit dat ze 'in vriendschap' uit elkaar zijn gegaan en dat hij 'zijn meisjes' veel geluk wenst.

Ja, vast.

Nou, en verder was het vandaag waardeloos weer. Regen en windstoten. Niks geen lange zondagochtendwandeling. Adam en ik maakten na een halfuur al rechtsomkeert en brachten de rest van de dag in zijn appartement door, waar we een start maakten met het leegruimen van zijn kasten.

Doel was om te bepalen wat meegaat naar Frankrijk en wat hier blijft en naar zijn zusje gaat. We begonnen in de woonkamer. Aangezien de spullen met emotionele waarde al eerder hun weg naar de Bourgogne hadden gevonden, landde slechts een enkel voorwerp in de doos met de sticker 'bewaren', waaronder de sokken met rode roosjes die hij van Madelief heeft gekregen (en die hij waarschijnlijk nooit gaat dragen).

Ondertussen kletsten we honderduit, maar na een appje van Madelief over de deplorabele staat van Peter, werd mijn familie onderwerp van reflectie.

We bespraken Madelief ('emotioneel gegroeid'), mijn moeder en haar boek ('bewondering voor haar lef'), de virusscepsis van Jolein ('blijf luisteren') en de avances van Peter ('beslis eerst wat je zelf wilt').

Die oneliner zette me aan het denken. Wat wil ík?

Heel eerlijk? Ik wil net als de Friezin mijn hart volgen en naar de Côte-d'Or verkassen en daar mijn passie leven. Dat is dus wijnboer worden en de beste wijn van Frankrijk maken (als hulpje van Adam?!).

Maar dat vertelde ik niet, want ik doe niet aan opdringen (uit angst voor nóg een afwijzing).

Maddy

Zondag 27 december 2020

De vijftiende editie van onze *x-mas*-gourmetavond kort samengevat:

1. Marit heeft zichzelf overtroffen. Haar cadeau was een ovaal stuk rozenkwarts. Ik dacht dat het een ketting was, want er zat een koordje aan. Bleek het een yoni-ei te zijn. Ik moet hem in mezelf stoppen voor innerlijke harmonie.

Voor Maddy. Dit ei aait je hartchakra. Stel je open en ontvang. Eeuwig licht & liefde, Marit.

Stel je open en ontvang. Alsof ik een Shurgard-vestiging tussen mijn benen heb: eerste maand opslagruimte voor 1 euro.

'Dus in het kader van zelfliefde moet ik deze steen in mijn foef proppen en dan eierkoeken gaan halen bij de Appie?'

Marit knikte ernstig.

'Of hem meedragen naar kantoor. Oeh ja, dat is een goed plan! Voor extra positiviteit tijdens het werk! Maar je kunt er ook mee slapen. Zie de steen maar als een vriendin die altijd bij je zit.'

'In je zit,' corrigeerde ik haar. 'En dat is nogal wat voor vriendschap, in elkaar zitten.'

Janine hikte een lach weg. Daarna was het even stil. Was ik te ver gegaan?

'Gwyneth Paltrow heeft er ook een.'

Niet ver genoeg dus.

Ook Janine kreeg een ei. Een van zwart obsidiaan, om haar te beschermen tegen beperkende gedachten en telefoonstraling. 'Voed het innerlijke aspect', stond er op haar kaartje. Voor het eerst in vijftien jaar was ze sprakeloos.

O, van haar kreeg ik trouwens een middelvinger met een strik erom: J'adore van Dior.

2. Simba krijste na het eten zo hard dat ik nu nog een piep hoor.

3. *Home Alone* gekeken op volume 3 zodat hij niet wakker werd. Liplezen ging verrassend goed.

4. Vijf bolletjes ijs gegeten. Ik ben een zwijn.

Roos

Maandag 28 december 2020

Vandaag heb ik een urenlange wandeling gemaakt. Alleen, want Adam doet zijn een-op-een-afscheidsrondje langs familie en vrienden.

Het bos deed me denken aan een dalmatiër, maar dan omgekeerd, dus zwart met witte stippen. Nu de restaurants en de winkels dicht zijn, poepen de bezoekers achter de bomen, waardoor de kale donkere aarde bedekt is met witte doekjes (van die vochtige plastic dingen die over honderd jaar nog steeds niet zijn vergaan). Zo vies en respectloos.

Ook mijn laatste toevluchtsoord, de natuur, is nu besmet met corona.

Ik heb mijn favoriete oude eik vastgepakt en gehuild, terwijl ik zijn robuuste stam streelde.

Maddy

Maandag 28 december 2020

9.45 uur
Vandaag is mijn rustdag: slechte kerstfilms kijken en kransjes kanen.

14.20 uur
Pap stuurde mij net een link naar een werfkelderwoning in Utrecht. Hij wil de villa in Laren verhuren en naar de stad verhuizen voor 'meer reuring'. Lees: penopauze 2.0.

Pap: 'Vette locatie, toch? Het heeft een chille vibe.'

Het blijft *cringy* wanneer je vader praat als iemand die wiet verkoopt.

Ik: 'Die mancave is belachelijk duur! Wat een geldverspilling, pap.'

Pap: 'Ik heb al een bod gedaan. Weet zeker dat het je bevalt.'

Ik: 'Vind je het niet wat overhaast allemaal?'

Pap: 'Chillax, bekijk de link nu maar.'

Ik las de opsomming van 'assets', die absoluut niet zo'n hoog bedrag rechtvaardigde, tot ik bij de laatste regel kwam:

De naastgelegen werfkelder behoort eveneens tot het object en beschikt over bestemming Gemengd-2. Ideaal voor detailhandel, het starten van een hotel met ten hoogste twee kamers of een atelier...

EEN ATELIER... OMG OMG OMG!

Ik: 'Overbieden!!!!!!!'

Pap: 'Zullen we zo gaan kijken? Ik haal je wel op.'
Ik: 'Yasssss!'
Pap: '👊'

FUCK YEAH!!!

22.00 uur
Pap en ik zijn gaan kijken. Er viel weinig te zien vanaf de straat. We zijn drie keer langsgelopen en ik probeerde telkens mijn Hot Pots-logo op de voordeur te visualiseren om het universum een handje te helpen. Daarna hebben we Vietnamees afgehaald en aan de gracht opgegeten. In de vrieskou. *Fuck me*, wat mis ik de horeca. Anyhow, lig nu in mijn oude kamer, tussen de sportapparaten van SM. Of ex-SM.

Maar ik ben te enthousiast om te slapen. Ik zie mijn imperium al HELEMAAL voor me!!! #bossbabe #fempire

Roos

Dinsdag 29 december 2020

Madelief komt net binnenstormen (ze heeft vannacht bij Peter geslapen) en vertelt me dat hij een pand in het centrum van Utrecht wil kopen (aan de gracht). Zij kan dan in het souterrain haar atelier maken. Ze is natuurlijk helemaal hyper en vraagt of ik morgen mee ga kijken. Uiteraard. Al snap ik niks van Peter. Volgens Madelief wil hij wat meer bij het vertier zitten. Op welk vertier zou hij dan doelen? Ik moest hem vroeger letterlijk meeslepen naar het theater of de bios.

Mam was net hier om me een nieuw concept van Het-Niet-Zo-Geheime-Dagboek te brengen. Ze had samen met Jolein last minute nog een hoofdstuk toegevoegd over de stereotypering van 'senioren' in commercials. Samengevat geeft ze reclamebureaus het volgende advies:

- meer oudere mensen (= afspiegeling samenleving)
- meer normale mensen (= minder bekende Nederlanders)
- meer humor (= meer kijkplezier en positieve werking op de hersenen)
- meer feiten
- meer duurzaamheid en vooral
- minder blabla

Toen ik dat las dacht ik: klopt (voor deze senior) en volgens mij klopt dat ook voor andere Nederlanders. Wat ook klopt is dat haar Niet-Zo-Geheime-Dagboek met de dag interessanter wordt.

Vanmiddag ben ik met Adam naar Zandvoort geweest. Hij wilde nog graag de zee zien, voordat hij definitief naar de Bourgogne verhuist. Vanaf zijn huis in de Côte-d'Or is het dichtstbijzijnde strand vijf uur rijden. Het decor was ideaal voor mijn weemoedige stemming, want het weer was guur en het gesloten Zandvoort bood een troosteloze aanblik. Onze wandeling langs het strand duurde maar kort, want een hoosbui met natte sneeuw dwong ons terug naar de auto. Bovendien was Adam al moe na een halve kilometer. Hij kwam amper vooruit en beloofde me plechtig nog deze week naar de huisarts te gaan.

Op de weg terug naar Zeist passeerden we blote bollenvelden, kleurloze kassen, saaie woonwijken en patserige kantoortorens.

'Hier zie je dus de reden waarom ik vertrek, Roos,' zei Adam toen we Schiphol naderden en monotone bouw ons zicht domineerde. 'Het nieuwe geloof van de bv Nederland is "consumeren" en dát daar zijn onze nieuwe kerken.' Hij wees naar kolossale logistieke dozen. 'En de CEO's van de multinationals zijn onze nieuwe priesters. Zij prediken het eeuwige geluk als we maar blijven shoppen, shoppen en shoppen.'

'Ja,' zei ik. 'Maar wat we krijgen is een hongerige ziel in een land van beton.'

'Zo waar, mijn Roosje!' zei Adam en hij haalde zijn hand even van het stuur en streelde mijn wang. 'Dat is zo waar!'

Zijn tedere aanraking gooide licht op mijn sombere gemoed en alles begon te tintelen. En ik voel zijn liefkozing nog steeds en ik verlang naar meer...

Maddy

Dinsdag 29 december 2020

12.10 uur
Ik stond bij de AH-zelfscankassa de Ideaal Gewicht-thee van Zonnatura af te rekenen toen ik moest niezen. Ach, wat niesschaamte in coronatijd. Overkomt iedereen. No biggie, dacht ik.

Jawel, GROTE GROTE BIGGIE!

Ik had mijn kut-ei gekatapulteerd. Het ding gleed zo via mijn broekspijp op de grond. Na hard steen-op-steen-gekletter, rolde het naar de dwergsparren met 35 procent korting. Heb het na een korte *walk of shame* toch maar opgeraapt. Er kleefden dennennaalden aan.

Dank je wel, Marit, voor dit topcadeau. Moet voortaan omfietsen naar de Jumbo.

15.25 uur
Volgens Google heb ik slappe bekkenbodemspieren. Ook dat nog…

17.20 uur
Het is erg stil in huis. Mam is weg met Adam. Misschien liggen ze wel te vozen in zijn appartement (nu het nog kan). Ze houdt stug vol dat ze alleen vrienden zijn en dat Adam dat ook zo ziet. Ammehoela. Hij hupt als een geile bonobo achter haar aan. 'Friends with benefits misschien,' riep ik nog toen ze haar jas aandeed, maar die uitdrukking kende ze niet.

Waarom gaat ze er niet voor? Ik zie dat zij hem ook leuk vindt. Het is overduidelijk. Maar mam houdt afstand. Ik denk dat ze bang is om opnieuw gekwetst te worden. Maar die credits moet ze pap niet geven. Hij heeft in het verleden al genoeg kapotgemaakt. De toekomst is van haar. Maar goed, wie ben ik om dat te zeggen?

Krijg trouwens mijn eigen Hot Pots-atelier niet uit mijn hoofd! Ik zie het al helemaal voor me. Funky kunst, betonlook, een lange wachtlijst met aspirant-cursisten die wanhopig graag een plekje willen bemachtigen en een artikel op indebuurt met als titel: 'Maddy Nugter: succesvol ondernemen in coronatijd'.

Lief dagboek, *mark my words*. Ik ga knallen!!!

Roos

Woensdag 30 december 2020

Net alle ingrediënten voor oliebollen gehaald. Ik ga iets HEEL bijzonders creëren, want ik wil indruk maken op Adam.
Heb ook twee flessen peperdure Moët & Chandon Brut Impérial gekocht en koud gezet (= onverstandig gezien mijn aanstaande armoede, ik weet het). Die godendrank ga ik hem gelijk bij binnenkomst inschenken. Dan is hij snel tipsy, waarna hij hopelijk de eigenaardigheden van de Bitches niet registreert. De kennismaking 35 jaar geleden tussen mam en Peter staat nog helder in mijn geheugen gegrift. De grove wijze waarop ze hem doorzaagde liet zelfs de onverstoorbare Johan blozen van gêne.

En nu de abrikozen laten wellen in de cognac (van Joseph Guy, vanwege de zachte smaak)...

Ik heb met Madelief dat pand in Utrecht bezocht. Peter was er ook (en dat was mij niet verteld). Madelief greep mijn hand en trok me jubelend mee. Peter volgde.

'Weet je nog dat je vroeger in onze studententijd droomde van een pand aan deze gracht, Roos?' vroeg Peter toen we met z'n drietjes voor de hoge ramen van de eerste verdieping stonden en de schoonheid van de oude stad bewonderden.

Ik knikte, maar vertelde niet dat die droom inmiddels is vervangen door een andere: een wijnboerderij in de Côte-d'Or, met Adam.

Adam kreeg vanmiddag 'afscheidsbezoek' van twee rechters met wie hij ooit samenwerkte toen hij nog officier van justitie was. De heren hadden het zo gezellig dat ze spontaan bij hem bleven eten. Ze zijn een halfuur geleden pas vertrokken met een taxi. Hun dikke bakken staan nog op de parkeerplaats (= bewijs dat ze hebben gezopen!)

Ik ben er best wel pissig over, want ik had Adam vanavond voor mezelf gewild (ja echt!). En ik kan me niet voorstellen dat deze notabelen alleen maar over serieuze zaken hebben gesproken. Toen ik Adam net belde en vroeg waar ze die acht uur mee hadden 'volgeluld' barstte hij in lachen uit.

'Roosje, toch,' zei hij en hij wenste me welterusten.

Maddy

Woensdag 30 december 2020

Vandaag begonnen aan Spiro's kerstcadeau. Ik ga een replica maken van zijn vaders overleden olijfboom, *peace be upon it*. Dit wordt een lange-adem-project, maar ik kan niet wachten het hem (ooit) te geven.

Het leven is mooi.

Roos

Donderdag 31 december 2020

Geen tijd gehad om te schrijven vandaag. Ben de hele dag in de weer geweest met het diner en de oliebollen.

Ik heb zo een *full house*.

Madelief zei dat ik een lijstje moet maken van mijn voornemens voor 2021.

Op 1 staat: ADAM. Maar dat is nog geheim.

Maddy

Donderdag 31 december 2020

15.55 uur
WHOOP WHOOP! Bijna Nieuwjaar! *The Gang* komt zo en ook Adam schuift aan. Het huis meurt naar FEBO, want we hebben zo'n zestig oliebollen gebakken. De mijne zijn met appel-kaneel. Mam moest weer culinair doen. Zij maakte die van haar met saffraan en in cognac gewelde abrikozen. Moge duidelijk zijn welke achterblijven voor de buren.

18.10 uur
Mam is pissig. Ik heb net oma en tante Jolein opgehaald en zij waren al behoorlijk teut. Beiden hadden naar eigen zeggen de hele middag gekaart en pas om vijf uur 'een aperitiefje genomen'. Het is nu maar de vraag of ze het aftellen halen.

'Jullie zijn ongelofelijk! Stelletje kleuters!' tierde mam en ze zette een grote kan water op tafel.

'Ach Roosje, je moet het leven met een korreltje zout nemen.'

'Ja, of met een fles tequila!' zei tante Jolein lachend en ze plofte op de bank met Hyacint in haar reismand. Zij keek al even chagrijnig als mam.

Ze droeg weer goud. Pailletjes dit keer.

'Adam komt zo. Wat moet hij wel niet denken?'

'Dat je gezellige genen hebt,' zei oma en ze liep naar de tafel. Haar rode blos matchte met de hulsttak die ze op haar colbert had gespeld.

Mam bromde 'alcoholisten' en taaide af naar de keuken.

20.15 uur

'Zeg, Adam,' begon tante Jolein poeslief tijdens het voorgerecht. 'Hoe zie jij de coronacrisis?'

O o. Het virus dat niet genoemd mag worden. De Voldemort der gespreksonderwerpen.

'Muskusrat,' zei oma snel, maar het was al te laat.

'Ik zie het als een natuurlijk proces. Virussen zijn van alle tijden. Kijk naar de pest, de Spaanse griep, hiv en ebola. Het is verschrikkelijk, maar we mogen blij zijn met de staat van onze wetenschap. Er zijn vaccins in de maak en met wat geluk zal de situatie komend jaar verbeteren.'

Hij had naar corona verwezen als 'een natuurlijk proces'. *Oh boy*, dit werd genieten!

'Wat een onzin, Adam! Corona is even natuurlijk als mijn tieten!' riep tante Jolein en ze greep haar plastic dames vast.

'Muskusrat, Marjolein,' zei oma opnieuw en ze wees naar de diamanten ring die tante Jolein wanhopig graag wil erven. Het mocht niet baten.

'Het virus is *man-made*! Gemaakt in een covidlab in Wuhan, dat héúl toevallig naast een markt staat waar patient zero zogenaamd vleermuiskebab heeft gevreten! Nou, dat sprookje gaat er bij mij niet in!'

Tante Jolein kreeg een opwindingsspasme bij haar ooglid.

'En in nog geen tien miljoen jaar laat ik me injecteren met dat vergif! Jullie zijn schapen!'

'Oliebol, iemand? Deze zijn met saffraan.'

Mam duwde de schaal onder de neus van haar zus.

'MEEEEEH,' riep tante Jolein. Ze deed een schaap na. 'MEEEEEH!'
'MUSKUTRAT,' schreeuwde oma met volle mond. Ze had zich versproken. Het was even stil en daarna proestten oma, mijn tante en ik het uit van het lachen.
'Die is goed, mams!' riep tante Jolein en ze schonk bij.

Mam was zo wit als het tafellaken en Adam had dezelfde kleur als zijn trui. Scharlakenrood (en dus geen grijs).

'Welkom in de familie, Adam,' zei ik en ik klopte op zijn rug. 'We hebben gezellige genen.'

20.55 uur
Tijdens het toetje kregen we een collectief *foodgasm* van mams crème brûlée. Zo nom nom nom! We gingen net aan het digestief toen oma met haar dessertlepel tegen haar lege champagneglas tikte.

'Mag ik even jullie aandacht?'

We waren gelijk stil. Mam en tante Jolein keken elkaar aan en ik dacht een paniekerige 'Toch geen stiefvader?' te zien.

'Er is iets wat ik jullie wil vertellen,' zei oma en ze keek ons om de beurt aan. Zelfs Adam wiebelde ongeduldig heen en weer.
'Twee woorden, negen letters: duurt lang!' riep tante Jolein.
'Een climax moet je rekken,' wierp oma tegen met een ondeugend glimlachje.
'Een anticlimax niet,' zei mam. 'Dus zeg het maar gewoon, wat heb je nu weer uitgevreten?'

Oma hief grijnzend haar champagneglas. Er zat crème brûlée op.

'Ik wil jullie vragen om de glazen te heffen op...' Ze pauzeerde voor een extra dramatisch effect en riep toen uit volle borst: 'Het boekcontract dat ik heb getekend! *Het-Niet-Zo-Geheime-Dagboek* verschijnt zomer 2021!'

Ongelofelijk... Mijn oma is de belichaming van... van... fucking levenslust! Die vrouw is een natuurkracht. Zelfs in coronatijd weet zij de wereld naar haar voordeel te kneden. Ik kan niet trotser zijn.

Er werd geproost, gefeliciteerd, gelachen en gebloosd. Mam moest volgens mij even bekomen van het nieuws, ze keek namelijk ietwat bezorgd en zag een beetje pips, maar ook zij begon al snel lof-veertjes in de rechtmatige kont te stoppen: oma's auteursbilletjes.

WAT EEN FANTASTISCHE AFSLUITING VAN HET JAAR!

21.35 uur
We gaan zo 30 Seconds spelen. Adam is officieel 'Adamsappel' gedoopt en speelt met Vagijn. Na haar *big announcement* heeft oma een overwinnaarsaura. Ik speel samen met haar en slak (Rosé). Kat in 't bakkie.

22.55 uur
What the hell?! We zijn totaal verbrijzeld! Oma is van haar troon verstoten en zit mokkend op de wc. Adamsappel blijkt een wandelende encyclopedie. Hij en Vagijn deden een overwinningsdansje en zongen: '*We are the champions, no time for losers!*'

Even later zei tante Jolein tegen mam: 'Adam is wel een fijn schaap. Goede wol. Kun je een mooie trui van maken.'

Mam kreeg twinkeloogjes.

Alleen vrienden? Uh-huh. Maak dat m'n poes wijs.

23.59 uur
...VIJF, VIER, DRIE, TWEE, ÉÉN! GELUKKIG NIEUWJAAR, DAGBOEK!
Kom maar op 2021, ik lust je rauwwwwwww! #deathto2020

1.30 uur
Mam heeft Adam kort na middernacht naar zijn appartement 'gebracht' en is niet teruggekomen. OMGGGGGGG EINDELIJK 👉👌

3.25 uur
Beste NYE ooit.

Ga nu tukken.
xoxoxoxoxo

Maddy Nugters

21 goede voornemens voor 2021:

1. Moet en zal eigen woonruimte vinden.
2. Je droom volgen: van Hot Pots een succes maken!!!
3. Dit jaar niet ontslagen worden.
4. Zelf een website bouwen voor Hot Pots, want dat is gratis en je bent blut. Gewoon leren via YouTube. Je kunt dat. #futureisfemale
5. Mediteren voor het slapen. Dus niet slapen tijdens het mediteren.
6. Leren fermenteren om zo mams wijnpassie beter te begrijpen. Wat er met dat glas appelsap onder mijn bed is gebeurd, telt niet.
7. Minder drinken, ook al scheldt je bloedeigen tante je dan uit voor 'adoptiekind'.
8. Je bh's dit jaar wel wassen. Of nog beter: gewoon geen bh's meer dragen. #freethenipple
9. Leren schaken. Denk Beth Harmon.
10. Niet langer series bingewatchen/comakijken.
11. Vegan worden. Je kunt ook zonder eierkoeken.
12. Géén Ben & Jerry's meer lepelen na 20.00 uur. Ook niet bij een noodgeval, zoals wanneer je favoriete karakter van je favoriete serie sterft: R.I.P. Nairobi.
13. Dagelijks 2,5 liter vocht innemen. Let op: wijn telt niet als vocht.
14. Gebruikte wegwerpmondkapjes niet wekenlang in je jaszak bewaren. Dat is vies.
15. Vochtige aarde = plant geeft géén consent voor water.
16. Sparen. Je wordt 26 en hebt alleen een betaalrekening. Dat is triest.
17. Woke zijn, zonder irritant woke te zijn.

18. Geen 'Ik ben Maddy niet zo Nugter'-grapjes meer maken. Te oud voor.
19. Iedere dag hardlopen en minimaal drie keer per week naar de sportschool (als alles weer open is). Dik zijn is niet oké.
20. Dankbaarheidslijst bijhouden. Elke dag: 'Vandaag ben ik dankbaar voor...' en dan minimaal drie mooie dingen noteren. Bijvoorbeeld:

Vandaag ben ik dankbaar voor:
- deze lijst, waardoor ik een betere versie van mezelf word
- menstruatiecups (gamechanger!)
- oma's boekcontract

21. Last but not least: Spiro zo vaak mogelijk zien...

Maddy

Vrijdag 1 januari 2021

15.20 uur
Dit jaar had niet verschrikkelijker kunnen beginnen...

Adam is vanmiddag tijdens het wandelen in elkaar gezakt. Een hartaanval. Hij ligt op de ic. Mam was erbij toen het gebeurde en is nog steeds in het ziekenhuis. Het is maar de vraag of hij de nacht haalt.

Dit is zo oneerlijk. Waarom onze Adam...!?

19.10 uur
Mam is op weg naar huis. De zus van Adam is nu daar. Ik heb gekookt, de was gedaan, opgeruimd en het bed opgemaakt. Alles om haar te steunen. Ik laat haar nu niet alleen.

21.35 uur
Fucking hell, wat zijn wij mensen toch kwetsbaar...

DEEL V

Het-Niet-Zo-Geheime-Dagboek

Zaterdag 28 augustus 2021

Oma Loes

Geachte aanwezigen, krijgsvrouwen, lieve familie,

Allereerst: hartelijk dank dat jullie deze boekpresentatie met mij willen vieren! Het is immers met gevaar voor eigen leven. Dit zeg ik niet lichtzinnig. Iemand op mijn gastenlijst is recent overleden na een bezoek aan een bingoavond. Ik roep al jaren dat bingo het begin is van het einde. Door hem ben ik helaas in mijn gelijk gesteld.

Hoe dan ook: dit is voor mij een heugelijke dag, want vandaag vieren we de verschijning van mijn *Niet-Zo-Geheime-Dagboek*. Ik mag mijzelf nu auteur noemen; een grote eer.

Voor een korte acht minuten, dat is namelijk de tijd die het mij kost om iets te googelen op mijn iPad, was ik in de veronderstelling dat ik als tachtigjarige wellicht een van de oudste debutanten ben. Verre van. Ene Bertha Wood debuteerde met honderd jaar. Ik heb in mijn Dolle Mina-jaren meerdere Bertha's gekend en zij hadden stuk voor stuk – en hier citeer ik mijn kleindochter – 'punani's van staal'. Ken uw meerdere, denk ik dan maar.

Enfin, het boek dat vandaag het licht ziet is zowel een hommage als een strijdkreet. Het is een ode aan oude kameraden zonder wie ik hier nu niet had gestaan. Er is niets zo krachtig als een zusterschap en ik prijs mezelf fortuinlijk dat ik deel heb mogen uitmaken van een vriendengroep die dit land mede heeft hervormd. Helaas zijn enkelen van ons reeds weggeroofd. Ik zal geen namen noemen, dat is niet nodig: ze staan in ons hart gegraveerd.

Tijd onderwijst, lieve mensen, maar verlies blijft een lastig vak. Daarom draag ik mijn debuut op aan alle dolle mina's: moeders, dochters, zusters, strijders.

Tot zover het eerbetoon. Want *Het-Niet-Zo-Geheime-Dagboek* is ook een *call to arms*; mijn protesthart pompt immers stug door. Vroeger streed ik voor een betere positie van de vrouw, nu strijd ik voor een betere positie van de oudere. Wij zijn geen 'dor hout' of 'gedane zaak'. Mijn boek is een 'tot hier en niet verder'.

Want het respect voor de rijpe mens heeft in de huidige samenleving een schrijnend dieptepunt bereikt. Ik doel niet op de 'Dag mevrouw, zal ik u even helpen met de boodschappen?', want daaruit spreekt geen respect, louter menselijkheid. Nee, ik heb het over een gebrek aan oprechte waardering voor onze kennis, ervaring, inbreng, belangen en verlangens. Inderdaad ja, verlangens. Want, geachte aanwezigen, ook verweerde huid kan voelen.

Wellicht denken sommigen van jullie nu: 'Gadverdamme, doelt die oude taart op seks?' Jazeker, beste mensen, ik doel op seks, maar veel meer nog op de Liefde. Mijn *Niet-Zo-Geheime-Dagboek* zal niet het karmijnrood op uw wangen slaan, maar het is rechtuit, of, zoals ik een keer als feedback heb gekregen: rauw en eerlijk.

Stigma's moet je eerst breken, dan wreken. U doet er wijs aan om dat te onthouden.

Maar goed, ik heb mijn redacteur moeten beloven het kort te houden. Niemand koopt immers een boek waarvan de inhoud al op straat ligt.

Daarom wil ik nu overgaan tot het dankwoord. Mijn boek had namelijk geen levensadem gekend zonder mijn meisjes. Zij zijn de belangrijkste mensen in mijn leven en mijn ware nalatenschap.

Als eerste wil ik mijn oudste dochter Roos bedanken: de stille kracht van onze familie. Zij heeft haar kleuterjaren in een bolderkar doorgebracht, waarin ze werd meegetrokken van protest naar bezetting. Haar eerste woord was niet 'mama', maar 'kresj'. Mijn lieve Roos heeft met een eindeloos geduld mijn teksten gecorrigeerd en gefatsoeneerd. Zonder haar had ik hier nu niet gestaan. Dank je wel, Roosje, voor alles. Jouw vertrek naar de Bourgogne viel me zwaar, dat weet je. Maar toch ben ik blij dat je eindelijk je passie leeft! Ik verheug me nu al op de heerlijke wijnen die jij en Adam gaan maken, en bereid jullie maar voor op frequente invasies.

En nu wil ik het woord richten tot mijn jongste dochter Marjolein. Zij is een mix van mezelf en haar vader, mijn lieve Johan. Marjolein is zowel een rebel als een organisator. Zij daagde me uit om dieper te graven en harder te confronteren. Lieve Lein, ik ben dankbaar voor de pure vrouw die je bent geworden. Blijf vooral je eigen dwarse zelf. O ja, en doe ons allen een plezier en richt die hond fatsoenlijk af!

Dan is daar Madelief, mijn enige kleinkind. Door jou weet ik wat omaliefde is. Het is moederliefde, maar dan vredig. Ik heb jou het afgelopen jaar zien groeien. Een meisje moedigde mij aan om te schrijven, een vrouw las mijn manuscript. Je bent voor mij de spiegel van deze tijd. Door jou kan ik niet achterblijven in een wereld die continu vooruit wil en daar ben ik je dankbaar voor. Lieve schat, zorg dat je de dingen blijft doen die je blij maken. Ik hoop net zo oud te worden als Bertha Wood, zodat ik kan zien tot welke vormen jij je leven gaat kleien. Hier, of op Corfu.

En natuurlijk, voordat ik het vergeet: *my dearest Spiro, thank you for coming today*. Ef-cha-ries-too, agapi mou!

Zo, en tot slot wil ik mijn wapenzuster Bobbi bedanken. Lieve Bobs, zonder jou was dit boek een verzameling van losse flodders. Daar waar mijn geest fladdert, slaat die van jou spijkers in het beton. Men zegt dat het leven geen garanties geeft, maar ik tracht dat te betwisten. Onze vriendschap is zo zeker als de zon die morgen opkomt. Het maakt niet uit of we mannen, politiecellen of botontkalking delen, we doen het samen. Dank je wel Bobs, voor een vol en zinrijk leven.

Nou lieve genodigden, hiermee wil ik afsluiten. Ik zou zeggen; pak een glas champagne, of twee, en hef het op *Het-Niet-Zo-Geheime-Dagboek*. Mijn hommage, mijn strijdkreet.

Dank u wel.

DANKWOORD

Velen waren ons tot steun bij de totstandkoming van *Ook dat nog*. Dus dank aan al diegenen die ons hielpen met het lenen van boeken, met het delen van ervaringen en met het vertellen van anekdotes.

Een speciaal woord van dank voor:
Maarten Basjes, onze uitgever, onze manager, onze inspirator en ons maatje bij Luitingh-Sijthoff. En de rest van het topteam van LS
Lili de Ridder, onze bevlogen redacteur
Eva Disselhoff, onze minitieuze persklaarmaker

Ook zijn wij veel dank verschuldigd aan onze proeflezers die ons in verschillende stadia van dit boek input en sturing gaven:

Frederikke Boogaard
Rosita Custers
Brigitte Hesels-Debougnoux
Alicia Jonker
Mona Kunkels
Jessica Niewierra
Sanne Rooimans
Dorthe Schipperheijn
Aggie Schrijvers
Alice Thorstorp
Winnie Weelen

LEES OOK DE THRILLERS VAN ANYA NIEWIERRA